데스마치에서 시작되는
이세계 광상곡
16

나나
무표정한 호문클루스.
미아
말수가 적고 음악을 좋아하는 엘프.
루루
쿠보크 왕국 출신. 아리사의 언니.
에치고야 상회 왕도 본점에서 쇼핑!!

리자
주황 비늘 종족의 소녀.
포치
강아지 귀 종족의 소녀.
타마
고양이 귀 종족의 소녀.

아리사
쿠보크 왕국의 옛 왕녀.
전생에 일본인.
금발 가발로 변장중.
사토
이세계를 헤매고 있는
서른 줄 프로그래머.
“아이디어 상품 같은 것도 편리할걸?
그렇지! 일반 시민에게
아이디어를 모집해보는 건 어때?”
—에치고야 상회에 사업 아이디어를 제공?!

데스마치에서 시작되는 이세계 광상곡 16

★★★

아이나나 히로

Death Marching to the Parallel World Rhapsody

Presented by Hiro Ainana

C O N T E N T S

왕도 009
남작 저택 041
심야의 음모 077
왕도 관광 089
결투! 시가8검 149
새로운 사업 203
펜드래건 가문의 일상 227
원유회 257
비스탈 공작 저택 301
공작 저택 습격 313
에필로그 369
후기 380

왕도

"사토입니다. 여행지에서 트러블은 여행의 참맛 중 하나겠지만, 트러블에 휘말린 와중에도 즐길 수 있는 건 아닙니다. 너무 이어지면 여행지의 신사에서 액막이라도 하고 싶어진다니까요."

"나는 시가8검의 제1위, 『부도』의 제프 쥬레바그. 여기서 『상처 모르는』 펜드래건 경과 겨루기를 바라는 자로다!"

백발의 나이 든 노기사가 위엄 있는 얼굴로 어수선한 말을 꺼냈다.

손에 든 창은 하얀 축에 아다만타이트 합금제의 파란 창날을 단 마창이었다. 장엄함과 미려함을 아울러 갖춘 장식과 부여를 보니 초일류 연금술사와 금속 세공사가 만든 것을 알 수 있었다.

의욕이 넘치는 참에 미안하지만, 그것에 응답할 생각이 전혀 없었다.

뒤에서 동료들 중 누군가가 내민 요정검을 받아버렸지만, 그것을 뽑을 생각은 없는 것이다.

비스탈 공작의 암살을 노린 테러리스트의 습격을 헤쳐 나오고, 부상당한 함장들 대신에 다 부서져가는 비공정을 불시착시킨 참이라 지쳤단 말야.

분위기를 읽어줬으면 해서 등 뒤에 있는 불시착한 비공정으로 시선을 보냈지만, 한 번 쓱 보기만 하고서 가볍게 무시해 버렸다.

"간다!"

내 대답을 기다리지 않고 말에서 내린 쥬레바그 씨가, 신속의 찌르기를 뿜어냈다.

—위험해랏.

반사적으로, 쥬레바그 씨의 갑작스런 공격을 종이 한 장 차이로 피해 버렸다.

주위에서 환성이 오르는 걸 듣고서 실수했다는 자각이 들었지만 이미 늦었다.

차례차례 뿜어져 나오는 쥬레바그 씨의 찌르기를 일부러 맞아줄 수도 없어서, 하다못해 저항을 하고자 종이 한 장 차이가 아니라 커다랗게 피했다.

"대단하군. 헤르미나가 걸핏하면 추천하는 이유도 알겠다."

중얼거리는 쥬레바그 씨 너머에서, 시가8검 제5위 총잡이 헤르미나 양이 흥분한 기색의 얼굴로 씨익 웃음을 지었다.

그렇구나. 역시, 당신이 원인이었나요…….

"자, 검을 뽑아라. 아니면 손에 든 훌륭한 검은 그냥 장식인가?"

죄송합니다. 장식입니다.

여기서 뽑지 않으면 쥬레바그 씨를 모독하게 될 것 같으니, 조금 겨루기를 한 다음에 적당한 타이밍에 두 번 다시 권유하지 않을 정도로 꼴사납게 져야겠군.

스르릉 검을 뽑자, 우리들을 둘러싼 갤러리들 쪽에서 감탄의 한숨이 흘러나왔다.

나는 그렇다 치고, 요정검은 예쁘니까.

"드디어 마음이 동했군. 첫 수는 양보해주지, 와라, 펜드래건—."

"에잇, 그만, 그만해라!"

창을 겨누는 쥬레바그 씨 앞으로 매부리코에 험상궂은 면상의 중년남성— 아까 폐적된 장남에게 암살당할 뻔했던 비스탈 공작이 뛰쳐나왔다.

"저 참상이 안 보이는가! 폐하의 비공정이 습격을 받고, 왕국의 중진인 내가 암살을 당할 뻔했다! 이러한 장소에서 놀고 있지 말고, 얼른 내 소성— 딸을 유괴한 하수인을 뒤쫓지 못할까!"

공작이 입에 거품을 물 기세로 외쳤다.

—응? 딸이랑 뭘 잘못 말한 거지?

귀족의 영애니까, 소공녀 같은 칭호라도 있는 건가?

"있잖아, 주인님."

뒤에서 내 소매를 잡아끌면서, 보라색 머리칼을 금발 가발로 감춘 어린 소녀 아리사가 불렀다.

"공작의 딸이 유괴됐으면, 우리들 팀 『펜드래건』이 나설 차례 아냐?"

동그란 눈으로 나를 올려다보면서 동의를 구한다.

"렛츠 고~?"

"스크램블 에그인 거예요!"

아리사 옆에서 주먹을 뿅 올리면서 동의한 것은 느긋한 성격에 하얀 숏헤어에 고양이 귀 고양이 꼬리를 가진 어린 소녀 타마와, 활기찬 다갈색 보브컷에 강아지 귀 강아지 꼬리가 있는 어린 소녀 포치였다.

먹보인 포치가 긴급 발진 같은 의미의 스크램블과 달걀 요리인 스크램블 에그를 착각해서 발언하는 것은 늘 있는 일이니까, 정정해주는 건 나중에 해도 되겠지.

"마스터, 유생체의 위기인가요?"

무표정하지만 진지한 목소리로 묻는 것은, 어린 아이들의 수호자인 금발 거유 미녀인 나나다.

마법적인 인조생명체 호문클루스인 그녀는 아직 0살인데 고교생 정도 외모였다.

"아니, 그게 말이지—."

나는 아리사에게 공간마법 「전술 대화」를 써달라고 해서, 동료들에게만 사정을 전달했다.

비스탈 공작령의 내분이 발단이 된 비공정 습격 사건 직전에, 그 딸— 비스탈 공작의 막내딸 소미에나 양과 그 모친인 제1부인이 호위 몇 명과 함께 탈출정으로 위험한 곳에서 탈출했다.

그때 납치를 우려하여 공간 마법 「멀리 보기」로 확인을 했는데, 어린 소미에나 양은 당혹하는 모습을 보였지만 그녀의 어머니는 예정했던 행동을 하는 느낌이었다.

그래서 습격 사건의 흑막인 폐적 예정인 공작 장남 트리엘 씨 측의 사람이라고 판단했다.

"그랬었군요."

유괴가 아니라는 걸 알고 가슴을 쓸어내린 것은, 보고 있으면 현실감이 사라질 것 같은 초 절정 미소녀 루루다.

그녀의 상냥한 마음씨를 나타내는 것 같은 순백의 드레스와, 햇살을 쐬어 윤기 있게 빛을 반사하는 흑발의 대비가 그녀의 미모를 돋보이게 만든다.

"—주인님."

긴박감 있는 목소리로 나를 부른 것은, 손목과 목 부근에 오렌지색 비늘을 가진 주황 비늘 종족의 리자였다.

우리가 느긋하게 대화를 나누는 사이에도 그녀는 경계를 풀지 않고, 애용하는 마창 도우마를 겨누며 시가8검 쥬레바그 씨를 경계해준 모양이다.

"펜드래건 경. 이쪽이 먼저 겨루기를 청했음에도, 연기를 요청하는 무례함을 용서하게나."

쥬레바그 씨가 진중한 표정으로 나에게 사과했다.

가능하면 연기가 아니라 중지를 해줬으면 좋겠다.

"말단 사작에게 인사 따위 하지 말고—."

"우리는 이제부터 빼앗긴 소성배를 탈환하러 가야만 한다. 훗날 심부름꾼을 보낼 테니 그때 귀공의 전력을 보여주길 바란다."

쥬레바그 씨가 말하고서, 휘하 성기사들과 동료인 시가8검 총잡이 헤르미나 양과 함께 인파 너머로 물러갔다.

그것에 만족했는지, 비스탈 공작은 부인들이 기다리는 장소로 돌아갔다.

내 옆에 있던 「붉은 귀공자」 제릴 씨와 그의 동료인 「적룡의 포효」 중핵 멤버들도, 어디선가 말을 조달하여 쥬레바그 씨 일행 뒤를 따라갔다.

"—소성배?"

쥬레바그 씨가 한 말에 들어 있던 단어를 조용히 중얼거린 것은 동료들 중 마지막 한 사람, 옅은 청록색 머리칼을 트윈 테일로 묶은 엘프 미아였다.

엘프의 특징인 조금 뾰족한 귀는 못난 시선을 막기 위한 후드에 가려 안 보인다.

"그게 뭘까?

미아에게 대답하면서, 아까 비스탈 공작이 막내딸이 유괴됐다고 하기 전에 말하던 「소성」이란 단어가 「소성배」가 아니었나 하는 생각이 들었다.

"혹시 『기원 마법』에 쓸 수 있는 비보(아티팩트) 같은 거 아닐까!"

아리사가 왜 성배에서 그런 걸 상상했는지는 알고 있으니, 「애니메이션을 너무 많이 봤어」라고 못을 박았다.

맵 검색을 해보니 왕성 지하의 보물 창고를 비롯하여 왕도 안에 몇 갠가 존재하는데, 상세 정보의 비고를 보니 주위의 독기를 모으는 비보라는 걸 알 수 있었다.

왕도 밖에서는 검색 결과가 나오지 않기에, 이번에는 비스탈 공작의 막내딸 소미에나 양의 이름으로 검색을 해봤다.

—생각보다 멀지 않군.

탈출정이 발진한 지점에서 그다지 떨어지지 못한 모양이다.

그녀 주변에는 소성배란 것이 없다. 소미에나 양이 「보물 창(아이템 박스)

고」 스킬을 가지고 있으니, 십중팔구 소성배는 그녀의 아이템 박스 안에 보관되어 있을 것이 틀림없다.

—그것보다도, 소미에나 양을 조사하는 과정에서 넘어갈 수 없는 것을 발견해 버렸다.

"미아, 미안하지만 실프를 소환해줘. 둘— 아니, 셋 부탁해."

"응, 알았어."

미아는 이유도 안 묻고 정령 마법「바람 정령 창조」의 영창을 시작해 주었다.

"무슨 일 있어?"

아리사가 작게 물어봤다.

발동해둔 상태인「전술 대화」경유와 엿듣기 스킬 경유의 2중으로 목소리가 들린다.

"아아, 사실은—."

내 설명이 끝날 무렵에, 미아의 정령 마법으로 소환한 실프가 셋 나타났다.

실프는 반투명한 여성 같은 모습이다. 실프들을 본 사람들이 크게 소란을 피웠지만, 지금은 긴급 트러블을 중재하는 게 먼저니까 무시하도록 하자.

"다녀온다, 라고 용감하게 고합니다."

"가라, 실프."

실프들에게 끌어안긴 나나, 미아, 나 셋이, 너무 사람들 눈에 띄지 않도록 나무들 사이를 빠져나갔다. 그 뒤로는 가도에서 조금 떨어진 저공을 미궁도시 방면으로 비상했다.

◆

""""마스터!""""

같은 얼굴 일곱이 나란히 소리를 모아 나를 불렀다.

나나의 자매들이며, 같은 호문클루스로 No.1부터 No.6, 그리고 No.8이라는 기호 같은 이름을 가졌다.

과거에 「불사의 왕」 젠을 모셨고, 젠이 성불한 다음에는 나를 주인으로 정해서 나나와 마찬가지로 나를 「마스터」라고 부른다.

"나와 미아도 있다고 선언합니다."

언제나 무표정한 얼굴이지만, 조금 서운한 울림의 목소리가 나왔다.

""""No.7!""""

"지금의 이름은 나나라고 정정합니다."

나나가 쓴 소리를 하자, 자매들도 「나나」라고 고쳐 말했다.

""""공주!""""

"공주 아냐."

미아가 젠이 지배하는 「요람」에 붙잡혀 있었을 때의 호칭을 쓰자, 미아가 강한 어조로 부정했다.

"미아."

""""미아 님.""""

호칭을 정정하는 자매들의 태도를 보고, 미아가 만족스럽게 고개를 끄덕였다.

"어어? 이 미녀들과 아는 사인가?"

"네. 이번에 제 식솔들이 폐를 끼친 모양이라 죄송합니다."

주저하면서 말을 거는 중년 상인에게 고개를 숙였다.

그의 뒤에는 옆으로 넘어진 짐마차와 거품을 뿜으며 주저앉은 말, 그리고 땅바닥에 흩어진 짐들이 보였다.

쓰러진 마차나 흩어진 짐 탓에 가도가 막혀 있다.

그 너머 숲의 경계에 게와 거미를 융합시킨 것 같은 거대 생물이 손발을 모으고 앉아 있었다. 저건 No.8이 조련(테임)해서 종마로 삼은 레벨 30쯤 되는 긴 다리 거미 게(롱 레그 스파이더 크랩)라는 이름의 마물이었다.

주위의 상황으로 추측해 보면, 가도를 나아가던 중년 상인 상단 앞에 자매들이 탄 긴 다리 거미 게가 숲 속에서 나타나자 그것에 놀란 상단의 말과 마부가 황급히 마차를 멈추거나 방향 전환을 하려다가 이런 참상을 일으킨 모양이다.

아까 맵으로 비스탈 공작의 막내딸인 소미에나 양을 조사했을 때 이 상황을 발견하고 서둘러 달려온 것이다.

"마스터에게 상황 설명은 제가 합니다. 복구 작업 지휘는 No.2에게 맡깁니다."

No.1이 지시하자 No.2가 고개를 끄덕이고 작업을 시작했다.

"나나, 자매들과 함께 복구를 도와줘."

"예스, 마스터."

나나가 가벼운 발걸음으로 자매들 쪽으로 갔다.

나는 새삼 No.1에게 간결한 상황 설명을 듣고, 소개 받은 상인에게 자기소개를 하면서 자매들이 준 피해를 전액 보상한다고 말했다.

"—펜드래건 사작님? 혹시『해적 사냥꾼』펜드래건 주후 님과 인연이 있는 분이신가요?"

"그『해적 사냥꾼』이란 별명은 처음 듣지만, 제가 마도왕국 라라기의 주후라는 작위를 가지고 있긴 합니다."

남쪽 바다의 설탕 항로를 여행했을 때, 내가 출자한 펜과 창용 상회의 항로가 안전해지도록 맵 검색으로 발견한 해적을 서치 앤드 디스트로이하는 기세로 퇴치하고 다녔다.

아마, 그 탓에 붙은 별명이 틀림없을 거야.

"역시, 그랬었군요! 기억을 못 하실지도 모르겠지만, 상선의 선장을 하고 있던 제 숙부나 친구도 각하 덕분에 목숨을 건졌습니다."

내가 구해낸 인물의 이름을 말하기에, 교류란의 메모장에 있는 구조자 목록을 검색해 보니 분명히 그 이름이 있었다.

설탕 항로에서 구조한 사람이 너무 많다 보니 대부분의 사람은 기억에 안 남아있다.

나는「이런 우연이 또 있네요」라며 이야기를 끝내고, 보상 이야기를 꺼냈다.

"짐은 모두 엄중하게 포장했습니다. 마차의 차축도 부러지지 않았으니 변제는 필요 없습니다. 숙부나 친구의 은인을 만나게 된 것도 무슨 인연이겠죠. 저희들은 해가 바뀔 때까지 왕도에 머무르고 있으니, 무슨 필요한 물건이 있으면 무상까지는 무리라도 가능한 편의를 봐드릴 테니 꼭 우리 상회를 찾아 주세요."

중년 상인이 노호 같은 기세로 말했다.

이 모습을 보니 피해액에 상당하는 금전을 건네도 받지 않을 것 같다.

그는 설탕 항로의 상품을 다루는 무역상인 모양이다. 뭔가 재미있는 걸 팔고 있을 것 같으니까, 그의 피해가 보충될 만큼 돈벌이가 되도록 이것저것 사줘야겠군.

""""오오오오오오오오오오오.""""

나나 일행 쪽에서 술렁거림이 일어나기에, 중년 상인과 대화를 중단하고 그쪽을 돌아보았다.

나나와 자매들이 쓰러진 마차를 일으킨 걸 보고, 상단의 사람들이나 발이 묶였던 사람들이 놀란 소리인 모양이다.

저걸 보니, 나랑 미아가 마법으로 돕지 않아도 금방 상단의 마차로 막혀버린 가도도 복구될 것 같군.

그렇지만 아무것도 안 하고 있으면 심심하니까, 예복 외투를 미아에게 맡기고 중년 상인과 함께 일으킨 마차 체크를 도우러 갔다.

"—에잇! 가도를 막은 어리석은 자는 누구냐! 당장 마차를 길옆으로 치워 길을 열어라!"

발이 묶여 정체된 가도 너머에서 노호가 들렸다.

뒤숭숭하게도, 말에 타고 군장을 갖춘 젊은 기사가 검을 뽑아 사람들을 위압하면서 이쪽으로 오고 있었다.

저건 비스탈 공작의 막내딸을 보호한 테러리스트 일당이다.

본래 막내딸을 검색하다가 나나의 자매들을 발견했으니, 그가 여기에 와도 신기할 건 없었다.

“죄송합니다, 기사님. 앞으로 4반각도 안 지나 움직일 수 있게 되니 지금은 잠시만 기다려 주세요. 이것은 사소한 것입니다만, 폐를 끼친 사죄를—.”

“천한 놈이, 날 우롱하느냐!”

중년 상인이 사과료가 든 꾸러미를 건네려고 하는데, 흥분한 기사가 가지고 있던 검을 중년 상인에게 휘둘렀다.

—그렇겐 못하지.

나는 휘두른 검 옆을 장타로 쳐냈다.

“이놈, 무례한 것!”

얼굴이 새빨개진 기사가 검을 되돌려 베려고 하기에, 그의 팔을 붙잡아 말 위에서 끌어내려 제압했다.

“무엇을 하느냐! 비스탈 공작가의 문장이 보이지 않느냐! 나에게 검을 겨누는 것은 비스탈 공작 가문에 반역하는 것임을 알라!”

조금 잘나 보이는 군복을 입은 청년 귀족이 두 기사를 거느리고는 인파나 마차를 옆으로 밀어내게 하면서 나타났다. 그들 뒤에는 검은 칠을 한 수수한 마차가 오고 있었다.

그건 그렇고, 비스탈 공작 암살을 꾸민 범죄자가 비스탈 공작의 위엄을 빌리는 건 어쩐지 우습군.

그는 잊고 있는 모양인데, 마차나 기사들의 외투에 비스탈 공작 가문의 문장은 없었다.

분명히 평소 말하던 그대로 말해버린 거겠지.

“아앗! 비공정에 타고 있던 사람!”

마차 창에서 몸을 내민 어린 소녀— 비스탈 공작의 막내딸인 소미에나 양이 나를 가리켰다.

탈출할 때 확인한 것과 마찬가지로, 딱히 구속된 건 아닌 모양이다.

"그 비공정을 탔던 자라고! 설마, 추적자인가!"

방금 전에 잘난 체하며 남의 위엄을 빌렸던 청년 귀족이 외치더니, 주위에 있던 기사들이 살기를 뿜어내며 칼을 뽑았다.

"소미에나! 안으로 들어오세요!"

"어머님—."

뒤에서 당황한 기색으로 연배가 있는 여성— 공작의 제1부인이 소미에나 양을 마차 안으로 되돌렸다.

"우리들에 대해 공작에게 알려질 수는 없다! 여기 있는 모두의 입을 막아라!"

그 말을 들은 주위 사람들이 뿔뿔이 흩어져 숲 속으로 도망쳤다.

그들은 주위에 있는 자들 모두의 입을 막기 위해 죽일 셈인 모양이다.

참으로 테러리스트다운 생각이지만, 그것을 두고 볼 생각은 없었다.

"나나, 왼쪽 절반을 부탁한다. 미아. 마법 공격에서 상인들을 지켜줘."

"예스, 마스터."

"응, 맡겨둬. ■■■■……."

드레스 차림의 나나와 미아가 행동을 시작했다.

""""죽어라!""""

공격해오는 기사들을 나나와 둘이서 때려눕힌다.

나는 그냥 장타지만, 나나는 「방패」를 만들어내는 팔찌와 요정 가방에서 꺼낸 한손검으로 남자들을 무력화하고 있었다.

검은 그렇다 치고, 병아리 모양을 한 노란색 방패에 맞아 뻗는 건 상당히 가엾군.

"마스터, 저희도 가세하겠습니다."

"아니, 너희들은 미아와 상인들을 지켜줘."

No.1에게 지시해서 뒤로 물렸다.

대부분의 적은 그녀들이라도 이길 수 있다고 생각하지만, 적의 지휘관을 포함해서 몇 명은 레벨 30이 넘는 강자들이니 그녀들이 큰 부상을 입게 될 가능성이 높았다.

그러니까 그다지 전투에 참가시키고 싶지 않단 말이지.

그리고—.

"시가 왕국의 가도를 피로 더럽히는 어리석은 자들이여! 우리는 영광스런 제3기사단, 순회 기사대이다. 즉시 검을 넣지 않으면 도적으로 단정하고 처형하겠다!"

—가도 경비대 사람들이 가까이 와 있는 걸 레이더의 광점이 가르쳐줬거든.

제3기사단은 꽤 유능한 모양인지, 상인들을 보호하면서 테러리스트 쪽의 기사들을 차례차례 무력화시켰다.

"과연 왕도의 기사단은 훈련도가 다른가 보네."

"응. 강해."

레벨 30이 넘는 기사가 포함된 집단을 상대로, 수가 더 많다지만 레벨 20대밖에 없는 기사들만으로 능숙하게 싸우는 건 상당히 대단하다. 제압이 끝나는 것도 시간문제일 것이다.

"으그그, 벌써, 여기까지!"

군복의 청년귀족은 최후미에서 신음한 다음, 마차 문을 열어 제1부인과 막내딸을 기마로 탈출시키고자 행동을 시작했다.

왼쪽에 있는 수직에 가까운 사면을 2기가 달려 내려간다.

"2기 도망쳤다! 제2분대, 좇아라!"

부인이나 막내딸의 비명 소리를 듣고서 그들의 도망을 눈치챈 순회 기사대의 지휘관이 분대 하나를 추적에 파견했다.

"—토호마에나 부인!"

여성 기사의 비명이 들렸다.

동승하고 있던 제1부인이 낙마한 모양이다.

맵 정보를 보니, 낙마했을 때 목뼈가 부러져서 빈사의 중상이다.

"어머님! 멈추세요, 어머님이!"

"안됩니다! 소미에나 님만이라도 트리엘 님 곁으로 보내지 못하면, 비공정에서 목숨을 잃은 동지들이 보답 받지 못합니다."

멀리서 희미하게 막내딸과 청년 귀족의 대화가 들렸다.

빈사의 부인보다 막내딸— 아니, 소성배란 게 우선인 모양이다.

제1부인을 동승시켰던 여성 기사도, 땅에 쓰러진 제1부인의 용태를 살피지도 않고 막내딸과 청년 귀족의 추적을 저지하고자 검을 휘두르고 있었다.

"—사람 목숨이 가벼운 세상이야."

"사토?"

"아무것도 아냐."

내 불평을 들은 미아에게 대답하고, 급경사를 미끄러져 내려가 땅에 쓰러진 제1부인 곁으로 달려갔다.

여성 기사는 이미 분대 기사들 중 한 명에게 제압을 당했으니, 그 옆을 달려가서 피이피이 피리 같은 호흡을 하는 제1부인에게 중급 마법약을 뿌렸다.

뿌리기 직전에 마법적인 사이코키네시스인 「이력의 손」으로 부인의 목을 올바른 위치로 보정을 해뒀으니 목뼈가 이상한 각도로 고정되어 버리진 않을 거야.

"후우, 이걸로 됐다."

정신을 잃은 부인을 등에 업고 가도로 돌아와, 그녀의 신병을 순회 기사대에게 넘겼다.

상인들의 마차가 행동 가능하게 됐을 무렵에 맵 정보를 확인하니, 막내딸을 데리고 있는 청년 귀족과 분대의 술래잡기가 계속되고 있었다.

스스로 지뢰밭에 다가가는 취미는 없으니, 추적극에 끼어들 생각은 없었다.

그리고 내가 아무것도 안 해도, 순회 기사대에 소속된 바람 마법사의 안내를 따르는 다른 분대가 속도가 나는 가도에서 추적을 시작한 모양이니까 시간문제겠지.

"그러면 우리는 이대로 실례하겠습니다."

"저희들 상회는 코인 거리의 12번지에 있으니, 꼭 방문해 주세요."

"네, 꼭 가죠!"

나는 상인에게 약속하고, 미아가 조종하는 실프에게 안겨 하늘로 날아올랐다.

"마스터! 하늘을 날고 있다고 고합니다!"

No.8을 비롯한 나나의 자매들이 거창하게 놀랐다.

나나의 자매들은 평평한 텐션인 애가 많은데, No.8은 비교적 감정의 기복이 풍부하다.

그리고 사건의 발단이 된 긴 다리 거미 게는 No.8의 지시로 가도에서 멀리 떨어진 산 속 깊은 곳으로 이동을 하고 있었다.

◆

"주인님, 어서 와. 그쪽 트러블은 해결됐어?"

"그래, 원만하게 해결됐어."

돌아오는 도중에 경계 비행을 하고 있던 왕도의 새 수인 병사나 비룡 기사(와이번 라이더)들에게 수하를 받았지만, 내 귀족증과 미스릴증, 그리고 미아의 엘프 귀를 보여서 결백함을 증명할 수 있었다.

출발하고서 1시간도 안 지난 탓인지 비스탈 공작 일행 말고는 모두 남아 있었다. 마차 마중은 아직 안 온 모양이다.

"나나의 언니들도 건강해 보여 다행이야."

"늦어졌습니다만, 지금 귀환했습니다. 이제부터는 저희 일곱

명도 미아 님을 비롯하여 여러 선배 분들과 No.7— 나나와 마찬가지로, 마스터의 손발이 되어 봉사할 생각입니다."

No.1은 나나와 달리 말이 유창하다.

"성묘는 무사히 끝났니?"

"네, 전 마스터의 사모님 묘소에, 유품을 매장할 수 있었습니다."

다행이군. 상당히 헤매고 있던데, 무사히 목적을 달성한 모양이다.

"방패 공주가 늘어, 났다?"

"방패 공주를 여덟 명이나 준비하다니, 마왕의 군단과 전쟁이라도 할 셈인가!"

"한 명 내놔라."

우리들과 나나 자매들이 재회의 말을 나누는 너머에서, 나나와 같은 얼굴을 한 자매들을 본 구경꾼들이 이상한 소리나 망언을 수군거리고 있었다. 분명히 기다리다가 질려서 한가한 거겠지.

인사가 일단락된 참에, 아리사가 나에게 물었다.

"그래서, 주인님. 아직 여기서 기다릴 거야?"

"어디 보자—."

마중을 기다리는 사람들의 수를 보니 당분간 우리들의 순서가 돌아올 것 같지 않았다.

"—대단한 거리도 아니니까 걸어가자."

그리고 왕도의 메인 스트리트에는 합승마차가 많으니까 아마 중간에 잡을 수 있을 거야.

"카리나 님도 그걸로 괜찮을까요?"

내가 말을 걸자, 무노 남작 차녀 카리나 양이 화려한 금발을 뒤로 떨치면서 돌아보았다.

"네, 상관없답니다."

그녀의 트레이드 마크인 세로 롤이 흔들리고, 누구보다도 커다란 두 언덕 또한 매혹의 파동을 뿜으면서 흔들렸다.

무심코 시선이 빨려 들어갈 것 같았지만, 나는 강한 의지로 그것을 견뎌냈다.

"타마도 오케이~?"

"포치도, 물론 오케이인 거예요."

No.6와 No.8에게 봉제인형처럼 안겨 있는 타마와 포치도, 카리나 양에 이어서 동의했다.

나나의 자매들도 나나와 마찬가지로 어린애를 좋아하는지, 두 사람을 끌어안고 기쁜 기색이었다. No.5도 같은 흐름으로 미아를 가슴에 끌어안으려고 했지만, 「싫어」라고 딱 잘라 거절당해서 쓸쓸해 보였다.

"그러면, 가죠."

나는 모두를 선도하여 왕도의 문으로 갔다.

나나의 자매들이 합류했으니 19명이나 되는 대인원이다.

사람 수가 많은 탓인지, 내가 자매를 마중하러 간 사이에 엄청나게 불어난 구경꾼 사이를 빠져나가느라 꽤 고생했다.

그 인파를 빠져나가자 잠시 지나 왕도의 정문에 도착했다.

"커다래~?"

"미궁도시의 문보다 훨씬 커다란 거예요!"

파리의 개선문이 떠오르는 거대한 문을 보고, 타마와 포치를 비롯한 동료들의 텐션이 올라갔다.

대국인 시가 왕국의 문화나 재력을 자랑하는 의미도 있는 건지, 문에는 정밀한 조각이 새겨져 있고 더욱이 그 뒤에는 몇 개나 마술적인 회로가 숨겨져 있는 모양이다.

"행렬."

"대국 수도의 현관문이라 그런지 굉장하네."

미아와 아리사가 문 앞에 생긴 행렬을 보고 지긋지긋하단 기색으로 말했다.

우리들은 행렬이 생긴 상인들의 줄이나 일반 시민의 줄을 지나쳐서, 마차만 몇 대 정도 늘어선 귀족의 줄로 갔다.

우리가 도착할 무렵에는 늘어서 있던 마차도 통과하고, 금방 순서가 됐다.

"여기는 귀족의 줄이다. 만약 틀린 것이 아니라면, 그 증거를 보고 싶다."

문지기 기사가 잘 울리는 중저음의 목소리를 냈다.

"꿀성대네."

"꿀성대~?"

"개미꿀은 충분히 모일만큼 내버려둔 다음에 사냥하는 편이 꿀 잔뜩인 거예요?"

뒤에서 아리사가 나누는 대화가 들리자, 문지기 기사의 엄격한 표정이 한순간만 느슨해졌다.

"저는 무노 남작 가문 가신, 사토 펜드래건 명예사작입니다. 이 분은 무노 남작의 영애이신 카리나 무노 님이십니다."

나는 그렇게 자기소개를 하고, 내 귀족증과 카리나 양의 시녀 피나가 가지고 있던 카리나 양의 귀족증을 보였다.

"실례지만 확인하도록 하겠습니다."

문지기 기사가 말하고 귀족증과 우리들을 순서대로 바라보았다.

그는 「감정」 스킬을 가졌으니, 진짜인지 아닌지 확인하는 거겠지.

"실례했습니다. 무노 님, 펜드래건 경. 괜찮으시다면 귀족 분들께서 마차도 안 타고 계신 이유를 묻고 싶습니다."

아하, 그래서 체크가 엄중했구나.

"아까 불시착한 비공정에 우리도 타고 있었습니다. 아무리 기다려도 마중이 오질 않기에, 왕도 구경이나 하면서 마차라도 잡아탈까 생각했습니다."

내 대답에 납득했는지, 문지기 기사가 마차를 잡아주지 못하는 것을 사과하고 우리를 통과시켜 주었다.

"—어라?"

문을 통과한 다음, 아리사가 팔로 눈가를 쓱쓱 비볐다.

"왜 그래?"

"성 옆에, 뭔가 흐릿한 게 있기에 뭔가 해서."

"아아, 저건 벚나무야."

에치고야 상회의 총지배인 에르테리나의 말에 따르면 왕벚나무란 이름의 국수(國樹)인데, 매년 지금쯤의 계절부터 피기 시작한다고 했다.

"성이랑 같은 사이즈인데?"

"딱히 신기할 것도 없잖아?"

본래 세계라면 픽션 속밖에 없지만, 이 세계에는 위성 궤도까지 뻗은 세계수나 산 사이즈의 산수가 있으니 성 사이즈 정도라면 그렇게 놀랄 일도 아니다.

"응, 보통."

"그것도, 그렇네."

미아가 당연하다는 기색으로 고개를 끄덕이자, 아리사도 세계수나 산수를 떠올렸는지 미묘한 표정으로 고개를 끄덕였다.

"저렇게 커다란 벚나무인데, 『지지 않는 벚나무』가 아니네."

"아아, 아마, 이곳 벚나무 아래서 소원을 빌어도 이루어지진 않을 거야."

아리사가 유명한 게임에 등장하는 벚나무 소재를 말하기에, 어렴풋한 지식으로 조금 맞장구를 쳤다.

"그건 유감."

아리사가 웃으면서 현실로 이야기를 되돌렸다.

"이쪽에도 벚나무 같은 게 있었구나."

"듣자니, 왕조 야마토 씨가 엘프들에게 받았다던데."

"또오, 왕조님~? 어쩐지 홍법대사처럼 뭐든지 하네."

아리사가 눈썹을 찌푸리면서 투덜거렸다.

"에이. 그러지마. 왕도에서는 연말부터 연시까지 꽃구경 시기라고 하니까, 만개하면 다 함께 꽃놀이를 하자."

"오옷, 그거 좋네! 사쿠라모찌도 만들어줘, 사쿠라모찌."

"좋아."

들뜬 아리사의 말을 가볍게 받아들였다.

꽃놀이에 대해서 아리사에게 묻는 동료들을 이뻐라 보고 있는데, 뒤에서 카리나 양의 시녀 피나가 말을 걸었다.

"사작님, 이대로 남작 저택에 가실 건가요?"

"아아, 그럴 셈이야."

시녀 피나의 말에 수긍했다.

예정의 2배 가까운 수가 되어 버렸으니, 남작 저택에 머무르는 게 가능한지를 확인하고 무리일 것 같으면 숙소를 찾아야 한다.

"마스터, 말 없는 마차가 있다고 고합니다."

No.8이 톡톡 내 소매를 끌었다.

그녀가 시선을 보내는 곳에는 여명기의 자동차 같은 마차가 달리고 있었다.

"저건 골렘차야."

오유고크 공작령에서도 몇 번인가 봤던, 마차 본체가 골렘으로 되어 있는 탈것이다.

그런 탈것에는 바리에이션이 있는데, 미궁도시에서 우리가 퍼레이드에 썼던 골렘 마차는 골렘 말이 보통 마차를 끌고 있었다.

미궁도시의 귀족들에게 들은 이야기에 따르면 후자의 골렘 마차 쪽이 「우아」하고, 전자 쪽이 「선진적」이라며 취향이 갈린다고 했다.

"마스터, 집들의 발코니에 꽃이 장식되어 예쁘다고 고합니다."

No.8이 내 팔을 잡고서 길가의 집을 장식하는 꽃들을 가리켰다.
이 애는 다른 애들보다 사람을 잘 따르는 모양이군.
"길티?"
"조금 다른 것 같아."
미아와 아리사가 소근소근 속삭였다.
"가슴이 작으니까, 무죄 추정."
"응, 동의."
자기들 하는 짓은 제쳐두고서 그런 말을 나누었다.
"No.8, 마스터가 난처하다고 고합니다."
"마스터, No.8은 폐가 되나요?"
나나가 지적하자, No.8이 놀란 것처럼 나를 올려다보고 불안한 기색으로 물었다.
"그렇진 않아."
조금 걷기는 어렵지만.
후반의 말을 생략한 보람이 있어서, No.8이 **후우** 거친 콧김을 뿜으며 나나를 보았다. 그녀도 나나와 마찬가지로 무표정했지만, 분명히 나름대로 재는 표정을 짓고 있는 게 틀림없다.
한데 모여 있으면 다른 사람들에게 방해되니까, 우리는 두 줄 정도로 걸어서 나아갔다.
"대국의 왕도라 그런지 사람들이 많이 다니네."
"응, 동의."
서문에서 이어지는 메인 스트리트는 마차가 네 대 정도 나란히 오갈 수 있을 정도로 넓지만, 신호가 없으니 교차로 따위에서는 가끔 한데 뭉쳐 있다. 마차의 왕래가 현대의 자동차처럼 많지 않아 다행이다. 길옆에 보도가 있지만, 차도로 삐져 나와 걷는 사람도 많았다.

"왕도는 인간족이 많은 모양이군요."

오가는 사람들을 보던 리자가 그렇게 말하며 요정가방에서 꺼낸 외투를 입었다. 그녀의 종족 특징인 꼬리와 비늘을 숨기고, 타마와 포치에게도 귀와 꼬리를 감추는 후드가 달린 망토를 입혔다.

맵을 검색한 정보에 따르면, 왕도의 80퍼센트는 인간족이다. 나머지 20퍼센트의 대부분은 비늘 종족이나 수인족이 점하고 있으며, 소수파인 요정족은 모두 합쳐도 300명이 안 된다.

"주인님, 왕도도 인간족이 아닌 자에게 차별을 하나요?"

"수인의 상인이나 인간족이 아닌 국가에서도 대사가 오는 모양이니까, 장소나 상대에 따라 다른 느낌이야."

나는 미궁도시의 귀족들이나 에치고야 상회의 간부들에게 들은 이야기를 떠올리면서, 루루의 질문에 대답했다.

"그래도, 시가 왕국 북부 정도로 차별은 없을 거야."

아인 소녀들과 만난 세류 시에서는 일부 요정족을 제외한 아인종은 노예가 아니면 존재할 수가 없을 정도였다.

"마차도 여러 종류가 달리고 있네요."

"네. 마차나 짐수레를 끄는 짐승도 말만 있는 게 아니라, 공도에서 본 주룡이나 둔룡도 있는 모양입니다."

루루와 리자가 그런 대화를 나눴다.

"고오저스~."

"엄청 훌륭한 마차인 거예요!"

뒤에서 다가온 세 대의 호화로운 마차가 우리들 옆을 지났다.

마차에는 시가 왕국의 국기를 세웠고, 측면에는 미궁자원성의 문장이 그려져 있었다.

"상당히, 엄중하네."

마차를 수행하는 10명 가까운 왕국 기사의 호위를 보고 아리사가 눈썹을 찌푸렸다.

"왕국의 마차였으니까 저 정도 호위가 있는 게 보통 아냐?"

"헤에, 그래?"

나는 문장학의 지식으로 얻은 정보를 아리사에게 말해줬다.

"마스터, 저기! 커다란 거북이가 짐수레를 끌고 있다고 고합니다!"

No.8이 뿅뿅 뛰면서, 차도를 쿵쿵 걷는 거대 코끼리 거북이 끄는 6륜차 줄을 가리켰다.

"저렇게 무거워 보이는데, 용케 돌바닥이 가라앉질 않네."

"흙 마법으로 보강을 해둔 거 아닐까?"

아리사의 말에 대답했다.

AR표시를 보니, 저건 레프라콘들의 왕국에 속한 사절단인 모양이다.

레프라콘은 적동색 피부를 가진 사람들인데, 요정족 공통의 특징인 작은 체구와 조금 뾰족한 귀를 가졌다. 엘프들 정도는 아니지만, 장난이나 모험을 좋아하는 레프라콘들도 인간족의 영역에서 보이는 일이 적다.

그런 느낌으로 왕도의 거리를 바라보며 보도를 나아가고 있는데, 나를 불러 세우는 목소리가 들렸다.

"펜드래건 사작!"

차도를 달리는 마차 창에서 나를 부르는 사람은 기억에 있었다. 미궁도시 세리빌라 탐색자 길드에 소속된 간부 직원인데, 길드장과 술자리를 가질 때 반드시 참가하는 술꾼 중 한 명이다.

그들 직원들은 「계층의 주인(플로어 마스터)」 토벌 전리품을 국왕 곁으로 전달하기 위해서, 우리들과 같은 비공정으로 왕도에 왔었다.

"귀족 거리까지 거리가 있습니다. 이 근처는 손님을 받는 마차가 적으니까 도중까지 타고 가시겠어요?"

"마음 씀씀이는 기쁩니다만, 사람이 많아서……."

"괜찮습니다. 뒤의 두 대에도 탈 수 있고, 미스릴의 탐색자인 여러분이 동승해주시면 가는 길도 안심이니까요."

"그러고 보니 호위 기사가 없네요."

나는 목소리를 죽여 간부 직원에게 물었다.

"네, 저희들 앞에 미궁자원성의 마차가 지나가지 않았나요? 그건 미끼입니다."

그러고 보니 미궁도시의 탐색자 길드는 미궁자원성의 관리 아래 있는 공적 조직이었지.

"그쪽에 괘씸한 자들의 이목을 모아두고, 저희들은 유유히 왕성으로 갈 예정입니다."

그들 자신도 레벨이 높고 마부를 맡고 있는 길드 직원도 전직 탐색자인 실력자였지만, 그래도 조심성이 부족한 것 같다.

조금 걱정이 되니, 호위를 할 겸 중간까지 타고 가기로 했다.

한 대에 모두 타는 건 무리기에, 첫 마차에 나랑 포치, 타마, 그리고 카리나 양과 시녀 피나. 두 대째에 동료들과 카리나 양의 호위 메이드들. 나나와 자매들은 세 대째다.

두 대째 이후는 지붕이 없는 마차— 요컨대 화물운반용이라, 첫 번째 마차에 카리나 양을 우선했다.

"여러분은 이제부터 왕성으로 가시나요?"

"네, 뒤의 두 대는 마핵의 운반차라서, 이 마차 말고는 처음 만나는 제2성벽 근처에 있는 마핵 창고까지만 갑니다."

간부 직원 이야기를 들으니 「계층의 주인」을 토벌한 전리품 중에서 특히 비싼 물건은 그를 포함한 세 명의 「보물 창고」 스킬을 가진 사람이 아이템 박스 안에 수납하고, 나머지는 왕가에서 대여해준 수납 용량이 커다란 「마법의 가방」으로 나른다고 했다.

마차 바닥에 두거나 지붕 위에 쌓여 있는 짐은 대부분이 위장용 미끼라고 했다.

마법 감지를 하는 상대용으로, 고물 같은 마법 도구까지 수납해두는 조심성을 보였다.

"뉴!"

내 무릎 위에 진을 치고 있던 타마의 귀가 쫑긋 곤두섰다.

그것과 동시에, 레이더에 빨간 점이 나타났다.

"무슨 일이시죠?"

내 표정이 변화한 걸 깨달은 간부 직원이 물었다.

"아까 그 미끼를, 괘씸한 자들이 문 모양이네요."

나는 진행 방향에 올라오는 하얀 연기를 가리키면서 말했다.

레이더의 정보에 따르면, 30명쯤 되는 범죄 길드 녀석들이 미궁자원성의 마차를 습격한 모양이다.

연기 구슬의 일종을 써서 시야를 막고, 그 사이에 마차에서 금품을 강탈할 셈인가 보다.

—으엑.

하얀 연기가 퍼지는 길 앞에서 굉음과 함께 화염이 휘몰아쳤다.

습격 장소 근처에 있던 3층 건물의 상점 옥상에 있던 범죄 길드의 마법사가, 지상을 향해서 불 마법「불 고리(파이어 서클)」를 쓴 모양이다.

하얀 연기와 불 고리의 불꽃 탓에, 지상의 기사들은 마법사의 위치를 알아내지 못하는 모양이다.

"언빌리버보~."

"왕도의 범죄자는 화려하군요."

난폭자들이 많은 미궁도시에서도 도시 안에서 이 정도까지 하는 녀석은 없다.

"아니…… 저렇게까지 무모한 짓을 하는 바보는 거의 없어요."

역시, 왕도에서도 보기 드문 모양이다.

이대로 방치하면 그 녀석의 공격 마법으로 큰 부상을 입는 사람이 늘어날 것 같으니 조금만 개입해야겠다.

"타마."

"네잉."

내가 손을 내밀자, 타마가 호흡을 딱 맞춰서 손바닥 위에 요정 가방에서 꺼낸 돌을 놓았다. 투석에 적당한 사이즈다.

마차에서 몸을 내밀고, 팔의 힘으로만 던졌다.

죽이지 않도록 힘 조절을 한 돌이 마법사의 복부에 명중하여 의식을 빼앗을 수 있었다.

다만, 기절한 탓에 옥상에서 굴러 떨어진 것은 예상 밖이었다. 악운이 강한지, 중간층에 있는 베란다나 1층의 천 처마에 바운드되어 감속한 덕에 떨어져 죽지 않고 넘어갔다.

마치 왕년의 쿵푸 영화 스턴트 장면 같았다고 생각하면서, 살인을 안 하고 넘어간 것에 내심 가슴을 쓸어 내렸다.

뭐 여차하면 내가 언제나 발동하고 있는 「이력의 손」으로 낙하 속도를 죽일 셈이었지만.

—으엑.

범죄 길드 마법사를 나타내는 광점이 사라졌다.

시간차로 추락사한 게 아니라, 근처에 있던 왕국 기사가 검으로 찔러 죽인 것이다.

……가차 없군.

"주인님."

뒤쪽 마차에서 사건을 감지한 리자 일행이 달려왔다.

"우리가 참견할 필요는 없겠어."

내 말과 거의 동시에, 누군가가 바람 마법을 써서 시야를 가로막는 하얀 연기를 날려버렸다.

시야를 방해하는 것이 사라지자마자, 범죄 길드 녀석들에게 희롱당하던 왕국 기사의 반격이 시작됐다.

노호 같은 기세로 붉은 피보라가 가득한 스플래터한 광경이 펼쳐진다. 3배의 인원 차이도 레벨 차이나 전투 기술의 차이에는 미치지 못하는 모양이다. 도망치려던 범죄 길드원들도 있었지만, 순식간에 따라 잡혀서 목이 날아갔다.

이런 잔혹한 장면은 거북하니까, 무심코 고개를 돌려버렸다.

"끝났어~."

"나쁜 사람들 전부 쓰러져 버린 거예요."

그다지 시간이 안 지나서 진압당한 모양이다.

시선을 돌리자, 어느샌가 달려온 위병들이 범죄자들의 시체를 길옆으로 치우고 미궁자원성의 마차나 호위인 왕국 기사들이 뒤를 위병들에게 맡기고 출발하는 참이었다.

"정리된 모양이군요. 저희들도 출발합시다."

간부 직원의 말로 마차가 출발했다.

사건에 휘말려 들어 부상을 입은 운 나쁜 일반인이 몇 명 보이기에, 하급 희석 마법약을 선물했다.

다행히도 아까 그 사건 이후로는 딱히 트러블도 없이, 무사히 하급 귀족의 저택이 모인 구역으로 이어지는 길까지 배웅을 받았다. 거기서 마차를 잡아서 무노 남작의 왕도 저택에 도착할 수 있었다.

"영주님의 저택치고는 꽤 아담하지 않아?"

아리사가 지적한 것처럼, 무노 남작 저택은 작았다.

물론 그것은 어디까지나 「영주의 저택」을 기준으로 했을 경우

이며, 보통의 남작들이 사는 저택으로서는 표준 사이즈였고 현대 일본의 기준으로 말하자면 충분히 호화 저택의 범주에 들어간다.

"사작님!"

저택의 뜰을 청소하고 있던 낯익은 메이드가 나를 발견하고 달려왔다.

그 목소리를 들었는지, 저택 안에서도 메이드들이 나왔다.

""""어서 오세요, 펜드래건 사작님!""""

우리를 맞이하면서, 메이드들이 일제히 인사를 했다.

그녀들의 환영해주는 마음은 참 기쁘긴 한데—.

"여러분! 카리나 님께 인사는 안 하는 건가요!"

""""으엑, 피나 씨!""""

소홀하게 취급 받은 주인 대신에 피나의 분노가 작렬했다.

당사자인 카리나 양은 타마랑 포치와 함께 남작 저택의 겉모습에 대해 잡담을 하고 있어서, 소홀한 대접을 받은 걸 깨닫지 못했는지 고개를 갸우뚱했다.

""""어서 오세요, 카리나 님.""""

일제히 인사하는 메이드들 앞으로 나아간 카리나 양이, 세로롤의 화려한 금발을 뒤로 떨치며 가슴을 폈다.

"마중하느라 수고가 많군요! 지금 돌아왔답니다!"

탄탄한 목소리로 메이드들을 격려했다.

그러면, 이걸로 드디어 한숨 돌릴 수 있겠군.

남작 저택

"사토입니다. 해외를 가난하게 여행하던 무렵은, 숙박 예정이던 호텔에서 밀려나는 일이 종종 있었습니다. 치안이 나쁜 나라는 노숙이란 선택지를 선택할 수 없으니, 필사적으로 호텔을 찾아 다녔죠."

"나나 씨는 8자매였군요."

"네, 왕도 근처에서 우연히 재회했어요."

왕도 저택에 배속된 5명의 메이드들을 지휘하는 메이드장—얼굴은 기억하고 있지만, 이름은 AR표시가 나올 때까지 떠올리지 못했다.

"사람 수가 2배가 되어 버렸으니, 다 함께 여관을 잡을까 생각하고 있어요."

"그, 그럴 수가!"

"사작님이 묵어가지 않으신다니!"

"메이드장! 저희들 방을 비울 테니까, 거기 묵도록 해주세요."

여관을 잡는다고 말한 순간, 벽 앞에서 대기하고 있던 메이드들이 엄청난 기세로 메이드장에게 애원하기 시작했다.

"굉장한 인기네, 주인님. 설마하니 생각하지만, 메이드들한테 손을 대거나 하진 않겠지."

"당연하지. 그런 일을 할 리가 없잖아."

바짝 다가와 바보 같은 소리를 하는 아리사의 이마를 밀어냈다.

"당신들 방이라고 해도, 사용인의 6인실이잖아요? 손님을 묵게 하는 건 실례가 되고, 그 동안 당신들은 어디서 잘 건가요?"

"저희들은 복도든 헛간이든 상관없어요!"

"부엌이나 식당 바닥이라도 충분해요!"

"그러니까, 메이드장! 사작님을 붙들어주세요!"

메이드들이 메이드장에게 우르르 몰려든다.

엄격해 보이는 메이드장도 메이드들의 기세에 주춤거렸다.

"—사작님, 사작님."

내 뒤에서 에리나가 귓속말을 했다.

"저 애들은 사작님의 요리를 노리는 거예요. 그러니까, 사양 말고 저 애들 방을 빼앗아 주세요."

"요컨대, 에리나 씨도 같은 생각인 거예요. 피나 씨랑 저희들이 묵는 방에 선배 메이드들을 받을 테니까 사양하지 말고 묵고 가세요."

에리나의 말에 이어서, 신입 아가씨가 보충해주었다.

가능하면 오늘은 요리 같은 거 안 하고 침대에 다이빙해서 잠을 탐닉하고 싶은 기분인데, 이렇게 기대를 해버리면 함부로 내칠 수가 없다.

"메이드장, 오늘밤은 여러분의 배려를 감사히 받겠습니다."

"그러신가요? 그러면 금방 방을 정리할 테니 잠시만 기다려 주세요."

"아, 메이드장—."

메이드들에게 지시를 내리는 메이드장을 불러 세웠다.

"요리장의 허가를 받을 수 있으면, 저녁 식사에서 몇 가지는 제가 만들고 싶은데요. 괜찮을까요?"

""""부디!""""

내 요청에 메이드장이 아니라, 메이드들이 일제히 대답했다.

"저, 요리장을 설득하고 올게요!"

"저는 식재료 확인을!"

"그러니까, 그러니까아— 저는 방 정리를 하고 올게요."

메이드장의 불벼락이 떨어지기 전에 메이드들이 방을 뛰쳐나갔다.

"정말이지, 저 애들도 참……."

메이드장은 한숨을 쉬고 나서, 우리들이 묵을 방으로 안내해 주었다.

제법 넓은 방이다.

"널찍한 방이 3개 있으니, 메이드들을 쫓아내지 않았어도 괜찮았네."

내 방 말고는 침대가 4개씩 있으니, 침대를 붙이면 충분히 잘 수 있겠다.

조금 갑갑하지만 작은 애가 많은 동료들이라면 방 하나라도 충분하고, 나나와 자매들을 두 방에 분산시키면 된다.

"그렇네. 왕도에 저택도 사뒀으니까, 내일이라도 직접 보러 가서 살 수 있으면 내일부터 옮기자."

미궁도시 세리빌라 태수부인의 소개로, 하급 귀족 거리와 중급 귀족 거리의 경계쯤에 있는 풍광이 좋은 장소에 저택을 사뒀다.

부지는 남작 저택의 3배쯤 되며, 다른 귀족을 초대하기 위한 널찍한 살롱이나 가든 파티를 열 수 있을 정도의 정원도 있다.

굳이 따지자면, 나 같은 최하급 귀족이 아니라 조금 더 사교에 힘을 넣는 중견 귀족에게 좋은 저택이다.

무노 남작과 저택을 교환하면 딱 좋을지도 모르겠군.

"우왓, 창문에서 보이는 게 우뚝 선 벽뿐이네."

"저건 바깥에서 세 번째의 내벽이네요."

왕도는 몇 번이나 성벽을 확장해서 도시를 넓힌 역사가 있다. 건국하고 7백년 가까이 지난 지금은, 왕성을 중심으로 동심원 모양의 내벽이 7개나 있는 것이다. 물론, 왕성 안에 몇 겹으로 있는 성벽을 빼고서다.

미궁도시 세리빌라의 태수부인이며 왕도 출신인 아시넨 후작부인 이야기를 들어보니, 영주들이나 백작 이상의 귀족들이 가진 광대한 저택은 가장 안쪽의 벽 — 건국 당시부터 도시를 둘러싸고 있던 외벽 — 너머에 있다고 한다.

본래는 「도시 핵을 지배하는 영주」인 무노 남작의 저택도 그쪽에 있어야 하는 것이 맞다.

예산 문제라면 내가 출자를 해도 되겠지만, 아마 권세의 문제라고 생각하니까 괜한 참견은 하지 말고 니나 집정관이 수완을 휘두르는 것을 지켜볼 생각이었다.

◆

방 배정을 끝내고서 잠시 지나, 복도를 달려오는 우다다다 발소리와 함께 No.8이 방으로 뛰어들어왔다.

"마스터, 나나의 속옷이 헐렁헐렁하다고 보고합니다!"

상반신이 거의 알몸이다.

나나의 것으로 보이는 아리사 특제 브래지어를 하고 있는데, 사이즈가 전혀 안 맞아서 보여선 안 되는 범위가 거의 보이고 있다.

"으엑."

"파렴치!"

그걸 본 아리사와 미아가 눈살을 찌푸렸다.

두 사람이 황급히 타월로 No.8의 가슴을 가리기 위해 달려갔다.

"마스터! 저희들과 No.7은 같은 사이즈였는데, 커다란 차이가 생겼다고 항의합니다."

"마스터, 나나만 조정 장치로 강화하는 건 불공평하다고 고합니다."

거기에 No.6와 No.5가 이어서 들어왔다.

둘 다, 컵에 틈이 많은 브래지어 차림이다.

실제 연령이 0세라서 그런지 수치심이 너무 옅군.

"주인님, 뒤돌아있어."

"벌써 돌았다."

아리사의 요청을 등으로 받으며, 나나의 자매들에게 옷을 입히길 기다렸다.

"마스터, No.8이 실례를 한 것 같아 죄송합니다."

자매들 셋을 따라온 No.1이 자매를 대표해서 사과했다.

그녀 뒤에서 다른 자매들도 함께 고개를 숙였다. 여행복 차림이었던 그녀들의 복장이 나나에게서 빌린 것으로 보이는 평상복으로 바뀌어 있었다.

"이 애들은 제가 잘 타이르겠습니다……."

"신경 쓰지 않아도 돼."

"마스터의 관대함에 감사합니다."

다시 한 번, 자매들이 고개를 숙였다.

"마스터, No.1이 마스터와 이야기를 하고 싶다고 했습니다."

""""나나.""""

자매들 뒤에서 고개를 내민 나나가 말하자, No.1이 튕기듯 뒤를 돌아보았다.

"그것은 조금 더 타이밍을 잰 다음에—."

"아니, 기왕 왔으니 지금 들을게."

저녁 식사 준비를 하기엔 이르고, 기왕 이렇게 됐으니 나나의 자매들과 커뮤니케이션을 하는 김에 그녀들의 모험담 같은 것도 들어볼까.

배정된 방에는 어느 방이든 다 함께 들어갈 수가 없으니까, 가장 넓은 식당을 빌렸다.

"마스터의 관대한 자비 덕분에, 무사히 전 마스터의 유품을 사모님의 묘소에 매장할 수 있었습니다."

No.1이 자세를 바로잡고 고개를 숙이자, 자매들도 마찬가지로 고개를 숙였다.

아까도 들은 내용이지만, 새삼 말을 하고 싶었던 모양이니까 그대로 들었다.

"고개를 들어. 다들 무사히 돌아와서 다행이야."

"네, 그것도 마스터가 사전에 『마법의 가방』이나 여행에 필요한 도구를 준비해주신 덕분입니다."

자매들에게 준 「마법의 가방」은, 용의 계곡에서 얻은 「격납 가방」과 같은 종류의 마법 도구였다.

그녀들이 여행하며 고생한 이야기를 들을까 했는데, 어째 다들 하나같이 말없이 나를 보기만 해서 내가 먼저 말을 꺼내기 어렵다.

"왜 그러니?"

"아뇨, 저기……."

No.1이 살짝 볼을 붉히며 머뭇거렸다.

—왜 그러지?

"마스터, No.1은 마스터에게 이름을 붙여달라고 말을 꺼내지 못하는 거라고 고합니다."

""""No.7!""""

"내 이름은 나나라고 고합니다."

옛날 이름으로 비난하는 자매들에게, 나나가 조금 재는 어조로 정정했다.

나나가 가르쳐준 것처럼, 자매들과 헤어졌을 때 재회하면 이름을 붙여준다고 약속한 기억이 있었다.

"마스터, 제 이름은 뭔가요? 라고 묻습니다."

No.8이 슥 나에게 얼굴을 가까이 대면서 물었다.

자칫하면 키스를 해버릴 정도로 얼굴이 가깝다.

"자, 잠깐! 너무 달라붙었어!"

"응, 떨어져!"

아리사와 미아의 철벽 페어가 No.8을 나한테서 떼어냈다.

"No.8! 이것은 연공서열로 가야 합니다."

"No.1, 그것은 구시대적이라고 지적합니다."

"지금은 공평하게 가위바위보가 좋지 않을까 제안합니다."

"데스매치는 시간이 걸리니, No.3는 토너먼트 형식이 좋다고 생각합니다."

자매들이 입을 모아 이름 붙일 순서를 다투었다.

자매도 성격이 여러모로 다른지 No.2는 말없이 자매들을 지켜보고, No.5는 대화에 참가할 타이밍을 잘 못 잡는 모양인지 입을 열었다가 닫기를 반복하고 있었다.

"주인님, 이 애들 이름 제대로 생각해뒀어?"

아리사가 몰래 귓속말을 했다.

"물론—."

"이치코나 아인 같은, 그런 싸구려 이름으로 하려는 건 아니겠지?"

어떻게, 알았지?

"하아, 정말이지—."

아리사가 탄식했다.

"숫자로 선택한다고 해도, 여자애한테 어울릴 법한 걸로 해."

그러니까, 이치코나 니비 같은 걸로 하려고 했는데…….

시가 왕국풍 이름은 좀처럼 떠오르질 않으니, 가지고 있는 자료 안에 있는 위인의 이름이나 마법서의 저자 같은 거에서 고르자— 라고 생각하여 서적 폴더를 펼쳐봤는데, 더욱 간편한 자료가 있었다.

공도에 머무를 때 어둠의 옥션에서 입수한 일본어 메모장 안에, 여러 단어의 일본어와 외국어의 대비표가 있었다. 다른 것과 좀 다르지만, 도움이 될 것 같으니 불만은 없다.

나는 숫자란에 눈길을 주어, 여자애의 이름으로 이상하지 않은 느낌의 단어를 골랐다.

"미안하지만 순서대로 간다—."

가위바위보를 시작하려는 자매를 말렸다.

"No.1— 네 이름은 아진이야."

처음에는 프랑스어로 1을 의미하는 안이라고 할까 생각했지만, 이미 에치고야 상회의 연금술사 소녀에게 안이라는 이름을 붙여줬으니, 그녀는 러시아어로 1을 의미하는 아진이라고 이름 붙였다.

"마스터, 감사합니다! 아진은 마스터에게 영원한 충성을 맹세합니다."

엮은 머리칼을 시뇽으로 정돈한 리더 No.1— 아진이, 격납 가방에서 애용하는 대형 방패와 세검(레이피어)을 꺼내 의장병처럼 겨눈 다음, 신하의 예를 취했다.

"No.2— 너는 이스난."

"감사. 저는 이스난."

세 갈래로 땋은 포니테일이 특징인 No.2— 이스난은, 짤막하지만 자랑스러운 느낌으로 자기 이름을 반복했다. 그녀도 아진을 따라 애용하는 무기— 전투 망치(워 해머)를 꺼내 신하의 예를 취했다.

참고로, 그녀의 이스난이라는 이름은 아라비아어다. 잊지 않도록 주의해둬야겠군.

"No.3— 트리아."

"네, 마스터. No.3— 트리아의 이름은 트리아입니다."

엮은 머리 사이드 테일인 No.3는, 1인칭으로 자기 이름을 쓰는 타입인가 보다.

격납 가방에서 칼날창(부지)을 꺼내려다가 천장을 찔러버려서, 황급히 대처하려다가 천장에 한 줄기 상처를 만들었다. 그녀는 덜렁이 속성이 있나 보다.

나나의 이야기를 들어보니 No.3는 요리를 좋아한다고 했는데, 덜렁이 속성이 요리에 발휘되지 않기를 기도하고 싶다.

고개 숙여 사과하는 트리아를 달래고, 다음 애의 명명으로 옮겼다.

"No.4— 피어."

"마스터의 명명을 수락. 저는 피어."

머리칼을 하나로 묶어 가슴에 늘어뜨린 No.4— 피어도, 대검을 바닥에 두고 신하의 예를 취했다.

그녀는 No.2와 마찬가지로 말수가 적다. No.3까지와는 달리, 표정 변화도 거의 없다.

"No.5— 펀프."

"명명에 감사한다고 고합니다. 펀프, 펀프, 좋은 이름이라고 자부합니다."

싹둑 자른 세미 롱의 No.5— 펀프가, 나나와 비슷한 어조로 무표정하게 말했다.

그러고 보니, 「요람」에서 헤어졌을 때는 No.3나 No.4도 나나랑 비슷한 어조였고, No.1부터 No.3까지도 그다지 표정 변화가 없었다.

분명히, 여행하는 동안 감정 표현이 풍부한 사람들과 교류하여 배운 거겠지.

"마스터에게 감사한다고 고합니다."

No.3를 보고 학습했는지, 애용하는 긴 자루 도끼(폴 액스)를 격납 가방에서 꺼내지 않고 신하의 예를 취했다.

"No.6— 시스."

"저는 시스. 마스터에게 감사와 충성을 바친다고 고합니다."

양사이드 시뇽인 No.6— 시스가, 격납 가방에서 꺼낸 단창으로 가볍게 연무 같은 움직임을 한 뒤에 포즈를 취했다.

그것을 보고 트리아가 분한 표정을 지었으니, 분명히 트리아가 하려고 했던 것이 이 연무였던 거겠지. 다음에 넓은 장소에서 보여달라고 할까?

“마스터, 다음은 저라고 고합니다!”

숏 트윈 테일의 No.8이 뿅뿅 뛰면서 주장했다.

표정 변화는 나나와 마찬가지로 거의 없지만, 제스처로 감정표현이 대단히 풍부하다. 그녀만 다른 자매와 달리 거유가 아니다.

“No.8— 너는 위트야.”

“위트! 제 이름은 위트라고 고합니다! 아진, 이스난, 트리아, 피어, 퀸프, 시스, 나나, 위트—.”

애용하는 곡도를 허리에 찬 No.8— 위트가 활기차게 선언한 다음에, 자매의 이름은 순서대로 불렀다.

“—역시, 위트가 제일 귀엽다고 선언합니다!”

“““그것은 틀렸다고 이의를 제시합니다.”””

“역시, 아진이 가장 우아하죠.”

“이스난이 제일 강해.”

“트리아는 트리아가 제일이라고 주장합니다.”

위트의 한 마디가 계기가 되어, 자매들이 시끌벅적한 기세로 자기 이름이 제일이라고 주장했다.

말싸움을 하는 사이에는 지켜보고 있었지만, 서로 머리칼을 붙잡으려고 하는 참에 개입해서 말렸다.

“다들, 달라서, 다들 좋아.”

미아가 엄청 유명한 시가 연상되는 말로 말다툼을 마무리 지었다.

“이제 슬슬 여행 이야기를 들려줄래?”

“네, 맡겨주세요.”

아진이 대표로 이야기를 시작했다.

그녀들은 세류 시 근처에서 헤어진 다음, 서쪽을 도는 코스로 세류 백작령을 나아가 우리들과 다른 코스— 광산 도시를 경유하는 산자락에서 크하노우 백작령으로 들어가, 거기서부터 길을 잃어가면서 후지산 산맥으로 이어지는 산들을 방랑했다고 한다.

그다지 강한 마물은 만나지 않았지만, 그래도 위험한 때는 몇 번이나 있었다고 했다.

"유적 탐색도 했다고 고합니다."

"하피의 계곡에서 만난 존과 함께였다고 보고합니다."

"유적에는 미토가 있었다고 고합니다."

하위 넘버 자매들이 제각각 알아듣기 어려운 이야기를 말했다.

"존이나 미토는 저를 하치코라고 불렀다고 밀고합니다."

—하치코?

"그 존이나 미토란 애들은 전생자나 전이자였어?"

아리사의 질문에 아진이 대답했다.

"그것은 모릅니다. 미토는 강대한 마법을 무영창으로 사용했습니다."

그러고 보니, 세류 백작령의 마법병 제나 씨가 여행 도중에 나나의 자매와 만났다는 이야기를 했을 때 그 두 사람에 대해서도 말했던 기억이 있다.

분명히, 미토 씨는 단독으로 중급 마족을 쓰러뜨렸다고 했었지.

"무영창이라— 머리색은?"

"존과 미토는 흑발이었습니다."

"그러면 전생자가 아니라 전이자? 하지만 나처럼 가발을 썼을지도 모르고— 주인님. 미토랑 존의 정보를 알 수 없어?"

아리사의 요청에 따라 미토를 맵 검색해봤는데, 발견되지 않았다. 존이라는 인물은 몇 명정도 나왔지만, 유니크 스킬을 가졌거나 「스킬 불명」인 사람은 없는 모양이다.

그것을 아리사에게 말했다.

"그렇구나~. 뭐, 나쁜 사람은 아닌 것 같으니 한 번 만나보고 싶었어."

"금방 만날 수 있겠지."

유감스러운 기색의 아리사에게 근거도 없는 위로의 말을 하고서 아진에게 여행 이야기의 다음을 재촉했다.

"미토와 합류한 다음, 평원에서 마족이나 마물의 무리와 싸우는 군대와 조우하여 존의 지인을 구하기 위해 개입했습니다. 다행히 미토가 사용하는 지원 마법이나 공격 마법 덕분에 목적을 달성했고, 다소 불안한 여비 확보를 위해 젯츠 백작령의 파우란 도시에서 노동을—."

"미토와 함께 식당 여급을 했다고 고합니다!"

아진의 말을 가로막고, 위트가 활기차게 주장했다.

다른 애들도 말하고 싶은지, 파우의 모습이나 용 소동 이야기 같은 것을 이것저것 들려주었다.

"길 안내를 한다는 약속을 어긴 미토가 사라지고, 그 뒤를 따라 존이 사라져서, 저희들은 어느 정도 여비를 확보한 단계에서 여행을 재개했습니다."

크하노우 백작령에서는 난민이 시비를 걸거나, 도적이나 탈주병이 공격하기도 했다고 하는데, 여행하는 사이에 레벨이 오른 자매들 앞에서는 큰 장해가 아니었다고 한다.

그래도 길은 여전히 헤맸다고 하는데, 그러는 도중에—.

"다친 쿠모스케를 구해줬더니 친해졌다고 보고합니다!"

쿠모스케란 건 그녀가 종마로 삼은 긴 다리 거미 게의 이름이겠지.

"마스터, No.8— 위트는 『조련』 스킬을 입수했다."

감정 스킬을 가진 피어가 억양이 없는 어조로 가르쳐 주었다.

"위트가 부하로 삼은 쿠모스케의—."

"쿠모스케는 친구라고 정정합니다."

위트가 아진의 잘못에 민감하게 반응했다.

아진은 순순히 정정한 다음, 쿠모스케의 등을 타고 이동한 덕분에 이동 속도나 답파할 수 있는 지형이 대폭 향상됐다고 말을 이었다.

"묘소가 있는 숲 거인(포레스트 자이언트)의 마을에 들어가기 전에 조금 다툼이 있었지만, 저희들의 얼굴이 나나와 닮았다는 것을 깨달은 촌장 세이타카 공이 중재하여 무사히 들어갈 수 있었습니다."

젠의 아내의 묘는, 무노 남작령에 있는 「숲 거인의 마을」에 있었나 보다.

따로 행동하지 말고 함께 갈걸— 이라는 건 나중에 드는 생각이니 말하지 않았다.

"그건 그렇고 용케 『불사의 왕』이 숲 거인의 마을에 아내의 묘를 만들었네."

"마스터는 『사람의 부적』을 가지고 있었다고 고합니다."

아리사의 의문에 나나가 대답했다.

"하지만 어째서 숲 거인의 마을에 묘를 만든 걸까?"

"그밖에 흐트러질 걱정이 없는 장소가 없었다고, 전 마스터가 말했습니다."

젠은 무노 후작과 적대하고 있었으니까, 사람들이 사는 곳이면 들킬 가능성이 높았던 거겠지. 그밖에는 짐승이 파헤칠 걱정도 있고, 언데드 호위를 붙이면 아내가 언데드화할 가능성도 있었을 테니까.

"무사히 매장을 마친 저희는 또 다시 쿠모스케를 타고 후지산 산맥을 넘어, 그 앞에서 마스터와 재회한 겁니다."

아진은 상단을 놀라게 해서 가도를 봉쇄해버린 것을 슬쩍 무시하고 이야기를 마무리 지었다.

뭐, 괜히 다시 들먹일 의미도 없으니까 딱히 됐어.

"뉴?"

내 무릎을 베개 삼아 얌전히 자고 있던 타마가 쫑긋, 귀를 세우면서 고개를 들었다.

함께 자고 있던 포치도 눈을 뜨고 졸린 듯 눈을 비볐다.

얌전한 노크 소리 다음에, 메이드 중 한 명이 나타났다.

"사작님, 주방에 불이 들어왔다고 알리러 왔습니다."

이야기도 마침 끊어졌고, 무엇보다 메이드의 얼굴이 기대로 한가득이기에, 나는 루루와 요리를 좋아하는 나나 자매의 트리아를 데리고 주방으로 갔다.

◆

"사작님, 남작님과 니나 님이 돌아오셨습니다."

즐거운 저녁 식사를 마치고, 식당을 빌려 내일부터 어쩔까 예정을 모두와 의논하고 있는데 메이드 한 명이 두 사람의 귀환을 알리러 왔다.

"오랜만에 뵙습니다, 남작 각하, 니나 씨."

늦게까지 격무에 시달려 지친 느낌의 레온 무노 남작과 니나 로틀 집정관에게 인사했다.

방 안에는 그 밖에도 카리나 양과 메이드장을 비롯한 메이드 몇 명이 있었다.

"이야, 사토 군. 오랜만이야. 건강해 보여 다행이군."

"여어, 사토. 네 농담 같은 대활약은 왕도에서도 화제더라."

무노 남작과 니나 여사가 각각의 성격에 맞는 인사를 했다.

"남작님~?"

"남작님인 거예요!"

내 뒤에서 뛰쳐나온 타마와 포치가 응접실 소파에 앉은 남작 곁으로 달려갔다.

"이리 온, 타마 군, 포치 군."

"와~아."

"인 거예요!"

무노 남작령에서 친딸이나 손녀처럼 귀여움을 받은 탓인지, 둘은 천진하게 남작에게 매달렸다.

"아버님은 친딸보다 타마랑 포치가 귀여운 거 아닌가요?"

"그렇지 않단다, 카리나. 너도 이리 온."

조금 토라진 느낌의 카리나 양에게, 익숙한 느낌으로 무노 남작이 팔을 벌려 카리나 양을 불러 부녀의 허그를 했다.

뭐랄까. 사춘기 딸을 가진 아버지가 꿈꾸는 이상적인 부녀상 같은 느낌이다.

"어서 오렴, 카리나. 미궁도시에서 다치거나, 무서운 일은 없었니?"

"네, 라카 씨가 지켜줬는걸요. 다치지도 않았답니다."

무서운 경험은 했다고 생각하는데, 그쪽은 전혀 건드리질 않네.

뭘 감추지 못하는 카리나 양이니까, 즐거운 추억이나 두근거리는 일로 덮어 씌워서 잊어 먹은 거겠지.

"그래서, 사토. 카리나 양과 한 소월 정도 함께 지냈지? 뭔가 진전은 없었니?"

"진전, 이라 하심은?"

"칫. 부추김과 타이름이 부족했군……."

니나 여사가 입 안에서 작게 중얼거렸다.

아무래도, 미궁도시를 떠날 때 카리나 양이 나에게 결혼을 건 결투를 신청한 건 그녀가 원인이었나 보다.

"—응?"

니나 여사의 시선이 문 쪽으로 돌아가기에 그쪽을 돌아보자, No.8— 위트를 비롯하여 나나의 자매들이 문 틈으로 고개를 내밀고 있었다.

"똑같은 얼굴이 꽤 늘었구나."

"네, 나나의 자매들입니다."

내가 말하자, 니나 여사가 납득한 것처럼 고개를 끄덕이고 시선을 되돌렸다.

"따로 행동을 하고 있었다는 그 애들이군—."

"네, 왕도에 도착해서야 합류했어요."

"그건 다행이군. 그렇지만 쌓인 이야기가 있을 텐데, 저렇게 많으면 방이 부족하겠지."

"아뇨, 메이드 여러분들이 방을 비워줘서요."

"호오, 그 애들이 말이지. 여전히 너는 여자한테 인기구나."

"그렇지 않아요."

그녀들이 노리는 건 내가 아니라 내가 만드는 요리다.

"모르는 건 본인뿐이구나. 저 애들도 소개해줄래?"

니나 여사가 요청하기에, 순서대로 방에 들여 그녀와 무노 남작에게 자매들을 소개했다.

"무례하게도, 예고 없이 실례해버려서 죄송합니다."

"너희들은 사토의 식솔들이잖아. 그러면, 우리들도 한 식구나 마찬가지야. 묵어가는 것 정도는 별 일도 아니지."

No.1— 아진의 사과를 니나 여사가 가볍게 받아 흘렸다.

본래 저택의 주인인 무노 남작보다 훨씬 주인다운 태도다.

"그보다도, 좁은 방이라 미안하군."

"우리는 별로 상관없지만, 남작님의 저택이 이렇게 좁으면 사교에 지장이 있는 거 아냐?"

아리사가 말한 것처럼, 다른 귀족을 초대해 만찬회를 열거나, 살롱에서 교류를 하거나, 정원에서 원유회를 여는 사교의 장을 확보하지 못하는 건 문제라고 생각한다.

"그렇지. 예정으로는 이보다 네 배 정도 큰 저택을 사들일 셈이었는데 말이다, 집 구하라고 보낸 관리가 밀어붙이는데 약한 녀석이었지. 계약금 액수의 어음을 들려서 먼저 파견했는데, 부동산을 다루는 상인에게 제멋대로 놀아나서는 일시불로 살 수 있는 저택밖에 못 구했다."

니나 여사가 보기 드물게 불평을 흘렸다.

아무래도 격무로 스트레스가 쌓인 모양이다.

나는 소매로 가리고 스토리지에서 영양 보급용 마법약을 꺼내, 니나 여사와 무노 남작에게 선물했다.

"이 약은 뭐니?"

"지치신 것 같아서, 영양을 보급하는 약입니다."

금방 마시려는 남작을 말없이 제지한 니나 여사가, 기미라도 하는 것처럼 홀짝 먼저 마셨다.

"달군— 그러나, 대단하구나. 이삼일 철야로 일을 할 수 있을 만큼 기력이 솟는군. 굉장한 효과지만, 위험한 물건은 안 들어 있겠지?"

"네, 물론이죠."

내가 보증하자, 니나 여사가 무노 남작에게 마셔도 된다는 제스처로 허가했다.

나를 경계하는 행동이라기보다, 효과가 어느 정도인지 확인하는 느낌이었다.

"오오오, 이건 굉장하군. 고마워, 사토 군."

무노 남작이 눈을 크게 뜨면서 기뻐했다.

두 사람의 안색이 조금 좋아진 참에, 화제를 저택 이야기로 되돌렸다.

"괜찮다면, 제가 왕도에 구입한 저택이랑 교환할까요?"

내가 산 저택도 영주의 저택치고는 좁은 편이지만, 그래도 사교를 위해 필요한 최소한의 설비는 갖추고 있었다.

"그렇게 신경 안 써도 돼. 재상 각하께 말씀을 드려서, 왕국이 몰수한 무노 후작의 저택을 재촉 없이 대금이 있을 때 지불하는 조건으로 양도 받게 됐으니까."

과연 니나 여사다.

"그건 그렇고 니나 씨. 매일 밤 이렇게 늦게까지 일을 하는 거야?"

"대강 이런 시간이구나. 연시의 왕국 회의까지 다른 영주나 귀족들에게 이래저래 사전 공작을 하고, 정보 수집을 하고 그런다."

영주가 되면 이래저래 바쁜 모양이다.

"힘들겠네요."

"무슨 남일처럼 말을 하고 있니? 지금 제일 큰 문제는 네 승작에 대해서야."

“승작이요?”

딱히 명예사작 그대로도 문제없는데?

“그래. 영세 준남작으로 하고 싶은데, 비스탈 공작 파벌의 귀족이나 문벌 귀족의 반발이 굉장하다.『명예로운 시가 왕국 영세 귀족의 말석에, 이제 막 성인한 애송이를 앉히는 것은 왕조님에 대한 모독이나 다름없다』라는 말까지 하더라.”

“승작은 별로 필요 없지만, 문벌 귀족 사람들 모두가 반발하는 건가요?”

“아니, 아시넨 후작 파벌과 소빌 백작가는 협력적이다. 릿튼 백작이나 케르텐 후작의 파벌은 중립, 강렬하게 반발하는 건 보넘 백작 정도고, 나머지는 소극적으로 반발을, 한다기보다는 뇌물을 기다리는 느낌이더군.”

미궁도시 세리빌라의 태수를 맡고 있는 아시넨 후작이나 태수부인의 친구인 엠마 릿튼 백작부인 같은 파벌은 알겠는데, 소빌 백작가문은 기억이 안 난다.

메뉴의 메모장을 검색해보니, 미궁도시에서 곤궁에 빠진 걸 구해준 보먼 소년의 친가였다. 분명히, 태수 삼남인 게릿츠 군의 라이벌이었지.

보넘 백작이라는 건 미궁도시의 태수 대리를 맡고 있던 소켈의 친가였다. 마인약이나 주검약의 밀조를 하고 있던 게 들켜서 실각한 것을, 내 탓이라고 엉뚱한 원한을 품고 있을지도 모른다.

“뭐, 그쪽은 괜찮아. 파벌의 톱에게 이권을 슬쩍 보여주면 된다. 문제는 오유고크 공작령 녀석들— 잘라 말해서 로이드 후작이랑 호엔 백작 둘이야."

어라? 먹보 귀족 로이드 후작과 호엔 백작이 무슨 일 있나?

"너에게 준남작 작위는 너무 낮다. 『최소한이라도 남작, 아니 자작이나 백작이다』라고 하면서, 멋대로 공작을 하고 다녀서 그걸 막느라 고생이다……."

그 둘이라면 할 법 하군.

"아무리 그래도, 무노 **남작**의 가신이, 동격인 남작이나 그 위인 자작이 되는 건 문제겠죠."

집정관인 니나 여사가 명예자작이라는 전례가 있고, 영주인 무노 남작은 백작에 상당하는 대우라곤 하지만 괴상해지는 건 틀림없다.

"그 무리를 밀어붙여서, 너를 오유고크 공작의 가신으로 끌어들이려고 꾸미는 거야."

"난처한 일이야~."

탄식하는 니나 여사 옆에서, 타마나 포치와 놀아 주던 무노 남작이 느긋한 어조로 중얼거렸다.

"어디서 또 남 말 같은 소리를 하고 있어. 사토를 다른 곳에 빼앗겨도 되겠어?"

"그건 곤란하지. 대단히 곤란하지만…… 사토 군의 영달을 생각하면, 그쪽이 낫지 않을까 하는 생각이 들어서—."

여전히 무노 남작은 좋은 사람이네.

"정말이지, 당신은 사람이 좋고 물러 터졌어."

니나 여사가 신랄하다.

“그게 남작 각하의 미점이죠.”

“칫. 이쪽에도 사람 좋은 물렁이가 있구만.”

내가 남작을 두둔하자, 니나 여사가 혀를 차면서도 그다지 싫지 않은 표정을 지었다.

“하는 수 없구만. 지저분한 역할은 나한테 맡겨라. 아리사, 미안하지만 왕도에 있는 동안이라도 서류 일을 도와줄래?”

“오케이. 우리 주인님을 위해서 뼈가 빠져라 일하는 거잖아. 서류 작업 정도는 얼마든지 도울게.”

아리사가 나한테 「괜찮지?」라고 확인을 하기에 수긍했다.

“고맙다. 영지랑 달리 그렇게 양이 많은 게 아니니까 며칠에 한 번이면 돼.”

“네에, 알았어요!”

아리사가 니나 여사에게 가벼운 어조로 경례했다.

“영지의 부흥 쪽은 어떤가요?”

“예정보다 3배 정도 진행됐다. 무노 시의 재개발도 순조롭고, 네가 공도나 드워프(보르에하르트)의 자치령에서 노력해준 덕분에 식량 부족도 해결됐고, 기술자나 파견 노동자도 충분히 모였다. 그리고 사교에도 힘을 쓰고 있지? 그걸로 불명예스런 『저주받은 영지』란 소문도 상당히 흐려졌어. 덕분에 오유고크 공작령에서 먹고 살기 힘든 귀족의 삼남이나 사남이 관리 후보나 사관 후보로 모여들었지.”

사람이 부족해서 나랑 아리사가 도왔을 무렵 같은 인재 부족 상태는 벗어난 모양이다.

전에 무노 시에서 만든 유사 사사카마보코도 무노 시의 특산품으로 주변 영지에 수출하고 있다고 한다.

"네가 에므린 자작을 꼬셔서 유치해준 『루루 열매』의 과수원도 순조로워. 열매를 맺는 건 아직 이삼 년 뒤겠지만, 기술 지도를 해주는 기술자 이야기로는 흙이 적합하니까 장래 유망하다고 하더군."

그건 다행이다.

그 과실은 케이크 같은 것의 제조에 관련해서 중요하게 쓰인단 말이지.

"지난달이었던가? 에므린 자작 자신도 과수원을 시찰하러 왔다. 그때 부탁을 받아서, 자작의 막내딸— 리나 양이 소르나의 시녀로 예절 수업을 하러 오게 됐지."

이걸로 「저주받은 영지」의 소문도 완전히 불식할 수 있다. 니나 여사가 기뻐 보였다.

상급 귀족의 영애가 예절 수업을 하러 온다는 건, 내가 생각한 것 이상으로 커다란 일인가 보다.

"이제는 조금 더 자금이 풍부해지면, 이것저것 할 수 있단 말이지. 뭐 그건 왕도나 공도의 상인을 구슬려서 돈을 내게 할 거야."

"그거라면 제가 출자할게요."

"말을 간단히 하는데, 필요한 액수는 개인이 어떻게 할 수 있는 금액이 아니거든?"

"괜찮아요. 설탕 항로의 교역으로 상당히 벌었거든요."

나는 니나 여사에게 펜과 창 용 상회에서 받은 배당금이나 해적 퇴치로 얻은 금액을 귓속말로 전했다.

"—허어. 상당한 금액이군. 그래서 어느 정도 투자할 수 있니?"

"쓸 길이 없으니 전액이라도 상관없어요."

"탐색자는 장비에 거금이 필요하지 않니?"

"그쪽은 따로 확보했으니까요."

—그렇다기보다, 설탕 항로의 인양품으로 얻은 돈이 그보다 수십 배는 되고, 내 총자산을 생각하면 1퍼센트도 안 된다.

가끔씩 이렇게 방출하지 않으면 점점 스토리지의 비료가 되어 늘어나 버린다.

"그러면, 고맙게 출자를 받으마. 괜찮지? 남작."

니나 여사의 확인에, 남작이 고개를 끄덕끄덕 움직였다.

"이걸로 마물이나 도적에게 지배된 도시들 탈환 준비를 할 수 있겠다."

"그래?"

"그래. 가도 주변의 도시를 둘 정도 장악했지만, 나머지 도시는 아직 그대로 손대지 못하고 있어."

고개를 갸웃거리는 아리사에게 니나 여사가 씁쓸한 표정으로 수긍했다.

"마물 퇴치라면 포치가 특기인 거예요!"

"타마도 특기~?"

포치와 타마가 천진하게 자기주장을 했다.

코볼트들 같은 요정족이 점유하고 있는 무노령 오지의 폐광도시는 그렇다 치고, 마물이 살고 있는 곳이라면 며칠 만에 전부 탈환할 수 있을 것 같다. 코볼트들 쪽도 번식에 필요한 청정을 채굴할 수 있는 광산을 예전에 제공한 적이 있으니, 그쪽에 다른 안전지대를 만들어 이주시켜줄 수 있겠는데.

"두 사람. 어른들 이야기에는 끼어들면 안됩니다."

"네잉."

"네, 인 거예요."

평소랑 달리 조용한 박력을 발휘하는 리자가 타이르자, 타마와 포치 둘이 털을 곤두세우며 차려 자세가 됐다.

"두 사람도 저렇게 말하고 있으니, 도시를 탈환하는 것 정도라면 언제든지 도울 수 있어요."

"가볍게 말하는구나. 무노 남작이 수작하기 전에 왕국이 조사했을 때 나가의 상위종이나 다섯 머리 히드라 같은 괴물도 확인됐다. 당시의 시가8검도 주저할 정도의 상대야."

"그것은 싸울 맛이 있을 것 같은 적이로군요."

리자가 작은 소리로 중얼거리는 걸 엿듣기 스킬이 포착했다.

힐끔 보니, 나나와 다른 애들도 싸우고 싶은 표정이었다.

"뭐, 『계층의 주인』을 토벌한 너희들이라도 그리 쉽지는 않을 거고, 무엇보다도 탈환한 다음에 그것을 유지할만한 전력이 마련된 다음이 아니면 의미가 없다. 아무리 빨라도, 협력을 부탁하는 건 기사나 병사가 모인 다음에— 아마도, 반년쯤 뒤가 될 거야."

"알겠습니다. 사전 조사가 필요하면 언제든지 말을 해주세요."

"그래, 부탁하지. 그리고 무노 남작령에서 태수나 수호의 직위를 맡을 수 있는 귀족이 나밖에 없다는 것도 해소해야 하니까."

동료들도 「계층의 주인」 토벌 공적으로 명예사작위를 받게 되겠지만, 명예사작은 수호에 취임하는 건 무리인 것 같다. 아마도 최소한 준남작위가 필요하겠지.

그것 때문에라도 나를 승작시키려는 걸지도 모르겠군.

—응?

가만 생각해 보니, 나는 명예사작인 지금 단계에서 대사막 아래 있던 도시 핵을 몇 개나 지배하고 있는 데다가, 명예사작위를 얻기 전에 무노 성 지하에 있는 도시 핵을 지배 가능했다.

나는 예외인 건지, 일정 이상의 작위가 필요한 건 시가 왕국의 법률상의 제한인 건지 좀 신경 쓰이네.

"—오리온도 왕도에 오는 건가요?"

무노 남작과 이야기를 하던 카리나 양이 놀라는 소리가 들렸다.

오리온 군은 무노 남작의 장남으로, 카리나 양의 남동생이다.

"그래. 영주의 적자는 성인 의식을 폐하께서 해주시니까."

명예로운 일이야. 무노 남작이 만족스럽게 말했다.

오리온 군이 왕도에 오는 건 연말 아슬아슬한 시기가 될 것 같다.

"실례합니다, 주인 나리. 손님께서—."

당황한 기색으로 방에 들어온 메이드장이 무노 남작에게 말을 걸었다.

""사토 공!""

메이드장의 목소리를 가로막으며, 흥분한 목소리 둘이 내 이름을 불렀다.

목소리의 주인은 아까 화제가 됐던 오유고크 공작령의 중진인 로이드 후작과 호엔 백작 두 사람이었다.

어째선지, 두 사람은 하나씩 술병을 가지고 왔다.

"사토 공이 왔다는 얘기를 듣고, 가만히 있을 수가 없어 찾아오고 말았지."

"사토 공의 활약을 지트베르트 남작이나 떠도는 소문으로 이것저것 들었다!"

"음. 벗으로서 참으로 자랑스럽군."

로이드 후작과 호엔 백작 두 사람은 자기 일처럼 기뻐해 주었다.

호엔 백작이 말한 지트베르트 남작이라는 건 오유고크 공작령의 귀족인데, 해룡 제도에서 조난한 것을 우연히 구조한 교역선단의 단장이었다.

"미안하다, 펜드래건 사작. 두 사람의 폭주를 막을 수가 없었다. 무노 남작과 로틀 자작, 두 사람을 대신해 갑작스런 방문을 사과하지."

엄격한 교사 같은 용모의 시멘 자작이 나타나 사과의 말을 했다.

그는 두루마리 공방을 경영하는 오유고크 공작령의 귀족인데, 내 친구인 토르마의 형이며 오리지널 마법의 매매나 오더메이드 두루마리 주문으로 이래저래 신세를 지고 있다.

상식인인 시멘 자작의 말에, 호엔 백작과 로이드 후작 두 사람도 얼굴을 마주보더니 어색한 표정을 지은 다음 「으어흠」 하고 괜히 헛기침을 하며 자세를 바로잡았다.

"무노 남작, 늦은 밤에 소식도 없이 방문해 미안하군."

"벗과 재회를 기다리지 못하고, 그만 찾아오고 말았다. 용서하게."

호엔 백작과 로이드 후작이 갑작스런 방문을 무노 남작에게 사과했다.

그다지 사과하는 것처럼 안 보이지만, 무노 남작은 불만을 품기는커녕 엄청나게 송구한 느낌이니까 문제없는 모양이다.

"그래서, 그 술병은 선물인가?"

"음. 튀김에 잘 맞는— 으어험. 좋은 술을 얻었기에, 사토 공과 함께 즐기려고 지참했지.

니나 여사가 물어보자 속내를 흘릴 뻔했다가, 괜히 헛기침을 해서 겉치레를 꾸며냈다.

다시 말해서, 갓 튀긴 튀김을 먹고 싶어 찾아온 모양이다.

"고급스런 술에 갓 튀긴 튀김이라— 물론, 나와 남작도 동석을 하는 거겠지?"

"그야, 물론이지."

"그러면, 얼른 튀겨올게요."

나는 루루와 함께 주방으로 가서, 가열해둔 기름이 든 냄비를 불에 올리고 손질해둔 재료를 차례차례 튀겼다.

사정에 딱 맞춰서 준비가 되어 있는 이유는 미궁도시에서 술자리가 많았던 탓이다.

튀김은 어딜 가든 대인기였단 말이지.

"오오오, 이것이야말로 지고! 꿈에서마저 봤던 생강 절임 튀김!"

"무슨 말인가! 새우 튀김이야말로 궁극! 매끄러운 『백설산』과 잘 어울리지."

"역시 생강 절임 튀김에는 『왕벚』이 제일이야!"

호엔 백작과 로이드 후작이 서로 제일 좋아하는 튀김과 명주를 자랑했다.

그들이 선물로 가져온 「백설산」과 「왕벚」은, 둘 다 시가주 중에서도 수위를 다투는 명주로 유명한 술이다.

새우나 생강 절임 말고도, 공도에서 내놓았던 버섯, 호박, 당근, 강낭콩, 차조기, 연근에 더해서, 보르에난 숲에서 얻은 두릅, 죽순, 양하, 민물 대구, 더욱이 설탕 항로에서 얻은 문어나 오징어, 덤으로 미궁도시에서 받은 메추리알, 치즈, 뼈가 붙은 소시지 같은 것도 튀겨봤다.

"오오오, 따끈따끈해서 맛있군."

"딜리셔스~?"

"포치는 햄버그 선생님 튀김도 맛있다고 생각하는 거에요."

무노 남작의 좌우에서 얼굴을 내민 타마와 포치가, 재빨리 자리를 잡고서 같이 먹고 있다.

물론 금방 리자가 포획하여 시체 포즈로 연행됐다.

문틈으로 엿보는 다른 아이들과 급사 메이드들도 군침을 흘릴 것 같은 표정을 짓고 있었다. 동료들이나 메이드장은 조금 전에 배부르게 저녁을 먹은 참이었을 텐데, 보다 보니 먹고 싶어진 거겠지.

“루루, 미안하지만—.”

나는 루루에게 귀띔을 하여, 주방에서 다른 애들이 먹을 튀김을 튀겨달라고 부탁해뒀다.

“이 튀김은 또 종류가 다르군. 폭신한 식감이 좋아.”

“다 맛있지만, 이 생선 튀김이 일품이군.”

“아아, 술이 잘 들어가는군.”

니나 여사와 시멘 자작도 맛있게 튀김과 명주를 맛보고 있었다.

나도 한 자리에 앉았는데, 먹보 귀족 두 사람이 가져온 시가주는 「백설산」과 「왕벚」 중에서도 특히 좋은 해의 술이었는지 무척 맛있다. 역시 대귀족 비장의 술이군.

“사토, 벚연어의 튀김은 없는 거니?”

급사에게 에일을 주문한 니나 여사가 나에게 물었다.

“벚연어, 말인가요?”

그러고 보니 미궁 하층에 사는 흡혈귀(뱀파이어) 진조 반이, 초밥의 재료 중 하나로 말했던 이름이었던 것 같다.

이름으로 생각하면 연어의 일종이겠지.

“그래. 이 계절의 왕도에서 가장 많이 먹는 생선이지.”

“이제 곧 벚연어 잡이가 해금될 무렵이군.”

니나 여사와 시멘 자작이 가르쳐 주었다.

“그렇군요. 내일은 왕도 구경을 할 셈이니, 그때 시장에서 파는지 한 번 볼게요.”

“기다려라, 사토 공!”

“그렇지! 기다리는 거다!”

조금 얼굴이 붉어진 로이드 후작과 호엔 백작 두 사람이 자리를 박차고 말리러 왔다.

"벚연어는 고기잡이나 운반하는 가게의 실력에 따라 맛이 천지 차이다!"

"그렇고말고! 고르기도 어려우니, 왕도에서는 그것을 생업으로 삼는 자도 있는 것이다."

아무래도 두 사람은 벚연어에 일가견이 있는 모양이다.

기왕 이렇게 됐으니 두 사람이 추천하는 어부나 생선 도매상을 물어보고, 덤으로 왕도의 맛있는 가게와 조미료나 식재료를 파는 상회의 소개장을 받았다.

식도락가 두 사람이 추천하는 가게니까 분명히 맛있을 게 틀림없어.

심야의 음모

"사토입니다. 나쁜 일을 꾸미는 건 밤중에 하는 거라는 이미지가 있습니다. 가능하면 서로 얼굴이 안 보일 정도로 어두운 편이, 풍취가 있어서 좋아요."

"안녕? 폐하."

먹보 귀족들과 튀김 파티를 마친 다음에 맵을 확인해봤는데, 밤 2각을 넘어서도 일을 하고 있는 국왕과 재상을 발견해서 살짝 보고와 사과를 하러 가봤다.

"이것은 왕조— 용사 나나시 님!"

여전히, 국왕은 나를— 나라기보다 용사 나나시를 왕조 야마토라고 착각하는 모양이다.

"나나시 님? 오옷, 왕— 나나시 님!"

같은 방에 있던 재상이나 시가8검의 쥬레바그 씨도 국왕과 함께 경의를 표했다.

책상 위에 놓인 서류를 보니, 시가8검 후보에 대한 이야기를 하고 있었나보다.

"셋 다 고개를 들어줘."

내가 말하자, 국왕과 재상이 고개를 들고 집무실의 소파에 앉으라고 권했다.

“미안해, 일하는데 방해해서.”

“방해 따위가 아닙니다!”

내가 사과하자, 국왕이 바짝 다가오며 부정했다.

“뭐하고 있었어?”

“시가8검 후보의 서류를 확인하고 있었습니다.”

그렇게 말하고, 국왕이 나에게 시가8검 후보의 서류 같은 것을 보여주었다.

15장 정도의 서류 안에 내 이름이 적힌 서류가 있다. 추천자란에는 시가8검의 총잡이 헤르미나 양을 필두로, 오유고크 공작을 비롯한 공도 귀족들이나 미궁도시 세리빌라의 태수, 미궁방면군의 에르탈 장군 등의 이름이 있었다.

“그 자는 이제 막 성인한 참이지만, 상당한 재능과 담력을 가졌습니다. 헤르미나— 선배의 조언을 듣고, 미궁에서 험난한 수행 끝에 단기간에 레벨을 올린 노력가이기도 한 것 같습니다.”

헤르미나 양과 만나기 전과 뒤를 기준으로 교류란의 공개 레벨을 변경했으니 이상한 오해를 낳은 모양이다.

“흐~응, 그렇구나.”

나는 쥬레바그 씨의 해설을 무심한 기색으로 넘기고, 다음 서류를 넘겼다.

레벨 45 이상 되는 자가 대부분이다. 성기사가 제일 많고, 왕국 기사들이나 다른 영지의 기사도 꽤 많다. 개중에는 유랑의 기사나 타국 출신 신전 기사의 이름까지 있었다.

미궁 탐색자 출신은 나와「붉은 귀공자」제릴 씨 둘뿐인가 보다.

"경험이 얕아 보이는 애보다, 이쪽 애들이 시가8검에 맞지 않을까?"

나는 제릴 씨나「풍인」이란 별명을 가진 레벨 50의 일본도 칼잡이를 추천해봤다.

둘 다 시가 왕국의 귀족이니까, 경력적으로도 더할 나위 없다.

"나나시 님께서 그렇게 말씀하신다면—."

"경험은 중요하지요."

국왕과 재상도 동조해줬지만, 금세 쥬레바그 씨가 가로막아 버렸다.

"기다려 주십시오. 시가8검에 가장 필요한 것은 강함입니다. 펜드래건 사작은 경험은 얕지만, 단련에 따라 아직 더욱 강해질 겁니다. 언젠가 시가 왕국에 필요한 검사가—."

"그, 펜펜이란 애를 꽤 좋게 보고 있구나."

등이 근질근질거려서, 장난스럽게 쥬레바그 씨의 말을 가로막았다.

"쥬레바그 경은 펜드래건 사작을 시가8검의 일원으로 삼고 싶다 생각하는가?"

"아뇨, 아직 거기까지는. 다만 다른 자도 포함하여 직접 겨루어보고서 판단하고자 생각하고 있습니다."

재상의 말에, 쥬레바그 씨는 살짝 고개를 옆으로 저으며 말을 덧붙였다.

다행이다. 나를 추천하는 건 아닌 모양이네.

겨루기를 할 때 전력으로 꼴사납게 져야겠군.

"그렇구나~. 열심히 해~."

이제 그만 본론으로 들어가고 싶으니까, 나는 흥미 없어 보이는 느낌을 연출하면서 응원했다.

쥬레바그 씨는 그렇다 치고, 국왕과 재상은 내 사인을 분명히 받아줬으니 시가8검 이야기는 거기서 끝내 주었다.

"내가 납품한 비공정이 불시착했다고 들었는데—."

"나나시 님, 죄송합니다."

"이제 막 하사해주신 비공정을 잃고 말았습니다."

내가 비공정 화제를 꺼내자, 내가 사과하기보다 먼저 국왕과 재상이 사과를 했다.

"고개를 들어. 나도 그걸로 사과하러 왔으니까."

테이블에 얼굴이 닿을 것처럼 사과하는 두 사람에게 좀 난처한 기분을 느끼면서, 내가 여기 온 목적을 말했다.

"—사과를? 나나시 님이, 말입니까?"

"응, 비공정이 떨어졌다고 들어서, 보러 갔는데— 너무 효율을 중시하느라 트러블 발생시의 안전장치가 물렀나 봐."

마력로를 둘 이상 싣는 건 적재량의 트레이드 오프가 되니까 무리지만, 긴급시 착륙용으로 배터리 같은 마력 저장 시스템이 달린 소형 공력기관을 다는 것 정도는 해뒀어야 했어.

"아뇨, 나나시 님 탓이 아닙니다! 비공정의 함장도 말했습니다. 무수한 비행형 마물들의 공격을 받고, 더욱이 비공정 내부에서 마물이 날뛰었음에도, 공중 분해되지도 않고, 마력로가 폭발하지도, 불시착 직전까지 공력 기관이 멈추지도 않았다고 합니다."

"나나시 님, 재상이 말한 그대로입니다. 더 이상을 바라는 것은 과잉이라 하겠습니다."

"그래?"

"그러하고말고요!"

뭐, 군용 비공정이 아니니까 그럴지도 모르지만, 조금 더 할 수 있는 범위에서 안전장치를 달아두고 싶단 말이지.

"그러면, 이건 필요 없어?"

나는 아이템 박스에서 꺼낸, 이번 일의 반성점을 반영한 새로운 비공정 설계도를 보여주며 확인했다.

"이것은 설계도?"

"응. 주기관이 전부 멈춰도, 안전하게 착륙할 수 있도록 소형 공력기관을 6기 탑재한 거야."

이 착륙용 소형 공력기관은 비공정에 필요한 장시간 안정된 부력이 아니라, 보통의 몇 배나 되는 높은 부력을 단시간 발생시키는 것을 목적으로 설계한 특수한 물건이다.

불시착한 비공정보다도 탑재량이 20퍼센트쯤 줄어들지만, 시가 왕국에 전부터 있던 대형 비공정보다는 적재량이 많다.

"전에 판 대형 공력기관이랑 세트가 되면 추가 부품은 무상으로 제공하니까 안심해."

국왕과 재상은 대가를 지불한다고 하면서 말을 안 들었지만,

리콜이나 애프터케어의 범주라서 안 받았다. 남은 소재로 척척 만든 거니까.

"그런데 말야. 비공정이 불시착한 원인은 뭐였어?"

비스탈 공작가의 집안 소동인 것 같은데, 그다지 자세한 사정은 몰라서 물어봤다.

"국왕인 제 부덕의 소치입니다만—."

이렇게 말을 시작한 국왕과 재상 두 사람이, 그들이 아는 대략적인 사정을 가르쳐 주었다.

비공정에 탄 비스탈 공작을 암살하려고 한 것은 공작이 폐적한 장자 트리엘 씨라고 했다. 폐적의 이유는「공작의 자질이 부족하기 때문」이라고 보고를 받았고 국왕 쪽도 진실은 모르는 모양이었다.

"흐~응, 비스탈 공작가의 집안 소동이구나……."

자기 영지의 후계자 다툼으로 비공정을 잃는 원인을 만든 비스탈 공작은 재건조 비용 지불을 포함한 엄벌이 내려진다고 했다. 뭐, 타당하다고 생각하니까 참견하지 말아야겠군.

"어째서 비공정을 습격한 건지는 알아?"

영지를 벗어난 국왕 직할령에서 비공정을 습격한 이유를 물어봤다.

암살이 목적이라면 침소에 암살자를 보내거나, 독살을 꾸미는 편이 정석이고 성공률도 높은 것 같은데.

"영지 안에서 영주를 해치는 것은, 용을 사냥하는 것과 마찬가지로 어렵다고 하니까요."

—그것도 그렇네.

재상이 말한 것처럼, 도시 핵의 강대한 힘이 미치는 영지 안에서 영주를 죽이는 건 꽤 힘들 것 같다.

"재상, 나나시 님이 모르실 리가 없지 않은가?"

"그것도 그렇군요. 나나시 님, 이것을 보아 주십시오."

국왕이 타이르자, 재상이 파란 천에 감싸인 부서진 장치 같은 것과 커다란 나사 같은 것을 꺼냈다.

"비공정을 습격한 괘씸한 자들이나 좀마에게 박혀 있던 것이옵니다."

전자는 본 적이 있다. 비공정 내부에서 테러를 벌인 녀석들이 몸에 파묻었던 「마인 심장(데몬 하트)」이라는 추악한 마법 장치다.

"이건?"

테이블 위에 놓인 마인 심장을 가리켰다.

"어떤 도구인지 알겠어?"

"왕— 나나시 님도 아실 거라 생각합니다만, 오크 제국과 전쟁 말기에 고대의 프루 제국에서 만들어진 『마인 심장』이라 불리는 것으로, 결정화된 마족의 심장을 내포한 사악한 주구입니다."

패전이 농후해진 나라는 윤리관을 잃는 사례가 꽤 많은데 이건 꽤 지독하네.

"한 번 장비하면 죽지 않는 한 풀 수도 없으며, 장비자에게 마인약과 유사한 효과를 계속 내릴 수가 있다고 합니다. 사용을 계속하면 마인약과 마찬가지로 사람의 모습을 잃고, 재기불능이 되거나 이형의 마물이 되는 말로가 기다린다는 전승이 있습니다.”

어느 쪽 결과가 되든, 장착하고서 보름 이상 생존한 예가 없다고 했다.

또한 촉수가 돋아나는 건 「마인 심장」의 본래 기능이 아니라, 폭주했을 때 일어나는 이레귤러한 상태라고 했다.

입수 경로는 조사 중이었다.

“그럼, 이건?”

재상에게 양해를 구하고, 나사를 손에 들어서 자세히 보았다.

2리터 사이즈의 페트병 정도 크기의 일그러진 나사로, 낯선 종류의 마법회로 같은 무늬가 나사의 홈에 새겨져 있었다.

“별난 무늬네. 마법 도구라고 생각하는데, 본 적이 없어~.”

“왕립 연구소의 견해에 따르면, 『예속의 목걸이』의 일종이며, 조련하기 어려운 흉폭한 마물을 강제적으로 종마로 만드는 기능이 있는 마법 도구라 합니다.”

“헤에, 굉장하네.”

과연. 그걸로 아노말리카리스처럼 생겼던 다익 지네(윙스 센티피드) 같은 강한 마물을 지배할 수 있었구나.

AR표시에 나타나는 정보나 감정 스킬의 결과로는, 어느 나라에서 만들어진 건지는 알 수 없었다.

“어느 곳의 군사 병기?”

“네. 대륙 동방의 족제비 제국 종마 군단에서 쓴다는 소문이 돌고 있습니다.”

재상의 이야기를 들어보면, 이 나사와 사람이 타는 특수한 골렘 군단으로 주변 나라들을 공격해 멸망시키고, 약소국가에서 대륙 동방의 패권을 쥔 제국으로 올라섰다고 한다.

"그럼, 반란의 배경에 족제비 제국이 있다는 거야?"

"예. 아마도. 후방 교란을 위해서라고 생각합니다."

내 말에 수긍한 재상이, 족제비 제국이 동방의 소국군을 공격하기 전에 시가 왕국의 개입을 견제할 목적으로 한 일일 거라고 덧붙였다.

"전쟁, 이라……."

판타지한 세계에도 있는 모양이군.

마물의 위협이나 마물의 영역 같은 완충 지대가 있으니까, 지구처럼 전란으로 날을 지새우지는 않는 모양이지만, 그래도 나름대로 무력 충돌이 있는 모양이다.

"국왕의 자리에 앉아 있으면서, 왕조님이 꿈꾸신 세상의 항구적인 평화를 아직도 실현하지 못한 부덕이 부끄러울 따름입니다."

왕조 씨, 그런 무모한 목표를 바랐었구나…….

"부끄러워할 필요 없어, 폐하. 자기가 할 수 있는 범위에서 노력하면 돼."

전쟁이 없는 편이 좋지만, 너무 이상을 좇다가 엉뚱한 방향으로 폭주해도 곤란하니까.

"왕조님의 훈시, 이 몸에 새겨 분골쇄신 노력하겠습니다."

"적당히 해~. 그리고, 나는 왕조님이 아냐~."

"알고 있사옵니다."

응, 그 얼굴은 모르는 표정이야.

"비스탈 공작령에는 나라에서 토벌군을 보낼 거야?"

영주들이 모이는 시기라서, 소집되는 게 싫으니까 일단 확인해 봤다.

"—예. 즉시 대응이 가능한 제3기사단이나 제5기사단을 보낼 예정입니다."

"나나시 님의 의향에 따르지 못하는 것은 아옵니다만, 비스탈 공작의 요청이 있어 거절할 수도 없는지라……."

아까 전쟁을 싫어하는 발언을 한 탓인지, 재상이나 국왕이 말하기 어려운 기색으로 대답했다.

일단 무노 남작 가신으로서 전쟁에 끌려가는 일은 없을 것 같아 안심했다.

"그건 어쩔 수 없어~. 시가8검도 참전해?"

"아뇨, 참가예정은 없습니다."

쥬레바그 씨는 딱 잘라 부정하고서 덧붙였다.

"우리들은 시가 왕국의 검이자 강대한 외적에게서 국토를 지키기 위해 존재하고 있으니까요."

다행이다. 그러면 시가8검 후보가 징병되는 일도 없겠지.

"비스탈 공작에게서 고우엔 공에게 참전 요청이 나와 있다."

"그러고 보니, 고우엔의 친가는 공작가의 가신이었군요……."

재상의 말에 쥬레바그 씨가 떫은 표정을 지었다.

이야기의 흐름을 봐서, 고우엔 씨라는 건 시가8검 중 한 명인 모양이다.

"시가8검의 이념에서는 벗어나지만, 비스탈 공작에 대한 충의가 두터운 고우엔 공이 스스로 참전을 한다면 금지할 수도 없을 거야."

재상이 쥬레바그 씨를 달랬다.

내전에 참가를 금지하는 명문화된 규칙은 없는 모양이다.

이야기가 한 식구들 일로 바뀐 것 같으니까, 국왕을 방해하지 않도록 이쯤에서 돌아가야겠군. 생각보다 오래 있었어.

"폐하, 이제 그만 돌아갈게."

나는 국왕에게 말하고, 집무실 소파에서 일어섰다.

"또 봐~."

나는 훌훌 손을 흔들고 창에서 뛰어나가, 공중에 있는 사이에 「귀환전이」로 무노 남작 저택 객실로 전이했다.

◆

"어서 와, 주인님."

침대에서 불쑥 상반신을 일으킨 아리사가 작은 소리로 마중해 주었다.

타마의 귀가 움찔움찔 움직이고 있지만, 일어날 생각은 없는지 포치에게 얼굴을 묻고 다시 잠들어 버렸다.

"—공간 탐지 해제(리무브 필드 센서)."

아리사가 작은 소리로 마법을 쓴 다음, 아이템 박스에서 꺼낸 컵을 나에게 내밀었다.

"오늘은 힘들었으니까 워커 홀릭도 그쯤하고, 그거 마시고 자."

받아 들자 희미하게 달콤한 향기가 난다. 설탕이 들어간 핫밀크 같았다.

조금 미지근한 그것을 마시자, 졸음이 쏟아졌다.

“성모 아리사의 품속에서 잠들—.”

말하는 중간에 화장실에서 돌아온 나나에게 붙잡혀서, 침대 안으로 끌려들어가 버렸다.

나나는 자매들과 함께 자고 있었을 텐데, 잠에 취해서 돌아와 버린 모양이다.

평소에는 미아를 끌어안고 자니까 미아와 착각한 걸지도 모르겠다.

빈 컵을 스토리지에 수납한 다음, 나도 침대 끄트머리에 파고들었다.

“잘 자, 아리사.”

나나의 가슴에 안겨서 우가우가 뭐라고 하는 아리사에게 말하고 눈을 감자 순식간에 잠에 빠졌다.

아무래도 스스로 생각한 것보다 지쳐 있었나 보다.

왕도 관광

"사토입니다. 풍광이 미려한 경치나 이름난 유적을 도는 것이 여행의 참맛이지만, 지역 특산품을 사용한 명물 요리를 탐닉하는 것도 또 여행의 즐거움 중 하나겠죠. 물론, 선물 고르기도."

"헤에, 여기가 새로운 저택이구나."

아리사가 깔끔한 저택을 올려다보면서 들뜬 소리를 냈다.

하급 귀족 거리와 중급 귀족 거리의 경계쯤에 있는 풍광이 좋은 장소에 있다.

펜드래건 사작가문의 어용 상인 아킨도우로서 몇 번인가 왔었지만, 사토로서 오는 건 처음이었다.

"미궁도시의 저택도 근사했지만, 이 저택은 어쩐지 굉장한 귀족님의 저택 같아요."

루루의 별난 칭찬의 말이 귀엽다.

"응, 고향의 성이나 이궁보다 훨씬 훌륭하네."

아리사도 마음에 든 모양이다.

"정원 넓어."

"꽃밭이랑 플라워 아치도 있네."

저택의 정원은 색색깔의 꽃이 흐드러지고, 부동산에서 파견해준 정원사가 깔끔하게 정돈해 주었다. 이걸 이후에도 유지하려면 전문 정원사가 필요하겠어.

"뉴~."

"할 일 없는 거예요."

방금 전까지 풀 베기 장비를 가지고 두근두근하고 있던 타마와 포치가, 깔끔한 정원을 보고서 시들시들 어깨를 떨구었다.

"마스터, 저택 안을 보고 싶다고 고합니다."

"그렇네. 일단 저택의 설비를 확인하자."

마차를 대는 로터리를 나아가 엔트랜스 홀에 들어갔다.

"꽤 취향이 좋은걸. 품격이 있어."

아리사가 만족스러워 보였다.

기본적으로 가구는 부동산에 맡겼는데, 상급 귀족이 찾는 곳이라서 그런지 일을 잘해줬다. 가구 값으로 건넨 금액이 충분했는지 좀 걱정되네.

"일단 구조를 확인하러 가자."

저택 안도 정성스레 청소를 해서, 어느 방도 먼지 한 톨 안 보인다.

"2층에서는 여기가 제일 햇볕이 잘 들겠다. 여기를 모두의 침실로 하자."

"응, 타당."

아리사의 말에 미아를 비롯한 모두가 수긍해서, 스토리지에 들어 있던 커다란 침대를 꺼냈다.

개인실이 있으니까 모두 개별적으로 자면 될 거라고 생각하는데, 그렇게 해도 밤중에 한 명씩 한 명씩 내 침대로 들어오니까 괜한 지적은 말하지 않기로 했다.

"침대가 나타났다고 고합니다!"

"고대의 멋진 아티팩트의 힘이야."

침대 출현을 목격한 No.8— 위트에게 적당히 변명을 했다.

"그건 아무리 그래도 너무 대충이야."

"그래?"

아리사가 기가 막힌 어조였지만, 문제의 위트는—.

"마스터는 굉장하다고 찬사를 보냅니다."

—납득해준 느낌이군.

"그걸로 되는구나……."

어쩐지 납득이 안 된다는 느낌의 아리사를 재촉하여 모두의 개인실에 가구를 꺼내뒀다.

주로 의상 케이스나 거울 같은 커다란 것들이다. 소도구함 같은 건 각자의 요정 가방 안에 들어 있었다.

"보물 상자~?"

"포치는 노란색인 거예요."

타마와 포치가 자기 방 한구석에, 요정가방에서 소도구가 들어있는 보물 상자를 꺼냈다.

뚜껑에 고양이귀가 달린 타마의 핑크색 보물 상자와, 발바닥 젤리 마크가 특징인 포치의 노란 보물 상자다.

안에는 도토리나 예쁜 돌멩이에 장난감 반지, 뭔지 모를 끈이나 말라붙은 이상한 생물 같은 것이 섞여 있고, 금화나 보석, 마법의 물품까지, 잡다하게 들어 있었다.

본래는 요정 가방에 직접 수납을 했었는데, 전투 중에 조바심이 난 포치가 그걸 흩뿌려버린 일이 있은 뒤부터 보물 상자에 한꺼번에 담아서 요정 가방에 넣도록 시켰다.

요정 가방은 아이템 박스나 스토리지처럼, 수납품 일람 표시에서 골라 꺼낼 수가 없으니까.

"마스터, 저희에게도 개인실을 주셔서 고맙습니다."

자매의 장녀인 아진이 성실하게 인사를 하러 왔다.

"당연한 거야. 가구는 충분하니?"

"네! 현재 자매들이 창고나 다락방에서 옮기고 있습니다."

"부족하면 다른 동에 있는 객실에서 가져와도 돼. 일손이 부족하면 도와줄 테니까 언제든지 말해."

"괜찮—."

"마스터, 이술을 이용한 신체 강화가 있으니까 괜찮다고 고합니다."

아진의 말을 위트가 덮어버렸다.

"이런 곳에 있었군요. 갑시다, 위트."

고양이처럼 목덜미를 붙잡힌 위트가 들려서 나갔다.

자기 방의 준비를 재빨리 마친 나나와 아인 소녀들도 함께 가구 운반을 하러 갔다.

"그러고 보니 루루는?"

"주방."

참으로 루루다웠다.

아리사와 미아를 데리고 주방으로 갔다.

"아~ 여기 있네."

주방에서 루루를 발견한 아리사가 기쁜 기색으로 가리켰다.

"주인님!"

"마스터!"

주방에는 루루와 요리를 좋아하는 나나 자매의 삼녀 트리아가 있었다.

"마음에 들었니?"

"네, 미궁도시의 주방보다 쓰기 쉬워요."

"트리아도! 트리아도 아주 마음에 들었습니다! 이렇게 근사한 주방은 처음이라고 트리아는 주장합니다!"

트리아가 온몸으로 기뻐한다.

표정 변화는 그다지 풍부하지 않지만, 그 대신 손을 들어 뿅뿅 뛰면서 기쁨을 표현하는 것이 귀엽다. 막내인 위트의 살짝 귀찮은 귀여움하고는 다른 천진한 귀여움이다.

"그렇게 변했어? 넓이 말고는 그다지 변한 것 같지 않은데."

"그렇지 않아! 굉장히 쓰기 쉽도록 되어 있어!"

흥미가 희미해 보이는 아리사에게, 흥분한 기색의 루루가 다가섰다. 이런 루루도 귀엽다.

이곳의 부엌은 본래 있었던 조리 기구를 떼어내고, 내가 만든 조리용 마법 도구로 교체해뒀다. 이쪽 주방이 더 넓어서, 미궁도시의 저택보다도 정성들인 설비가 됐다.

더욱이, 미궁도시의 저택에 있던 주방에서 나온 개량안을 반영했다.

"목욕탕은 자그마하네."

"주인님, 급수기의 마력 공급 장소가 보이지 않는데요—."

"이거야."

나는 수도의 꼭지를 비틀어 물을 틀었다.

"수도가 있어?"

"그래. 왕도의 귀족 저택에는 상수도가 있어."

무노 남작의 저택에 갈 때 수도교가 있었는데, 어제는 이런저런 일이 있어서 동료들에게 설명하는 걸 깜빡 했다.

이 다음에, 왕도를 산책하면서 가이드를 해야겠군.

◆

"우와~ 사람이 많네."

저택의 확인과 가구 설치를 끝낸 우리는, 왕도 구경을 겸해서 나나 자매들의 일용품을 사러 가기 위해 근처 시장으로 왔다. 여기는 부유층의 주거지나 상점이 많은 구역이다.

포치랑 타마는 카리나 양도 불러오고 싶어했지만, 그녀는 사교의 재교육을 받고 있어서 데리고 오지 않았다.

"식재료가 잔뜩 있어요!"

"루루, 트리아는 저게 신경 쓰입니다!"

요리를 좋아하는 두 사람이 기뻐 보인다.

처음에는 먹보 귀족 로이드 후작과 호엔 백작이 소개해준 상회에서 벚연어를 사기로 했다.

"정말로 벚꽃색이네."

"뷰~티풀~."

핑크색을 좋아하는 타마가, 빙글빙글 춤을 추면서 벚연어를 절찬했다.

연어알은 내가 아는 연어의 알과 같은 색이다.

"오늘 아침에 갓 잡은 연어에서 얻은 연어알입니다. 숙성시킨 것이나 절임이 좋으시다면 안쪽에 있으니 어떠신지요?"

소개해준 사람 덕분인지, 상회의 부회장이라는 예쁜 누님이 애교 있게 안내해 주었다.

기왕 왔으니 방금 잡은 연어와 연어알과 젓갈을 대량으로, 누님이 권하는 숙성 연어알이나 절임도 몇 종류인가 사뒀다. 소량이지만 송어도 취급하기에 함께 사뒀다.

이어서 먹보 귀족 두 사람이 가르쳐준 조미료를 다루는 가게에도 들러서 이것저것 조달했다. 그 밖에도 시나몬이나 몇 종류의 허브를 구했고, 같은 상회가 경영하는 주류상에서 스토리지의 재고가 줄어든 술을 상당히 보충할 수 있었다.

마법의 가방으로 나르기에는 양이 많기에, 신선도가 중요한 것 말고는 저택까지 배달을 부탁했다.

"그러면, 야채나 곡물 같은 것도 보충해두자."

가게를 나선 우리는, 지금까지 지나쳤던 노점 물색을 시작했다.

"네! 너무 잔뜩 있어서 어딜 봐야 할지 모르겠어요."

"트리아는 과일을 보고 싶어요."

루루와 트리아가 과일의 노점으로 돌격했다.

동남아시아의 시장처럼, 풍부한 야채와 과일이 노점에 늘어서 있었다.

“버섯.”

미아가 내 옷을 꾹꾹 끌어당기더니, 다종다양한 버섯을 팔고 있는 노점을 보며 기쁘게 말했다.

“그래, 잔뜩 사가자.”

“응.”

미아가 행복한 표정으로 고개를 끄덕였다.

물론 다른 애들도 이런저런 노점을 흥미롭게 들여다보았다.

“호박 하나도 굉장히 종류가 많다고 고합니다.”

“신선한 와사비나 생강이 있습니다. 와사비를 찍은 불고기나 생강 간장으로 먹는 튀김을 나나의 자매들에게도 먹여주고 싶군요.”

“뉴~ 고기~?”

“타마, 지금은 과일 아저씨들로 참는 거예요.”

역시 아인 소녀들은 고기가 좋은 모양이다.

“과연 대국의 왕도라서 그런지 물류가 풍부하구나—.”

뿌리 야채가 늘어선 노점을 보고 있던 아리사가 말하는 도중에 입을 다물었다.

“순무.”

“그건 단눈무야.”

“헤에, 아가씨인데 잘 아는구나.”

미아의 말을 정정해준 아리사에게 노점 주인이 감탄한 것처럼 말을 흘린 다음—.

"살 거면 싸게 해줄게."
하고 세일즈 토크로 넘어갔다.
"좀 사갈까?"
"딱히 괜찮아."
아리사가 고개를 옆으로 저었다.
"이상하게 씁쓸하고 역한 맛이 있고, 맛있는 야채는 아니니까."
"정말로, 잘 아는구나."
노점 주인이 흥미롭게 아리사를 보았다.
"이 근처에서는 충신 산맥 쪽 고원에서만 재배되는 야채인데, 아가씨는 그쪽 출신이야?"
"아니야. 나는 대륙 중앙의 소국 출신이야."
아리사가 말하고 걸음을 나아갔다.
"옛날에, 농지 개혁을 시작했을 무렵에, 제일 가까운 부하가 처음으로 헌상해준 게 저 단눈무랑 눈무 두 가지였어."
어쩐지 앙뉘한 아리사였지만, 내가 위로하는 것보다 빠르게—.
"아리사한테, 다우너한 건 안 어울려! 일용품을 사러 가자!"
찰싹 자기 볼을 때린 아리사가, 주먹을 치켜 올리고 선언했다.
"오~."
"에이에이오~ 인 거예요!"
억지로 기운을 짜낸 아리사에게, 타마와 포치가 금방 편승하여 인파를 헤치듯 시장의 일용품 구역으로 달려갔다.
"주인님! 얼른 와아~."
이쪽으로 커다랗게 손을 흔드는 아리사에게 마주 손을 흔들

고, 다 함께 뒤를 따랐다.

“마스터, 이 근처에서는 문방구나 그림 재료를 팔고 있다고 고합니다.”

조금 떨어진 장소에서 나나가 말하자, 타마와 포치가 후다다닥 달려갔다.

타마가 진지한 표정으로 그림 재료를 음미하고, 포치도 몇 종류인가 있는 깃털 펜이나 편지지를 고르고 있었다.

“포치는 유니한테 편지 보내려고?”

“아닌 거에요. 그것도 있지만, 지금은 아닌 거예요. 포치는 소설을 쓰는 거예요!”

“일러스트는 타마~?”

“반주.”

“내가 감수와 편집과 교열을 담당하는 거야.”

타마와 아리사는 알겠는데, 미아의 반주라는 건 의문이다.

작업용 BGM이라도 연주해서 포치의 집필을 도와주는 걸까?

“완성되면 읽어주는 거예요.”

“그래, 기대하고 있을게.”

“네잉!”

“맡겨둬! 일본의 엔터테인먼트를 포치에게 불어 넣어서, 명작으로 만들어 주겠어!”

기합을 넣는 아리사에게 「적당히 해둬」라고 못을 박아두었다.

이러다 아리사가 포치의 소설을 애니화하고 싶다고 말할 것 같으니, 트레이스대나 촬영용 마법 도구 같은 것도 만들어둘까.

"우오와아아아아아아아악!"

굵직한 남자의 비명이 들려 돌아보자, 루루가 남자 한 명을 제압하는 모습이 보였다.

"소매치기예요."

미궁도시에서는 거의 볼 수 없으니까, 어쩐지 오랜만이네.

시야 구석, 나나의 자매 근처에 거동이 수상한 남자가 있다.

그 남자의 손이 자매의 맏이인 아진의 엉덩이로 뻗었다.

—어림도 없지.

나는 축지로 아진 옆으로 이동해서, 엉덩이를 만지기 직전에 남자의 팔을 붙잡았다.

"키야아아아악!"

팔을 움켜쥐자 치한이 비명을 질렀다.

"치한은 범죄야."

"응, 사형."

아리사랑 미아도 목격한 모양이다.

"소매치기~?"

"반대쪽 손으로 지갑을 빼려고 한 거예요."

타마랑 포치가 치한의 반대쪽 손을 붙잡고 있었다.

과연, 더블 범죄자였다는 거구나.

"리자, 저쪽에서 위병을 봤으니 불러줘."

"알겠습니다."

리자가 부르러 간 사이에, 욕설을 내뱉는 남자를 포박하고 리자가 데려온 위병에게 신병을 넘겼다.

"마스터, 준비금을 맡겨주신 신뢰에 부응하지 못해 죄송합니다."

"거기까지 신경 안 써도 돼. 다만, 소매치기가 많은 것 같으니까, 지갑은 둘로 나눠두는 편이 좋겠다."

"예스 마스터."

아진이 진지한 표정으로 고개를 끄덕였다.

그 다음에도, 날치기나 들치기 같은 범죄를 볼 때마다 타마 대원과 포치 대원이 활약하여 왕도의 치안 회복에 공헌했다.

"거기 아가씨, 사랑 점 어떠세요?"

노점 사이에 개업한 수상쩍은 점술사가 말을 걸었다.

"필요 없어."

아리사가 조금 흥미를 가진 모양이었지만, 금방 그러면서 가게 앞을 지나쳤다. 아마도 점술사가 「점술」이나 「예지」 같은 느낌의 스킬을 안 가졌기 때문이겠지.

"젊은 나리, 어깨 결림이나 두통은 없으신가요? 저희들의 심령 치료원에서 금방 고쳐드립니다."

조금 목덜미나 옆구리가 느슨한 옷을 입은 미녀가, 스르륵 내 팔에 자기 팔을 얽으면서 가슴을 밀어붙였다.

치료를 명목으로 한 풍속업인가 생각했는데, 그녀는 「마력 치유」 스킬이나 「의료처치」 스킬 같은 유용한 스킬이 있었다.

나도 가지고 있지만, 마법약이나 마법과는 다른 이용 가치가 있는 거다.

"딱히 어깨 결림은 없으니까 됐어."

"그러신가요? 몸이 안 좋으시면 언제든지 찾아오세요~."

"그래, 고마워."

나는 살짝 미련을 남기면서 노점 앞을 지나쳤다.

"에잇, 미인이 상대면 금방 헤벌레 한다니까!"

"바람 금지."

아리사와 미아가 내 양팔을 끌어안고 앞으로 끌어당긴다. 루루와 아인 소녀들도 함께다.

나나와 자매들이 조금 앞의 트인 장소에 모여 있었다. 뭔가를 보고 있는 것 같았다.

"마스터, 도시 위에 다리가 있다고 고합니다!"

나나가 가리킨 쪽에, 토대가 아치 형태가 된 다리 같은 것이 있었다.

"저건 수도교야."

"저게 그거군요."

"헤에, 로마 수도의 유적이랑 닮았네."

루루와 아리사도 흥미로운 기색으로 시선을 돌렸다.

아리사가 말하는 유적은 프랑스 남부에 있는 유명한 관광지의 그거겠지.

"수도교가 무엇인가요라고 묻습니다."

"수도교라는 건, 마실 물을 수원에서 가정으로 전달하기 위한 육교야."

왕도의 수원은 왕성에 있으니까, 왕성을 중심으로 외벽까지 여섯 개의 수도교가 직선으로 뻗어 있었다. 귀족 거리나 부유층의 거주 구역은 중간에 몇 군데인가 왕성을 중심으로 한 동심원 모양으로 몇 갠가의 고리 모양 수도교가 만들어져 있는 모양이었다. 고리 모양 수도교는 세세하고, 중간에 수도관이 이어져 각 저택으로 상수도를 공급한다.

평민 구역에는 수도교와 수로가 병용되고 있으며, 일부에는 우물도 있는 것 같았다.

"저건—."

리자의 눈빛이 험악해졌다.

그녀의 시선 끝에는 악취미적인 골렘 마차를 탄 족제비 수인족의 상인이 있었다.

태어난 고향인 주황 비늘 종족의 마을이 족제비 수인족에게 멸망당했다고 했으니, 족제비 수인에게는 씻어낼 수 없는 응어리가 있는 거겠지.

"리자, 가자."

나는 멈춰서 있는 리자에게 말을 걸어 장보기로 돌아갔다.

나나 자매들의 일용품은 어느 정도 모인 모양이니까, 다음은 당장 필요한 의류를 사러 가볼까.

"주인님! 그림책 가게가 있는 거예요!"

아이들이 손짓하는 장소에 책방이 있었다.

마법서나 연금술 관련 책은 없었지만, 각자가 필요한 책을 한 권씩 사고 나도 왕도 명소 그림책이라는 책을 샀다. 나나의 자매들 중에서 과반수는 그림책을 좋아했지만, 장녀인 아진은 철학책을, 삼녀인 트리아는 요리책을 샀다.

"옷 가게."

"아~ 저 길이네."

기성복이나 헌 옷을 매단 가게가 잔뜩 늘어서 있었다.

"가자, 다들!"

""""예스, 아리사.""""

아리사를 선두로 나나의 자매들이 의류를 물색하러 갔다.

미아나 루루에 이어 나와 아인 소녀들도 함께 따라갔다.

여자애들의 쇼핑은 길다.

나는 금방 따라갈 수가 없게 되어서, 먼저 가게에서 나와 길가에 놓인 나무 상자 하나에 앉아 기다리기로 했다.

"뉴~."

"지지친 거예요."

타마와 포치는 방금 전까지 아리사의 옷 갈아입히기 인형이 되어 있었으니 무리도 아니다.

지금은 리자가 코디네이트 대상이 된 모양이다.

내 무릎 위에서 축 늘어진 타마와 포치의 머리를 쓰다듬으며 시간을 보냈다.

"달콤한 냄새가 나는 거예요."

갑자기 포치가 고개를 들더니, 코를 킁킁 움직였다.
"저쪽! 인 거예요."
포치가 길 너머를 가리켰다.
어느샌가, 모퉁이 쪽에 매대가 열려 있었다.
"잠깐 맛보고 올까?"
"네잉!"
"맛보는 건 중요한 거에요!"
갑자기 활기를 되찾은 둘을 데리고 매대로 갔다.
아까 지나갈 때는 안 보였는데, 바로 너머에 공원이 있는 모양이다. 공원 입구에는 매대가 잔뜩 있었다.
"젊은 나리! 왕도 명물 갈레트 어때? 아가씨들한테는 달콤한 잼이 들어간 갈레트도 있어."
"고기는 없는 거예요?"
"미안하네. 우리는 이파리랑 잼 두 종류뿐이야."
"유감~?"
고기를 좋아하는 두 사람은 유감스러워한 다음, 잼 갈레트를 주문했다.
나는 이파리 갈레트를 주문해봤다.
"나왔습니다! 이파리는 동화 한 닢, 잼은 대동화 한 닢이야."
잼이 좀 더 비싸군.
"아가씨들 갈레트에는 잼을 듬뿍 넣어놨어."
"와~아."
"인 거예요!"

나는 대금과 바꾸어 갈레트를 받았다.

"트레비아~앙~?"

"달아맛나인 거예요."

타마와 포치가 입 주위를 잼 투성이로 만들면서, 아구아구 갈레트를 먹었다.

나는 이파리 갈레트를 깨물었다. 안에는 매콤달콤한 간의 이파리 야채 절임이 들어있어서 꽤 맛있다. 뭐랄까, 따끈하게 데운 일본주가 땡기는 맛이다.

"아~! 없다 싶더라니, 이런 곳에서 군것질하고 있어!"

장보기를 마친 동료들이 우리를 발견하고 달려왔다.

"다들 먹을래? 꽤 맛있어."

"그렇네~."

아리사가 포치 입가에 잔뜩 묻은 잼을 손가락으로 닦아 그대로 입으로 가져갔다.

"달콤하네. 저기 오빠, 이 잼은 설탕을 듬뿍 쓴 거 아냐?"

"듬뿍은 아니지만, 설탕은 썼어."

과연, 그래서 잼 갈레트가 비싼 거구나.

"헤에, 설탕 같은 비싼 걸 용케 매대에서 쓸 수 있네."

"요즘엔 설탕이 좀 싸게 들어오거든. 펜인지 폰인지 하는 해적 사냥의 명인 덕분에, 남쪽 바다의 해적이 줄어서 항로가 안전해진 덕분이래."

아리사가 나를 보았다.

살짝, 자랑스런 표정이다.

"그렇다는데, 아리사."

"에헤헤~."

"이제 그만 점심때니까, 공원에서 점심 먹자."

갈레트 몇 개를 구입한 다음, 우리는 공원 입구에 늘어선 매대에서 이것저것 추가로 구입했다.

왕도에서는 고기가 좀 비싼 편인 것 같아서, 고기 꼬치나 힘줄고기를 푹 익힌 것이 모두 미궁도시의 3배에서 5배 정도 가격으로 팔리고 있었다.

갈레트나 메밀수제비 같은 메밀가루를 사용한 가벼운 음식이 저렴하다.

메밀가루로 만든 뇨끼 같은 것을 튀긴, 보기 드문 요리도 있다. 간장 맛이나 소금 맛이 기본이고, 된장을 바른 것도 맛있어 보였다.

"메밀가루 계통이 많은 것치고, 메밀국수라기보다 면류 자체가 없네."

"그러고 보니 그렇네."

돌이켜보면 마카로니 같은 짧은 파스타나 뇨끼는 흔히 보이지만, 길쭉한 면은 본 기억이 없다. 면 모양으로 늘리는 발상이 없는 건 아닐 거고, 용사들이나 전생자들이 누군가 한 사람 정도는 전했을 텐데.

다음에 먹보 귀족 두 사람에게도 물어봐야겠군.

일본에 있을 무렵에 메밀국수를 튀긴 것도 먹어본 적이 있으니까, 면류가 뭔가 이세계에서 금기에 해당하는 게 아닌 걸 알게 되면 다음에 먹보 귀족들에게 대접해볼까.

"저기서 먹자."

분수를 따라 벤치가 있기에, 다 함께 앉아서 먹기로 했다.

"헤에, 의외로 맛있네. 모르는 메뉴도 시험해 봐야 하는 법이구나."

"힘줄 고기 꼬치도 맛있습니다."

"단단맛나~."

"포치는 보통 고기 꼬치가 좋은 거예요."

아인 소녀들은 평소처럼 소고기 꼬치를 좋아했지만, 다른 애들은 달콤한 잼이 들어간 갈레트의 평가가 높았다.

"트리아도 달콤한 걸 좋아합니다. 루루는 어떤가요?"

"저도 달콤한 건 좋아하지만, 여러 가지 맛을 조금씩 먹는 편이 좋아요."

"괜찮아이~?"

"다 못 먹으면 포치가 먹어주는 거예요."

트리아와 루루의 대화에 먹보 센서가 반응했는지, 타마와 포치가 즉시 인터셉트했다.

"통탕탕, 통."

잼 갈레트를 탐닉하고 있던 미아가 고개를 들었다.

입가에 잼이 묻어 있기에, 트윈테일의 긴 머리칼이 붙기 전에 가지고 있던 손수건으로 닦아줬다.

"음악."

미아의 시선 끝에 분수 가장자리를 둘러싸고 통통 두드리며 리듬을 타는 여자애나, 그 소리에 맞추어 춤추는 아이들의 모습이 보였다.

적당히 두드리는 것처럼 보이지만 의외로 제대로 된 곡이 되고 있었다.

아마 유명한 곡인 거겠지.

"재주꾼들인가?"

"그냥 노는 거 아냐?"

"즐기는 거, 중요해."

평소보다 좀 말이 길어진 미아가, 요정 가방에서 악기를 꺼내 여자애의 리듬에 맞춰 곡을 연주하기 시작했다.

"타마도 춤춰~?"

"댄스의 요정 포치의 소울을 렛츠하는 거예요!"

타마와 포치가 아이들의 댄스에 섞였다.

조금 주춤하던 아이들도, 두 사람을 보고 차례차례 춤에 참가했다.

"뭔가 늘어났어."

어느샌가, 조금 떨어진 곳에서 낯선 신사도 커다란 악기를 퉁기며 미아와 합주를 하고 있었다. 미아와 비슷하게— 아니, 미아보다 능숙하다.

"아리사도 춤 춰볼래?"

"당근이지. 가자, 루루 언니."

"마스터, 저희들도 춤추고 온다고 선언합니다."

나나에게 이끌려서, 자매 대부분이 춤에 참가했다.

"주인님도!"

"알았어, 알았어. 가자, 리자."

아리사가 부르기에 나도 리자와 함께 참가했다.

그것은 불과 몇 분의 수수께끼 공간이었지만, 다 함께 적당히 곡에 맞추어 춤을 즐겼다.

타타탕하는 곡의 끝을 여자애가 튕기자, 미아와 신사도 그에 맞추어 곡을 마무리했다.

"만족."

작은 코를 부풀린 미아에게 깨끗한 손수건을 건넸다.

신사 쪽을 보자, 우리들을 향해서 우아하게 인사를 한 다음 마차를 타고 가버렸다. 아무래도 지나가던 음악가였나 보다.

◆

"다음은 어디 갈 거야?"

"장보기는 대강 끝났으니까, 박물관에 가자."

전에 태수부인의 다과회에서 알게 된 보석 박물관을 포함한 왕립 박물관이 이 공원 너머에 있었다.

우리는 소화도 시킬 겸, 공원을 느긋하게 산책했다.

"올해는 꽃피는 게 늦구만."

"그렇네요, 할아범."

앞을 걷는 노부부가 그런 대화를 나눴다.

산책로를 따라 선 나무들은 모두 벚나무였지만, 모두 아직 봉오리가 부풀지 않았다.

"이 근처의 꽃은 벚나무지? 언제쯤 활짝 피는 걸까?"

아리사의 의문에 대답하고자 아까 산 왕도 명소 그림책을 펼쳐 조사해봤다.

"예년에는 지금쯤 꽃이 피기 시작해서, 연말부터 연시에 걸쳐 만개하는 모양이야."

왕도의 벚꽃은 왕조 야마토가 엘프들에게 선물 받은 벚나무 묘목이 자란 것이라고 한다.

그런 이야기를 하는 사이에, 공원 반대쪽에 있는 왕립 박물관의 입구가 길 너머에 보였다.

"뭔가 들리는 거예요."

"덜커덩커덩덩~?"

공원과 왕립 박물관 사이에 있는 길, 그 오른쪽에 있는 십자로 쪽에서 들린다.

"무슨 소리지?"

"마차 소리와 비슷하네요."

"발굽 소리가 안 난다고 고합니다."

레이더에 비치는 광점이, 이 세계의 마차치고는 빠른 속도로 접근했다.

그것에 맞추어, 젊은이의 핫하~ 하는 환성과 남녀노소의 비명 같은 것이 들렸다.

"소리가 다가온다고 고합니다."

길에 뛰쳐나가 확인하려는 No.8— 위트의 목덜미를 잡아서 되돌렸다.

"비켜비켜비켜~!"

"햣하아~~!"

폭주 마차가 십자로 너머에서 드리프트를 하며 나타났다.

말의 모습이 없는 오픈 타입의 골렘차다.

"우와아아아아아!"

"꺄아아아아아아!"

도로 위에서 멍하니 소리 나는 쪽을 보고 있던 사람들이, 자기들 쪽으로 폭주해오는 골렘차를 보고 당황하여 도망쳤다.

"치어 죽인다, 평민!"

"꺄하하하하하하!"

골렘차에는 네 명 정도의 화려한 차림을 한 귀족 자제들이 타고 있었고, 마차에서 도망치는 사람들을 보며 웃어대고 있었다.

도망이 늦은 사람들이 몇 명 있었지만, 아인 소녀들이 재빨리 구조했으니 내가 나설 차례는 없었다.

골렘차는 감속하지 않고 길 너머로 가버렸다.

"이쪽 세계에서 폭주족을 만날 줄은 몰랐어."

아리사가 투덜거렸다.

"저건 대체 뭐야?"

"문벌 귀족의 바보 자식들이야."

"어이어이, 귀족님의 사용인이 듣기라도 하면 불경죄로 범죄 노예가 될 거야."

"무섭기도 해라. 괜히 연관되지 않는 게 제일이지."

길거리에 있던 사람들의 대화를 엿듣기 스킬이 포착했다.

"요즘 자주 이 근처를 폭주하더라."

"위병은 단속 안 하는 거야?"

"소용없어. 문벌귀족을 붙잡아 봤자, 금방 부모의 힘으로 해방되거든."

"전에 치어서 크게 다친 녀석들이 관청에 고발했는데, 반대로 『마차 앞으로 뛰어들었다』라는 죄로 말 없는 마차의 수리비를 청구 당해서 지독한 꼴을 당했다더라."

꽤나 비참하군.

"혁명이 일어나면 브레이크가 안 들을 부패 귀족이네."

"그러게 말이다."

나는 아리사의 감상에 빈 말로 대답하고, 맵 검색으로 폭주귀족들의 이름을 메모해뒀다.

사법 기관에 보고해도 의미가 없을 것 같으니, 다음에 용사 나나시로서 왕성에 갔을 때라도 국왕이나 재상한테 잡담하는 김에 보고해둬야겠군.

◆

"건물까지 보석 같아."

왕립 박물관의 별관에 있는 보석 박물관은 보석과 반지를 본뜬 것 같은 모양이라 숙녀들에게 인기인 장소라고 한다.

신분증을 제시하고, 한 명당 은화 1닢의 입관료를 지불했다.

평민의 경우는 신분이 확실한 인물의 소개가 필요한 모양이다.

입관 수속이 괜히 엄중한 건 전시물이 비싼 게 많아서겠지.

"예뻐~."

"반짝반짝인거예요."

"응, 예뻐."

보석 박물관의 관내는 유리 케이스에 담긴 갖가지 보석이 장식되어 있었다.

빛 마법을 이용한 조명을 사용해서 보석이 가장 예쁘게 보이도록 정돈한 모양이군.

"보기만 해도 눈이 어지러울 정도로 예뻐요."

루루가 눈부신 보석을 바라보며, 황홀하게 눈웃음을 지었다.

"그래, 정말로 예뻐."

내가 보기엔 오히려 루루가 보석보다도 아름다우니까 무심코 중얼거리고 말았다.

"네."

루루가 쑥스러운 기색도 없이 대답했다.

아마 보석에 대한 감상이라고 생각한 거겠지. 눈동자가 보석과 마찬가지로 반짝반짝 빛나고 있었다.

"얼마쯤 하는 물건일까?"

보석을 보고서 이렇게 중얼거리는 아리사에게 여자력을 좀 나눠주면 좋겠다.

"주인님, 나한테도 말해줘."

"말해."

말의 의미를 제대로 이해한 아리사와 미아가 자기를 가리키면서 요청했다.

"정말로, 예뻐."

"에잇, 국어책 읽기잖아!"

"응."

주위에 폐가 되지 않는 성량을 의식하면서, 동료들과 즐겁게 구경을 계속했다.

여기는 비싼 물건이 전시되어 있기도 해서, 경비원이 여기저기 배치되어 있었다. 또한 유리 케이스 앞에는 폴과 로프로 구역이 나눠져서 유리 케이스를 만질 수 있을 만큼 다가가지 못하게 되어 있었다.

"이 다이아의 창날은 강해 보입니다."

"다이아로 만들어진 창의 창날은 튼튼하다고 동의합니다."

다이아몬드를 깎아낸 「영봉의 반짝임」이라는 작품을 보고, 리자와 나나가 그런 대화를 나눴다.

"그건 그렇고, 커다란 보석이 많네."

"브릴리~언트~?"

"아주아주 예쁜 거예요."

달걀 사이즈의 보석은 당연하고, 개중에는 럭비공 사이즈의 루비나 에메랄드까지 전시되어 있었다.

회장을 구경하는 사람은 옷차림이 좋은 여성들의 작은 집단이 많았다.

"역시, 일급품의 『하늘의 눈물방울』은 아름답네요."

"네, 별의 반짝임을 담아둔 것처럼 예쁘군요."

"언젠가는 이런 보석을 선물해주시는 남성분에게 구혼을 받고 싶어요~."

하급 귀족의 영애들이 보고 있는 건 이슈라리에산 「하늘의 눈물방울」인가 보다.

가까운 곳에는 「하늘의 눈물방울」과 같은 소재인 아르아제 작은 유니콘상 같은 것도 전시되어 있었다.

"아르아~?"

"우니콘상인 거예요!"

타마와 포치가 받침대에 전시된 상을 올려다보았다.

"타마의 상이 더 귀여운 거예요."

"포치상도 귀여워~?"

타마와 포치가 보르에난 숲에 머무를 때, 식기와 함께 만들어서 선물 받은 반짝반짝 빛나는 상을 꺼내서 보여줬다.

"반짝반짝 빛나는 상이 귀엽다고 고합니다. 나나는 가지고 있지 않은가 물어봅니다."

막내 여동생 위트의 질문에, 나나가 병아리상을 보여줬다.

""""유생체!""""

위트 말고 다른 자매들도 병아리 상에 반응했다.

아무래도 자매들은 취향까지 나나랑 쏙 닮은 모양이다.

"양도를 희망합니다."

"기각한다고 고합니다."

위트의 애원을 나나가 깔끔하게 기각했다.
“마스터, 나나가 심술을 부린다고 보고합니다.”
“싸우면 안 돼. 다음에 다들 만들어줄게.”
아르아의 재고가 없으니까, 적당한 보석 소재가 될 것 같지만.
“그 밖에도 여러 가지 보석 세공이 있네.”
“응, 예뻐.”
여자애는 어려도 보석류를 좋아하는 모양이군.
내가 흙 마법 「석제 구조물」로 만드는 보석 세공을 자주 보았을 텐데, 그거랑 이건 또 다른 모양이다.
“이쪽이 제일 인기인가 보네.”
“우와아, 엄청 예뻐—.”
수정 안에서 불꽃이 타오른다.
“파이어 크리스탈이야! 블랙 오닉스는 어디 있을까?”
“검은 마노라면 처음 쪽 방에 있었는데?”
“고것이 아녀.”
아리사가 고전 PC 게임의 명작 소재로 농담을 했지만, 루루가 담백하게 대답하자 사이비 사투리로 대답했다.
“마스터, 어떤 원리인지 알 수 있느냐고 묻습니다.”
“속이 빈 크리스탈 안에, 어둠 광석을 조합한 불 광석을 띄워 놓은 모양이야. 불꽃이 흔들리도록 바람 광석도 쓴 것 같네.”
앞에 있는 플레이트의 설명을 보면, 전설의 보석 마법사 쥬얼이라는 고인이 남긴 인공 보석이라고 한다. 영어 이름인 걸 보면, 전생자나 용사가 얽혀 있을 것 같다.

“무지개색~?”

“꽈배기 과자인 거예요.”

보석을「석제 구조물」계통 흙 마법으로 가공했다고 추정되는 갖가지 보석이 있었다.

타마와 포치의 반응이 재미있었는지, 작품 옆에서 대기하고 있던 직원 청년이 웃음을 참고 있었다.

“여기서부터는 다른 사람인가 봐.”

“제자나 현대의 작품인가 보다.”

쥬얼 선생이 남긴 보석은 높은 투명도를 유지하고 있지만, 그의 제자들이나 현대의 보석 마법사들 작품은 투명도가 낮고 보석으로서의 아름다움을 잃은 것이 많았다.

“기묘한 상인 거예요.”

보석으로 만들어진 벌거벗은 여인상인데, 어째 품격이 없다.

교육에 안 좋으니까, 동료들을 재촉하여 옆 코너로 이동했다.

“—뭐라고!”

모퉁이를 돌려고 했을 때, 아까 전까지 우리가 있던 방향에서 젊은 남자의 노성이 들렸다.

돌아보자, 네 명 정도 화려한 차림을 한 귀족들이 아까 웃음을 참고 있던 직원에게 시비를 걸고 있었다.

“우리 맥크레 가문에서 대여해준 쥬얼 선생의 보석을, 맥크레 가문의 직계 5남인 내가 집어보고 싶다고 말하는 거다! 그것을 막는 것은 불경하다, 천민!”

클레이머인가 보군.

가까운 곳에 경비원이 두 명 정도 있지만, 자기 자리를 벗어날 수가 없는 건지 손을 대지 못 하고 있었다. 저 귀족 자제들이 절도반의 양동 부대인 것을 경계하는 거겠지.

"저건 아까 그 폭주귀족이잖아. 전형적인 느낌의 바보 귀족이네. 버릇을 고쳐줄까?"

"엉뚱한 원한을 살뿐이야."

나는 가볍게 어깨를 으쓱거리고 이야기를 계속했다.

"그보다도, 리자랑 함께 경비원의 지원을 불러와줘."

"오케이."

"알겠습니다."

아리사와 리자가 복도를 달려갔다.

"나나, 아진이나 자매들이랑 같이 따라와. 루루는 다른 애들이랑 여기서 대기."

나는 8명의 미녀들을 이끌고 그쪽으로 갔다.

"때려눕힐 거라면, 맡겨 주세요."

"아니야. 우리가 하는 건 추가로 경비원들이 올 때까지 그들의 주의를 돌려두는 거다."

의외로 성미가 급한 아진의 오해를 풀었다.

"아진, 이야기를 적당히 맞춰봐."

"예스 마스터."

나는 일부러 발소리를 내면서, 아까 전에 있던 코너로 갔다.

"저게 쥬얼 선생이 만든 기적의 보석이군!"

나는「확성」스킬과「연기」스킬, 더욱이「사기」스킬의 도움을 빌어서 괜히 커다란 목소리로 폭주귀족들의 주의를 끌었다.

폭주귀족들이 우리를 노려보는 것을 무시하고, 나나 자매를 이끌고 파이어 크리스탈 쪽으로 커다란 발소리를 내면서 다가갔다.

"오오오! 정말로 보석 안에 불꽃이 타오르고 있어."

"근사하네요, 마스터."

"멋지다고 동의합니다."

아진과 자매들이 국어책 읽기로 대답했다.

아차, 아리사를 이쪽에 남길 걸 그랬네.

"어이, 네놈!"

폭주귀족이 직원에게서 손을 떼고, 나한테 불평을 하러 왔다.

"무슨 일인가요? 고귀한 분."

"아까부터 큰 소리로 시끄럽다!"

자기들은 제쳐두는 모양이군.

"어허, 이거 실례했습니다. 무례를 사과드리죠."

"정말이지, 야만적인 시골뜨기는 이래서—."

나는 순순히 사과했다.

폭주귀족이 직원 쪽으로 고개를 되돌리려고 하기에, 시간 벌기로 그의 말을 덧쓰는 것처럼 이야기를 계속했다.

"그 야만적인 시골뜨기도 알 수 있습니다. 이 파이어 크리스탈의 근사함을."

폭주귀족이 이쪽을 한 번 보았다.

그의 친가가 박물관에 파이어 크리스탈을 빌려줬다고 하기에 화제를 꺼내봤는데, 흥미를 끄는 데 성공했다.

"참으로 유서 깊은 일족에 전해지는 보물이 틀림없겠죠."

내가 감탄한 식으로 가장하여 말하자, 자존심이 자극 받았는지 폭주귀족이 돌아보았다.

"맞는 말이다. 왕조님 대부터 이어지는 명가, 우리 맥크레 자작 가문 비장의 물건이지."

폭주귀족이 재는 표정으로 가슴을 펴자, 그의 친구들도 그의 집안을 추켜세웠다.

"뛰어난 핏줄에는 그에 걸맞은 보물이 모이는 법이야."

기분 좋아진 폭주귀족이 자랑하듯 이야기를 계속했다.

레이더에 아리사가 불러온 경비원들의 광점이 다가오고 있으니, 시간 벌기는 이제 그만 끝내도 되겠지.

적당히 으쌰으쌰 하고서 끝내고자 입을 여는 참에, 막내 위트가 괜한 한 마디를 해버렸다.

"마스터, 그것은 뇌물이 모인다는 건가요? 라고 묻습니다."

"뭐라고?! 우리 가문이 부정을 행해 뇌물을 모았다고 하는 거냐, 네놈!"

한순간 흥분한 폭주귀족이 위트를 붙잡으려고 했다.

"기다려주세요. 일행의 무례는 제가 대신 사과하겠습니다."

"나를 건드리지 마라! 천한 것!"

폭주귀족은 위트를 감싸려고 그녀 앞에 팔을 펼친 나를 밀쳐내려고 했다.

나는 저항하지 않고 밀려났고, 아진이 받아주었다.

부드러운 감촉에 만족하면서, 모퉁이 너머에서 모습을 드러낸 위병들 쪽을 보았다. AR표시를 보니 선두에 있는 건 관장이다.

"맥크레 님! 또 당신입니까!"

"칫, 귀찮은 녀석이 왔다. 가자!"

폭주귀족은 관장이 거북한지, 재빨리 그 자리에서 물러났다.

관장과 위병들은 그대로 폭주귀족 뒤를 좇았다.

"다친 곳은 없으십니까?"

"네. 그녀가 받아줬으니까요."

직원이 나를 배려해 주었다.

"주인님, 관장이 있기에 같이 불러왔어."

"고마워, 아리사. 덕분에 살았다."

아리사와 하이터치를 나누었다.

"아, 저기 방금 전 일은 고맙습니다."

지금 그 언동을 보고, 내 행동이 자기한테서 주의를 돌리기 위한 것이었다는 사실을 깨달은 직원이 나를 향해 깊이 고개를 숙이며 감사 인사를 했다.

〉칭호 「바람잡이」를 얻었다.

〉칭호 「보석 프리크」을 얻었다.

◆

"여기서부터 앞은 왕립 박물관의 본관인가 봐."

보석 박물관의 구경을 마친 우리는 연결 통로를 지나 왕립 박물관의 본관으로 발을 들였다.

"여러 가지 소장품이 있네."

"주인님, 이쪽에 순서가 적혀 있습니다."

리자가 발견한 순서도를 기억하고, 그것을 따라 구경하기로 했다.

"악기."

"시가 왕국이나 주변 나라들의 악기인가 보다."

그다지 종류가 많지는 않지만, 그 중 하나가 눈길을 끌었다.

"전자 기타?"

"그래, 과거의 용사가 가지고 있던 물건인가 봐."

기타가 아니라 베이스인 것 같지만, 앰프가 없으니 연주할 수가 없었던 모양이다.

"마스터! 유생체가!"

""""유생체!""""

왕립 학원의 유년학사 학생들이 견학을 하는 참에 마주쳐 버렸다.

나나뿐 아니라 자매들까지 학생들을 예뻐하려고 뛰쳐나가고자 했지만, 양손을 펼친 미아가 「안 돼」 하고 말해 막아준 덕분에 사건이 일어나지 않고 넘어갔다.

"웃호! 멋진 근육!"

나체상이 늘어선 한 구석에서, 아리사가 코피를 쏟을 것 같은 느낌으로 뚫어져라 보고 있었다.

"주인님의 쇄골만은 못해요."

엿듣기 스킬이 루루의 중얼거림을 포착했다.

뭐랄까. 이런 걸 들으면 아리사의 언니라는 걸 납득해 버린다.

"뷰리포~."

타마가 「스테 · 파니의 비약」이라는 들소의 조각상을 보고 눈빛을 반짝거렸다.

약동감이 있는 조형뿐 아니라, 점토 세공 같은 독특한 터치가 눈길을 끌었다.

"뷰리포~ 다음에 스테 · 파니라고 이어야 돼."

아리사가 타마에게 묘한 부탁을 했지만, 조각상을 바라보는 타마는 아리사의 말이 귀에 들어오지 않는 기색이었다.

"마음에 들었니?"

"네잉."

타마가 고개를 끄덕인 다음, 하염없이 조각상을 바라보았다.

잠시 움직일 낌새가 없으니 가만 놔둬야겠다.

내가 물러나려는 참에 타마에게 말을 거는 사람이 있었다.

"허허어, 아가씨는 눈이 높은 모양이군."

조각상 옆에 있던 노신사가 타마를 칭찬했다.

AR표시에 나타난 정보를 보니, 그가 이 들소 조각상의 제작자였다.

"좀 더 많은 조각상 보고 싶니?"

"네잉!"

"그러면, 가벼운 마음으로 놀러 오게나."

노신사가 보호자인 나에게 카드 한 장을 건네주었다.

그 카드에는 그의 이름과 주소가 적혀 있었다. 이건 명함 같은 것인가 보다.

"고맙습니다."

"감사~?"

둘이서 인사를 하자, 노신사는 지팡이를 한 손에 들고 그 자리를 떠났다.

"여기서부터는 무기나 방어구의 역사인가 보다."

"네, 그렇지만 마법 무기는 겉모습만 본뜬 복제품 같아요."

뭐, 실용품이니까.

"저건 소거인(리틀 자이언트)용 무기일까요?"

리자가 바라보는 곳에는 길이 2미터 반, 날 길이 2미터 가까이 되는 거대 양날 도끼가 장식되어 있었다. 검은 날의 거대 도끼는 저주받은 무기의 일종인 모양이다.

AR표시되는 정보를 보니, 일급품이라고 해도 될 정도의 공격력을 가진 마법의 무기다.

벤 상대의 마력이나 생명력을 빼앗아서 사용자에게 전해주는 기능까지 있다. 변환 효율은 불명이지만, 상당히 굉장한 무기가 아닌가 싶었다.

“굉장히 커다랗죠?”

직원이 웃으며 말을 걸었다.

“이것은 시가8검인 고우엔 님이, 사가 제국에서 모험가로 활동할 무렵에 사용하시던 도끼입니다.”

“이런 커다란 도끼를 휘두르다니 굉장한 사람이네.”

아리사가 감탄한 기색으로 말했다.

“주인님은 휘두를 수 있어?”

“들어 올리는 건 가능하겠지만, 체중이 가벼우니까 휘두르는 건 관성적으로 무리일 거라고 생각해.”

관성에 휘둘리는 것을 전제로 하면 싸울 수 있으려나?

나는 직원에게 인사를 하고, 다음 코너로 이동했다.

“주인님! 인 거예요.”

나를 부르는 포치의 목소리가 들리기에, 아리사를 그 자리에 남기고 이동했다.

“사무라이 코너가 있는 거예요!”

포치가 붕붕 손과 꼬리를 흔들며 흥분하고 있었다.

사무라이란 말을 들은 아리사가 거대 도끼 앞에서 달려왔다.

“서양풍 일본도가 잔뜩 있네. 공도 박물관에도 있었지만, 일본도 같은 거 좋아하는 것치고 장비한 사람이 적었어.”

분명히 아는 사람 중에 카지로 씨와 아야우메 양 정도였다.

“그렇네.”

대답하면서, 일본도로 왕도 안을 검색해봤다.

몇 명인가 검색됐다 모두 사가 제국 사람이고, 「쉰 카아게 류 면허」나, 「텐넨리 쉰 류 개전」 같은 칭호를 가진 모험가나 무예자들이었다.

"타마, 이쪽에 닌자 두루마리가 있어!"

"볼래래~."

조각상 코너에서 질리지도 않고 「들소 조각상」을 보고 있던 타마가, 아리사의 말을 듣고 날아왔다.

"못 읽어~?"

"그러면, 닌자 마스터 아리사가 대신 읽어 주마."

아리사가 노사 같은 말투로 읽기 시작했다.

"기본은 5행을 따르는 목둔, 화둔, 토둔, 수둔, 금둔—."

"둔둔~?"

"수제비[#1]는 맛있는 거예요."

"요컨대 여러 가지 교란술이야. 새를 부르거나 작은 동물을 부리는 테이머 같은 인술도 있나 봐."

귀에 익지 않은 말이면 이해할 수가 없다고 생각했는지, 아리사가 중간부터 알기 쉬운 설명으로 바꿨다.

"수수해~?"

"그렇지 않아! 이것은 어디까지나 기본! 『충분히 숙련된 인술은, 마법과 구분이 안 된다』라고 클라크 선생님이 말했어!"

아리사, 그건 인술이 아니라 과학이야.

"장판 뒤집기도 극한에 이르면 대지를 뒤집을 수 있고, 그림

#1 수제비 수둔과 수제비의 발음이 둘 다 「스이톤」이다.

자 마법처럼 그림자에서 그림자로 이동하거나, 그림자 묶기로 상대를 묶어놓을 수도 있어! 토둔으로 터널을 파서 이동하거나, 화둔으로 성을 태우는 것도 화려해서 좋겠다. 그 밖에도 수리검이나 체술도 이것저것 있어서—."

픽션의 인술을 논하기 시작한 아리사에게 「적당한 선에서 해둬」라고 못을 박은 다음, 다른 애들이 어떤지 보러 갔다.

"뭔가 재밌는 거라도 있었니?"

"주인님—."

루루가 열심히 보고 있는 건, 불 지팡이의 역사라는 부스였다.

먼 옛날에 개발된 불 지팡이부터, 현재의 불 지팡이에 이르기까지 변천을 배울 수 있는 모양이다.

"헤에, 꽤 옛날부터 있었구나."

불 마법사가 부족한 시대에, 그것을 보충하기 위해 개발된 것인 최초였다고 한다.

"이거, 주인님의 화염총이나 휘염총 끝 부분과 닮지 않았나요?"

"그렇네. 옛날 사람들도 비슷한 연구를 해본 모양이야."

현대의 화염총은, 불 탄환을 회전시켜서 명중률을 올리고 있었다.

과거의 것은 불 광석 주위에 라이플링한 총신을 달거나, 불 광석을 나선 모양으로 깎아내거나 했고, 현대의 것은 연금술사나 흙 마법의 「석제 구조물」 따위로 비트는 게 주류인 모양이다.

"옛날 불 지팡이는 명중률이 나빴었군요."

"그랬었나 봐."

아까 불 탄환에 가로 회전을 주는 것 말고도 갖가지 시행착오를 한 경위가 그림으로 남아 있었다.

개중에서도 지팡이 하나의 끝 부분이 셋으로 갈라져서, 각각 불 지팡이의 끝 부분 기구가 달려 있었던 「삼천화」라는 지팡이가 재밌다.

"삼연사할 수 있는 불 지팡이라, 삼점사 같은 사용법이 유행했었을까?"

"뉴~?"

"삼점사라는 건, 어떤 거예요?"

"간단히 말하면 말이지—."

아리사가 삼점사에 대해서 타마와 포치에게 가르쳐줬다.

총기 방아쇠를 당겼을 때, 한 번에 세 발의 탄환이 자동 사격되는 거라고 알려줬다.

다만, 늘 그렇듯이 아리사가 픽션도 섞어서 놀아버렸기 때문에—.

"과연, 머리에 한 발, 심장에 두 발인가요. 확실하게 적을 쓰러뜨리기 위한 기술이군요."

"굉장한 거예요! 포치도 삼점사하고 싶은 거예요!"

"타마도~?"

아인 소녀들이 삼점사와 표적 무력화 사격 방법인 더블탭을 혼동해 버렸다.

"마인포로 할 수 있을까요?

"연사~?"

"그거인 거예요! 꾸욱꾸욱 퍼펑하고 쏘면 되는 거예요!"

오해를 풀어둘까 생각했는데, 아인 소녀들이 「마인포로 삼점사를 하려면?」이라는 의제로 신이 난 모양이라 즐거운 대화에 찬물을 끼얹는 것 같아서 끼어들지 않았다.

"한 번, 시험해 보고 싶군요."

"네잉~."

"그런 거예요! 수행밖에 없는 거예요!"

리자의 말에, 타마가 마이페이스로, 포치가 거칠게 콧김을 뿜으면서 각자 찬동했다.

아무래도 저녁 식사 뒤에라도 왕도 교외의 전이 거점에 데리고 가서 시험을 해보도록 해야 될 것 같다.

◆

"서민가는 그다지 관광에 좋은 곳은 아니네."

아리사가 주위의 광경을 보면서 말했다.

박물관을 나온 다음 산책할 겸 서문 근처까지 가봤는데, 분명히 아리사 말처럼 구경하러 올 장소는 아니었다.

렛세우 백작령의 난민이 늘어난 모양인지, 공원이나 외벽 근처 공터에 텐트나 판잣집을 만들어 살고 있는 자들을 몇 번이나 보았다.

물론 난민 말고도, 본래부터 슬럼가에서 살던 빈곤층 사람들도 적지 않게 있는 모양이다.

"그렇네. 이제 곧 서문이니까, 거기서부터 메인 스트리트를 산책하면서 돌아가자."

우리는 발 빠르게 서민가를 지났다.

약속된 전개로 눈매가 나쁜 녀석들이 몇 번이고 시비를 걸었지만, 아인 소녀들이 가뿐하게 퇴치했다.

"뉴~?"

"비공정에 타고 있던 공주님인 거예요."

서문이 보이는 곳에서, 타마와 포치가 마차 한 대를 보고 말했다.

그 마차는 20기 가까운 순회 기사들이 호송하고 있으며, 창 틈으로 비스탈 공작의 제1부인과 막내딸이 타고 있는 게 보였다.

전에 막내딸과 만났을 때는 비공정 습격범과 함께 도주하고 있었는데, 결국 순회 기사들에게 붙잡혀 버린 모양이다.

"뉴!"

타마의 귀가 후드 아래서 쫑긋 튀어 올랐다.

자연스럽게 주위를 살피자, 호송되는 마차를 멀리서 살피는 수상쩍은 인물을 몇 명 발견했다.

맵 정보에 따르면 사가 제국이나 파리온 신국의 밀정과— 대륙 서방에 만연한 마왕 신봉 집단「자유의 빛」구성원이었다.

후자는 시가8검인 헤르미나 양이 미궁도시를 방문했을 때, 마족을 동원해서 공격한 녀석들이다.

시가 왕국의 현관문, 무역도시 타르투미나에 있었던 마왕 신봉 집단「자유의 빛」의 거점은 내가 용사의 종자 쿠로로 변신하여 일망타진했는데, 질리지도 않고 재침입을 한 모양이다.

내가「자유의 빛」녀석들을 맵 검색하려고 하기 전에, 레이더에 무수한 빨간 광점이 나타났다.

"주인님—."

경계를 재촉하는 리자의 시선 끝에서, 마차 주변에 하얀 연기를 내는 연기 구슬이 몇 개나 굴러다니고 있는 게 보였다.

AR표시의 정보를 보니, 왕도의 범죄 길드「뱀 발」녀석들이었다. 전에「계층의 주인」의 전리품을 노린 녀석들과 비슷한 수법이지만, 전혀 다른 조직인가 보다.

범죄를 두고 보는 것도 기분이 좋지 않으니까, 몰래 도와주자.

나는「이력의 손」을 뻗어 연기 구슬을 붙잡고, 모두 스토리지에 수납했다.

이미 나온 연기는 그대로지만, 아직 시야를 완전히 막을 정도는 아니니까 순회 기사들이 가볍게 범죄 길드 녀석들을 베어버렸다.

"사토, 저거!"

미아가 가리키는 곳에서, 인간이 기이한 형태로 변화하는 게 보였다.

—마족이다.

아까 발견한「자유의 빛」녀석들이 짧은 뿔을 써서 마족으로 변한 거겠지.

—GZRROOOOWN.

고릴라랑 코뿔소를 일그러진 형태로 섞은 것 같은 하급 마족이 하늘을 향해 짖었다.

"핫하!"

"치어 죽인다, 평민!"

어디선가 들린 목소리가 십자로 너머에서 들렸다.

"비켜비켜비켜!"

"꺄하하하하하하."

낯익은 골렘차가 십자로에서 드리프트로 나타났다.

방금 전까지 웃어대면서 도망쳐 다니는 사람들을 보고 있던 폭주귀족들의 얼굴이, 길에 남아 있는 하얀 연기 너머 도로 한가운데 선 하급 마족을 보고서 얼어붙었다.

전방 부주의에 더해서 과속이니, 서둘러서 브레이크를 밟아도 멈출 리가 없지.

"잠깐, 기다—."

"위험—."

다 말할 틈도 없이 폭주귀족의 골렘차가 하급 마족과 격돌했다.

골렘차 앞부분이 찌그러지고 그대로 앞으로 쓰러졌다. 도로교통법도 없는 이쪽 세계 사람들이 안전벨트 같은 걸 했을 리도 없으니 폭주귀족들은 골렘차 밖으로 날아가 버렸다.

일단 「이력의 손」으로 죽지 않을 정도의 지원은 해줬지만, 골절이나 찰과상은 알 바 아니지.

이제부터는 안전운전을 마음에 새기면 좋겠다.

"이틈이다! 마족에게 마무리를 지어라!"

순회 기사들이 차와 격돌해 땅바닥에 넘어진 마족에게 쇄도했다.

—GZRROOOOWN.

분노의 포효를 지른 하급 마족이 몸을 일으키자마자 순회 기사들을 쓸어버렸다.

"방심하지 마라! 마족은 아직도 전투력을 가졌다!"

순회 기사의 대장이 외쳤다.

"마스터, 유생체의 위기라고 고합니다."

어이쿠, 폭주귀족들을 신경 쓸 때가 아니었다.

"리자, 따라와. 나머지는 주변 경계! 범죄자의 증원을 주의해!"

나는 리자만 데리고 마족 퇴치를 하러 갔다.

너무 수가 많으면, 순회 기사들이 경계해버릴 테니까.

"무노 남작 가신, 펜드래건 명예사작이다! 마족 상대는 맡겨라!"

나는 큰 소리로 외치면서, 순회 기사들을 휩쓰는 하급 마족 앞으로 달려갔다.

오늘은 요정검을 차고 있지 않아서, 발치에 굴러다니는 철제 소검을 주워 공격해오는 하급 마족의 팔을 받아 흘렸다.

"—하앗!"

나보다 늦게 전장에 뛰어든 리자의 찌르기가 하급 마족의 턱을 아래쪽에서 꿰뚫었다.

"엺!"

"젓가락 드는 쪽인 거예요!"

타마와 포치의 목소리와 동시에, 하얀 연기를 가르며 다른 마족이 나타났다.

은색 비늘로 뒤덮인 그 마족은 크기는 아까 그 하급 마족과 변함이 없지만 명백하게 강해 보이는 기척을 두르고 있었다.

그도 그럴 것이, AR표시를 보니 레벨 50의 중급 마족이다.

"우오오오랴아아아아아아아아아!"

눈앞으로 다가오던 은비늘 마족이 옆에서 나타난 검은 그림자와 함께 시야에서 사라졌다.

직후에 가까운 건물의 벽이 부서지고, 흙먼지와 파편이 흩날렸다.

시야에서 사라지는 한순간에 힐끔 보였는데, 검은 그림자는 거한의 검사였다.

—GZRROOOOWN.

리자의 마창으로 꿰뚫어진 하급 마족이 팔이나 뿔을 뻗어 반격하기에, 리자와 함께 백스텝으로 떨어졌다.

마족은 뇌를 파괴해도 안 죽는 녀석이 있나 보군.

"리자, 그쪽은 맡길게."

"—알겠습니다."

나는 아까 그 검사를 지원해줄까.

쿠궁하는 묵직한 폭발음이 부서진 벽 너머에서 들리고, 아까 끼어든 거한의 검사가 벽에서 뿜어져 나오는 흙먼지를 헤치며 뛰쳐나왔다.

—근육.

찢어진 옷에서 엿보이는 강철 같은 근육이 굉장하다.

거대한 양손검을 어깨에 지고, 방심하지 않으며 부서진 벽 너머를 노려보았다.

그는 레벨 51의 검사, 그것도 시가8검 중 한 명이다.

어깨에 짊어진 거대한 양손검에 붉은 빛이 깜박이더니, 이윽고 격렬한 붉은 빛을 뿜는 마인으로 변했다.

“—와랏!”

근육 검사가 흙먼지 너머를 향해 외치는 것과 동시에, 흙먼지를 꿰뚫고 은비늘 마족이 뛰쳐나왔다.

은비늘 마족은 아다만타이트 같은 청은색 갈고리 손톱을 번득이면서, 어마어마한 속도로 근육 검사를 습격했다.

버스트 해커
“마참강렬인(魔斬鋼烈刃)!”

근육 검사의 필살기이리라. 그가 휘두르는 양손검의 잔광이 붉은 반원을 그리고, 은비늘 마족을 땅바닥에 때려눕혔다.

양자의 속도가 너무 빨라서 눈으로 따라가기가 힘들었지만, 은비늘 마족의 갈고리 손톱이 근육 검사에게 닿기 직전에 상단에서 신속으로 휘둘러 내린 양손검이 은비늘 마족의 머리 부분에 격돌한 것이다.

“—칫, 단단한 놈이군. 이 몸의 오의로도 벨 수 없다니.”

땅바닥에 파고든 은비늘 마족의 등에, 근육 검사가 추가 공격을 하려고 검을 들었다.

—ZWROOOOOWN.

브레이크 댄스 같은 움직임으로, 부서진 돌 바닥재를 뿌리면서 은비늘 마족이 튕겨 일어섰다.

근육 검사는 보기와 달리 민첩한 움직임으로 거리를 벌리고, 날아온 돌바닥의 파편이나 그것에 섞여 뿜어낸 은비늘 마족의 돌려차기를 양손검 한 자루로 튕겨냈다.

빙글 회전하여 자세를 바로잡은 은비늘 마족이 탄환 같은 속도로 근육 검사에게 돌격했다.

"흥!"

원심력을 이용한 근육 검사의 양손검이 돌격해오는 은비늘 마족을 호쾌하게 때렸다.

은비늘 마족은 가까운 벽을 향해 공처럼 날아가 그대로 벽에 격돌하는 것처럼 보였지만, 직전에 빙글 자세를 바꾸어 벽에 착지하고 영화의 거미 사나이처럼 벽에 찰싹 달라붙었다.

은비늘 마족의 비늘이 곤두서고, 끝부분이 날카롭게 변형됐다.

양손검을 휘둘러 자세가 무너진 근육 검사를 향해서 은비늘의 비가 쏟아져 내렸다.

"피해!"

내가 외치는 걸 들은 근육 검사가 주위를 확인하는 것도 포기하고 전방에 전력으로 대쉬했다.

그것을 확인하면서, 발치에 굴러다니던 누군가의 방패를 던져 근육 검사를 따라잡으려는 은비늘의 비를 비껴냈다.

—ZWROOOOOWN.

벽에서 뛰어오른 은비늘 마족이 근육 검사가 아니라 공격을 방해한 나를 향해 공격해왔다.

번쩍이며 빛나는 갈고리 손톱을 가진 팔이 나에게 다가온다.

"—어이쿠, 위험해라."

나는 들고 있던 철검으로 은비늘 마족의 표피를 깎아내는 것처럼 흘려냈다.

주운 철검이 싸구려였는지, 강판에 밀어낸 무처럼 깎여나갔다.

은색 가루에 불똥이 반사되어 꽤 예쁘긴 한데, 순식간에 자루만 남아 버렸다.

고집 부리지 말고 마인 스킬 정도는 써둘걸 그랬네.

은비늘 마족이 지나칠 때 은비늘 산탄을 뿜어내려고 하기에, 땅에 쓰러지면서 은비늘 마족을 공중으로 차올렸다.

"으랏차아아아아아아아!"

힘차게 날아온 근육 검사가, 호쾌하게 휘두른 양손검을 은비늘 마족에게 때려 박았다.

내 차기로 공중에 뜬 은비늘 마족은 버티지 못하고 근육 검사의 검에 맞아 근처의 벽을 향해 날아갔다.

은비늘 마족이 아까처럼 벽에 달라붙으려고 했지만, 이번에는 벽이 기세를 버티지 못하고 부서져서 분쇄된 건물 안으로 굴러갔다.

"방금 전엔 덕분에 살았다. 제법이잖아, 애송이."

"칭찬해주시니 황송합니다."

애송이라고 부르는 건 그렇다 치고, 근육 검사에게 악의가 없어 보여서 칭찬에 대한 인사를 해뒀다.

"나는 고우엔. 시가8검의 고우엔이다."

"무노 남작 가신, 사토 펜드래건 명예사작입니다."

“네가 미나가 말했던 펜드래건이군—. 재미있어.”

근육 검사— 고우엔 씨가 동료인 헤르미나 양을 애칭으로 부르면서 사나이다운 웃음을 지었다.

—ZWROOOOOWN.

굉음을 올리며 마족이 건물에서 뛰쳐나왔다.

발길을 멈춘 은비늘 마족의 표피에서, 100장 정도의 은비늘이 떠올라 몸에서 일정한 거리에서 빙빙 돌기 시작했다.

아마 공방일체의 방어 기술이란 거겠지.

“따라와라, 사토. 죽지 말고—.”

그렇게 말하고 고우엔 씨가 달렸다.

기왕 해준 말이니, 땅바닥에 굴러다니는 적당한 검을 주워 고우엔 씨의 대각선 후방으로 따라 달렸다.

은비늘 마족도 고우엔 씨를 향해 돌격했다.

그쪽도 기다리는 게 아니라 공세를 선택한 모양이다.

부유하고 있는 은비늘 일부가 사슬처럼 이어져서 공격해온다.

고우엔 씨는 마인을 두른 양손검으로 은비늘의 사슬을 튕겨내고, 부유 은비늘이 수호하는 마족 본체에 돌격했다.

튕겨나간 은비늘의 사슬이 땅바닥에 맞아서 튕겼다—.

그러더니 고무로 끌어당긴 것처럼 본래 왔던 방향으로 급가속하여 고우엔 씨의 등을 공격한다.

나는 순동을 발동해서 그것을 따라가 철검을 들었다.

“흐읍!”

고우엔 씨의 몸이 한순간 부풀어 오르고, AR표시되는 그의 방어력이 뛰어오른 것을 알 수 있었다.

그가 가진 금강신이라는 방어 스킬의 효과인 모양이다.

어느 정도 단단한지 조금 흥미가 있었지만, 나는 지적 호기심에 지지 않고 검을 휘둘러 그를 등 뒤에서 공격하려던 은비늘을 모두 절단했다.

아까 실패한 걸 반성해서, 이번에는 베는 순간에 마인 스킬을 썼으니 검은 상하지 않았다.

철검으로는 마력이 흩어져 버리기 때문에 마인 스킬을 쓰는 게 좀 귀찮았다.

"으라아아아앗차아아아아아!"

함성을 외친 고우엔 씨가, 부유 은비늘의 영역에 파고들었다.

고우엔 씨의 갑옷이 부서지고, 피보라가 튀었다.

그러나 그래도 그의 진격은 멈추지 않고, 간격에 들어간 양손검을 호쾌하게 휘둘렀다.

마인의 붉은 파편이 흩어지고, 부유 은비늘과 양손검이 닿으며 격렬한 불똥이 튀었다.

—ZWRODDDDYN.

고우엔 씨의 거구 너머에서 어깨 쪽을 깊이 베인 은비늘 마족이 절규를 질렀다.

억지가 좀 심하지만, 이런 호쾌한 사람은 꽤 좋아한단 말이지.

"가라, 사토!"

"네!"

고우엔 씨의 재촉을 받아서, 무방비한 은비늘 마족의 몸통에 마인을 두른 검을 찔렀다.

마력 갑옷 같은 저항이 느껴지기에, 몰래 은비늘 마족에게 댄 손으로 술리 마법인 「마력 강탈」을 발동하여, 놈의 방어 장벽을 구성하던 마력을 송두리째 빼앗아줬다.

"—리자!"

"알겠습니다!"

하급 마족을 쓰러뜨리고 이쪽 상황을 살피고 있던 리자에게도 공격을 허가했다.

순동으로 급속 접근한 리자의 마창이 대각선 뒤에서 은비늘 마족의 심장을 꿰뚫었다.

"마무리다아아아아아아아아아!"

검과 창에 꿰뚫어진 은비늘 마족의 몸을, 고우엔 씨의 두 번째 공격이 두 동강으로 갈라버렸다.

은비늘 마족의 몸이 검은 안개가 되어 사라져가고, 긴 뿔 하나가 땅바닥에 떨어지며 새된 소리를 냈다.

"꺄아아아아!"

아까 발견한 「자유의 빛」 구성원이 비스탈 공작의 막내딸을 유괴하여 도망치려고 했다.

"소미에나 님!"

막내딸의 이름을 부른 고우엔 씨가 순동으로 접근하여 한 칼에 구성원의 목을 날려버렸다.

갑작스런 스플래터 광경에 막내딸이 정신을 잃었지만, 그 몸은 고우엔 씨가 상냥하게 받아내어 별 일 없었다.

—저건.

시체의 손에 신경 쓰이는 것이 있었다.

"주인님."

"그래, 긴 뿔이야."

사람을 마족, 그것도 중급 마족으로 바꾸어 버리는 사악한 도구다.

방금 전의 은비늘 마족도 이 긴 뿔로 마족화하기 전에 본래는 인간이었을 거라고 생각한다.

내가 줍는 것보다 빠르게 고우엔 씨가 주워서, 아까 은비늘 마족이 떨어뜨린 이미 사용한 긴 뿔과 함께 자기 아이템 박스 안에 수납해 버렸다.

시가 왕국의 수호자인 시가8검인 그라면 뒷일을 맡겨도 되겠지.

◆

"고우엔 님, 종자 분, 조력에 감사드립니다!"

젊은 순회 기사 한 명이 달려와 인사를 했다.

"바보 자식아! 이쪽 두 사람은 내 종자가 아니다. 지나가다 가세해준 기특한 무인이다."

"그, 그랬었군요! 실례했습니다! 실례입니다만, 이름을 물어도 되겠습니까?"

「이름을 밝힐만한 자는 아닙니다」라고 흘리고 싶지만, 이미 고우엔 씨에게 이름을 밝힌 다음이라 순순히 밝혔다.

젊은 순회 기사가 리자의 활약을 고우엔 씨에게 전달했다.

내가 고우엔 씨의 지원을 하는 사이에, 리자는 혼자서 하급 마족 다섯을 쓰러뜨린 모양이다.

"중급 마족과 호각으로 싸우는 검사에, 하급 마족 다섯을 혼자 섬멸하는 창잡이라—. 이번 시가8검 후보는 꽤 충실하군."

고우엔 씨가 나랑 리자의 등을 팡팡 두드리면서 건투를 칭찬해주었다.

"주인님~."

"상처는 없는 거예요?"

전투가 끝난 것을 짐작하고, 타마와 포치가 달려왔다.

뒤에 동료들도 함께다. 그녀들은 주변 경계를 하는 김에 일반 시민의 피난 유도를 해준 모양이다.

"미아, 미안하지만 다친 사람들을 치료해줘."

"응."

고개를 끄덕인 미아가 털래털래 순회 기사들 쪽으로 갔다.

함께 간 루루가 말수 적은 미아 대신 치료하러 왔다고 말을 해서 한 군데 모이도록 지시해 주었다.

"너스 모드~."

"인 거예요!"

타마랑 포치 둘도, 재빨리 구급대원 완장을 차고 외치더니 미아를 도우러 갔다.

"저건 사토의 종자인가?"

"네, 종자라기보다는 제 동료들입니다."

고우엔 씨는 아이들을 좋아하는지, 호호 할아버지 시선으로 아이들의 활약을 지켜보고, 돌아온 타마와 포치의 머리를 쓱쓱 쓰다듬었다.

“조그만데 장하구나.”

“니헤헤~.”

“엣헴, 인 거예요.”

칭찬 받은 타마와 포치가 기뻐 보였다.

미아도 함께 쓰다듬으려고 했지만, 미아는 그 손을 스륵 피해서 내 뒤로 숨어버렸다.

“애들 좋아해?”

“그럼! 나도 친가에 비슷한 나이의 딸이 있다.”

아리사의 물음에 수긍한 고우엔 씨가 품에서 수첩 사이즈의 뭔가를 꺼내 뚜껑을 열었다.

“귀엽지?”

고우엔 씨는 자기 처자식이 그려진 세밀화(미니아튀르)를 우리들에게 보여주면서, 얼마나 멋진 아내인지, 얼마나 사랑스럽고 천진난만한 딸들인지를 뜨겁게 논했다.

뭐랄까. 그와 이야기를 하다 보니, 놀러 갔더니 아이들 동영상을 끝도 없이 보여주는 팔불출 친구가 떠오르는군.

“왕도에 안 불러?”

“그래. 아내가 고향을 떠나고 싶지 않다고 해서 말이다—.”

그다지 남이 파고들 화제가 아닌 것 같아서, 아리사에게 눈짓하여 화제를 끝냈다.

"고우엔 님, 부상자의 후송과 호위 기사의 보충이 끝났습니다."

"그래! 알았다!"

마침 좋은 타이밍에 순회 기사가 알리러 왔다.

"미안하지만 딸들의 사랑스러움은 다음에 얘기하지."

"네, 기회가 있다면 부디."

"나는 성기사단의 주둔지에 있다. 언제든지 놀러 와라. 환영하지."

고우엔 씨가 말하더니, 내 대답도 안 듣고서 마차를 호송하는 순회 기사들과 함께 가버렸다.

◆

"—편지?"

저택으로 돌아오자, 무노 남작 저택에 도착했다는 편지를 메이드 한 명이 전달해 주었다.

낯선 인장으로 봉인이 되어 있었는데, 수취인은 내가 틀림이 없다고 하기에 봉인을 자르지 않고 벗겨서 열었다. 상대가 상급자일 경우, 봉인을 자르는 건 무례가 되니까.

"누구한테서?"

"시가8검의 쥬레바그 씨."

나와 동료들을 그들의 본거지인 성기사단 주둔지로 초대한다는 내용이었다.

"초대한다고 써있지만, 이건—."

"소환장이지."

나는 거절할 권리가 없어 보였다.

시간적으로 생각해서 근육 검사 고우엔 씨는 연관이 없는 것 같지만, 그건 딱히 구원이 되지 못한다.

오늘밤이라도, 팔불출인 그의 딸 자랑을 회피하기 위한 책략을 생각해둘 필요가 있겠어.

또한 그날 밤은 동료들 마음이 풀릴 때까지 「삼점사 마인포」라는 흉악한 기술의 훈련을 하도록 한 다음, 나는 혼자 쿠로의 모습으로 변장하여 맵 검색으로 발견한 마왕 신봉 집단 「자유의 빛」 아지트를 강습해 하나도 남김없이 포박하여 중범죄자용 감옥에 투옥했다.

물론, 사전에 국왕과 재상에게 양해를 받은 다음이다.

생각보다 시간이 걸린 탓에, 딸 자랑의 회피책은 딱히 생각해두지 못했다.

여기저기 아지트가 분산되어 있어서 저택으로 돌아왔을 때는 동틀 녘이 가까웠다.

"주인님, 정말로 과로하는 버릇은 고치는 편이 좋아."

그렇게 걱정해주는 아리사에게 사과하고, 나는 아주 잠깐 진흙에 빠진 것처럼 잠에 빠졌다.

결투! 시가8검

"사토입니다. 결투라고 하면 레이피어를 가진 귀족들끼리 싸우는 걸 이미지 해버립니다. 일본도는 어쩐지 『결투』라는 단어가 안 어울리는 것 같단 말이죠."

"후아~."

"인 거예요."

타마와 포치가 하품 흉내를 냈다.

그런 두 사람의 머리를 쓰다듬으면서 나는 하품을 죽였다.

"졸려?"

"조금."

내가 하품하는 걸 본 아리사가 걱정스레 물었다.

"무릎베개."

미아가 자기 허벅지를 톡톡 두드리면서 무릎베개를 권했지만 좁은 마차 안에서는 무리니까 「고마워」 하고 인사만 하고 사양했다.

우리는 어제와 마찬가지로 3대의 전세 마차에 나눠 타고서 성기사단의 주둔지로 가고 있었다.

처음에는 나랑 리자 둘만 가려고 했지만, 아리사가 「주인님이랑 리자 씨의 멋진 모습이 보고 싶어」라고 말한 탓에 다들 데리고 가게 되어 버린 것이다.

"사토."

미아가 슥 앞을 가리켰다.

"하얀 갑옷의 기사가 지키고 있습니다. 저것이 성기사단의 주둔지인 것 같군요."

"응, 훌륭해."

"고저스~."

"그레이트, 인 거예요."

하얀 대리석과 파란 대리석을 쌓아 만든 건물에서, 동료들이 말하는 것처럼 대단히 장엄한 인상을 받았다.

"판타지 계통 MMO에서 자주 나오는 건물이네~."

아리사의 말에 웃음이 흘렀다.

분명히, 게임 스타트 지점의 나라 같은 곳에 있을 법하다.

"멈춰라!"

마차로 정문에 다가가자, 문의 좌우에 서 있던 성기사들이 창을 교차시켜 마차를 막았다.

"어느 집안 분인지는 모르겠지만, 여기서부터는 성기사단의 주둔지이다. 용건이 없는 자를 통과시킬 수는 없다."

근엄한 어조로 말하는 성기사의 눈이 나와 동료들을 보고 험악해졌다.

여자와 아이들을 데리고 온 바보 귀족자제로 보였겠지.

나는 홀로 마차에서 내려, 방금 그 성기사에게 시가8검 필두인 쥬레바그 씨의 편지를 건넸다.

"이것은?"

성기사가 의심스레 편지를 받았지만, 편지에 있는 쥬레바그 씨의 인장이 찍힌 봉납을 보고 놀란 소리를 냈다.

"시, 실례했습니다! 쥬레바그 각하의 손님이셨군요!"

성기사가 황급히 등을 쭉 펴고 경례하더니, 동료에게 지시하여 마차를 통과시켜주었다. 서비스 정신이 왕성하게도, 일부러 길안내도 해준다고 했다.

이렇게 수가 많으면 이동하다 누가 불러 세울 가능성이 높으니 감사하며 받아들였다.

"킹킹킹~?"

"챙챙캉캉인 거예요."

"마스터, 전투음이 들린다고 고합니다."

검극 소리가 들리자, 타마와 포치에 이어서 No.8— 위트가 내 팔을 자기 팔로 감으면서 보고했다. 이 애는 스킨십을 좋아하는지, 자주 다른 자매한테도 달라붙는다.

그것을 본 미아가 반대쪽 손을 잡았다.

"보여."

"마침, 전투 훈련 중인 모양이네."

미아와 아리사가 투기장에서 훈련하는 성기사들을 발견했다.

맵 정보에 따르면, 쥬레바그 씨를 비롯한 시가8검 몇 명과 성기사단의 단원들이 있었다.

나에게 편지를 보낸 쥬레바그 씨는 투기장을 내려다보는 관객석에서 성기사들의 훈련을 감독하고 있는 것 같았다.

"쥬레바그 단장님! 펜드래건 사작을 데리고 왔습니다!"

투기장에 도착하자, 안내해준 성기사가 귀가 아플 정도의 커다란 소리로 쥬레바그 씨에게 보고했다.

"왔구나, 펜드래건 사작—."

쥬레바그 씨가 돌아보는 도중에 말을 잃었다.

"—무슨 속셈이지?"

어쩐지 역정이 난 모양이다.

아인 소녀들과 나나는 갑옷을 입고 있지만, 나를 포함한 다른 애들은 평소의 복장이라 그런가?

"받은 편지에, 제 부하도 데리고 오라고 하셨기에, 그 말에 어리광을 부려 후학을 위해 데리고 왔습니다."

자기가 쓴 문맥을 떠올렸는지, 쥬레바그 씨가 소태 씹은 것처럼 떫은 표정을 지었다.

아마도, 그가 데리고 오라고 한 건 리자 뿐이었을 거야.

"조금, 수가 많았을까요?"

"—상관없다."

아무래도 말을 바꾸지는 않는 모양이다.

"흑창의 리자, 결투다! 미궁도시의 빚을 갚아주지! 단장님께 다시 단련을 받은 이 몸의 강함을 보여주마!"

하얀 창을 어깨에 짊어진 성기사가 침묵하는 쥬레바그 씨 뒤에서 소리쳤다.

그의 얼굴은 기억을 못했지만 특징적인 하얀 창은 본 적이 있었다.

분명히, 미궁도시에서 리자에게 결투를 도전하여 진 사람이다.

"켈른이군—. 좋다, 해봐라."

"주인님, 괜찮을까요?"

쥬레바그 씨가 결투를 허가한 걸 들은 리자가 나를 돌아보며 허가를 구했다.

켈른 씨도 강해졌을지 모르지만, 분명히 리자가 훨씬 강해졌다.

자신의 강함을 확인시켜주기 위해서, 나는 리자에게 고개를 끄덕였다.

동료들을 관객석에 남기고, 나와 리자는 투기장 안으로 이동했다.

쥬레바그 씨가 켈른 씨와 리자의 결투를 선언하고, 훈련중이던 성기사들을 장외로 내보냈다.

"이봐이봐, 아직 어린 소녀잖아. 켈른이 말하던 『흑창의 리자』라는 게, 근육도 얼마 없는 꼬맹이였던 거냐?"

노란 창을 든 수염 난 성기사가 비웃는 어조로 시비를 걸었다.

아리사가 관객석에서 「우와, 패배 플래그 견본 같은 대사네」라고 중얼거리는 걸 엿듣기 스킬이 포착했다. 정말이지 동감이다.

"리자, 켈른 공과 싸우기 전에 자신만만한 그하고 한 번 싸워줘라."

나는 리자에게 말하고, 쥬레바그 씨에게 허가를 얻었다.

두 사람이 투기장의 중앙에 이동하여, 심판 역할의 성기사가 리자에게 결투의 룰을 고지하고 있었다.

얻어맞아서 기절하거나, 「졌다」라고 하거나, 심판이 멈출 때까지 이어진다고 한다.

고의로 상대를 죽이거나, 중상을 입히는 건 규칙 위반이었다.

그런 결투 룰을 확인하는 사이에, 성기사단에 소속되어 있는 빛 마법사나 각 신전에서 파견된 고레벨 신관들이 방어 마법을 부여하고 있었다.

어디까지나 큰 부상을 입지 않기 위한 예방이라서, 신체 강화나 공격 보조 지원 마법은 부여하지 않는 모양이다.

"힘내~?"

"리자, 힘내는 거예요!"

타마와 포치를 비롯하여 동료들이 관객석에서 응원했다.

노란 창 기사가 버릇없이 투기장에 침을 뱉었다.

"쟈고우! 비늘 여자한테 지지 마라!"

"그 도마뱀한테 격의 차이를 가르쳐줘라!"

노란 창 기사의 친구로 보이는 일부 성기사들이 야유를 했다.

"당연하지! 시가8검의 자리에 어울리는 것이 머리가 굳은 켈른 녀석이 아니라 나라는 걸 보여주마!"

노란 창 기사가 외쳤다.

"양자, 시작 원으로 들어가라."

심판의 지시를 받아, 두 사람이 이동했다.

노란 창 기사는 리자를 부모의 원수처럼 노려보지만, 리자에게 산들바람 정도의 영향도 주지 못하는 모양이다.

"시작!"

심판의 개시 신호와 동시에, 노란 창 기사가 순동으로 리자에게 접근하여 3연속 찌르기를 뿜었다.

리자는 가볍게 그 찌르기를 비껴내고 타이밍 좋게 창을 튕겨 올려 노란 창 기사의 손에서 창을 날려버렸다.

"무슨—."

노란 창 기사가 무기를 잃은 자기 손을 멍하니 바라보았다.

철그렁 창이 떨어지는 소리가 조금 떨어진 장소에서 울렸다.

"아직 승부가 나지 않았습니다. 주우시죠."

"야, 얕보지 마라! 후회하게 해주지!"

삼류 대사를 말하면서 창을 주운 노란 창 기사가 창에 마력을 흘려 마인을 발동했다.

어째 발동하는데 오래 걸리는걸.

"먹어라— 오의, 나선창격!"

리자가 마창 도우마에 한순간에 마인을 두르더니, 노란 창 기사의 필살기를 냉정하게 받아 흘렸다.

"마, 말도 안 돼! 방어불능인 나선창격을 받아 흘렸다고?!"

노란 창 기사가 백스텝으로 거리를 벌리면서 놀란 소리를 질렀다.

"어느 틈에 마인을?"

"저런 빈약한 마인으로 막아낸 건가?"

주위의 기사들도 제각각 놀란 소리를 냈다.

노란 창 기사의 마인이 격렬한 붉은 빛을 뿜어내고 있어서 괜히 그렇게 생각하는 거겠지.

"방어불능? 공부가 부족하군요. 그리고 격이 낮은 상대라면 모를까, 동격 이상의 상대에게 의표를 찌르는 것도 아니고, 자세를 무너뜨리지도 않고 큰 기술이 닿을 거라고 생각하는 것은 지나친 오만입니다."

리자가 순동으로 접근하여 찌르기나 베어 떨치기, 회피를 반복하면서 노란 창 기사에게 충고했다.

물론 노란 창 기사는 종횡무진하는 리자의 공격을 처리하느라 필사적이어서 거의 듣지 못하는 기색이었다.

"헤에, 제법이네. 강하구나, 펜드래건 경네 창잡이."

향수의 향기와 부드러운 감촉, 그리고 금속질 갑옷의 감촉이 내 목에 얽혔다.

뒤에서 몰래 다가온 시가8검의 총잡이, 헤르미나 양이 나에게 헤드록을 걸었다.

관객석에 있는 아리사와 미아가 「길티」 콜을 하고 있지만, 안 들리는 척하면서 무시했다.

"저의 자랑스런 동료입니다."

나는 리자의 싸움을 바라보면서, 스르륵 헤르미나 양의 헤드록에서 빠져 나왔다.

"그러고 보니 펜드래건 경은 격투기도 특기였지."

"조금 소양이 있는 정도입니다."

헤르미나 양이 내 옆에 나란히 서서 관전했다.

"일방적이네……. 뭐, 바보 쟈고우한테는 좋은 약이 될 거야."

노란 창 기사는 역시 문제 대원인 모양이다.

"들었어. 먼저 가서 비공정 습격반을 추적했었다며?"

"오해입니다. 따로 행동하고 있던 동료들을 마중하러 갔더니, 우연히 만난 것뿐이죠."

그러고 보니 헤르미나 양과 쥬레바그 씨 두 사람은 비공정 습격반과 함께 행동하고 있던 비스탈 공작의 막내딸을 구출하러 갔었지.

"열심히 따라잡았더니, 습격반의 잔당은 순회대에게 붙잡혔고 제1부인은 보호된 다음이었고, 제일 중요한 소미에나 양도 순회대가 확보했다고 보고하고, 완전히 헛걸음했어."

이 때 「그거 참 고생하셨습니다」라고 말하면 불에 기름을 끼얹게 될 테니까, 헤르미나 양이 내 목에 팔을 두르고 관자놀이에 주먹을 꾹꾹 돌리는 건 감수했다.

"—앗."

"인 거예요."

리자가 시종 우세하게 진행하고 있던 싸움에 움직임이 있었다.

공격을 피하고 밸런스가 무너진 노란 창 기사가 발이 미끄러져서 엉덩방아를 찧었다.

그 목에 리자가 마창 도우마를 겨누었다.

"꼴사납군……."

쥬레바그 씨의 중얼거림과 동시에, 심판이 리자의 승리를 선언했다.

"아직이다! 아직 나는 지지 않았어!"

이쪽으로 돌아오려고 등을 보인 리자를 향해서, 노란 창 기사가 마인을 두른 창을 던졌다.

—잔심.

설령 등을 보이고 있어도 리자가 방심할 리 없었다.

순동을 써서 옆으로 피한 리자가 손에 든 마창을 가볍게 휘둘러, 노란 창 기사가 날린 창을 머리 위로 튕겨 올렸다.

돌아선 리자가 떨어지는 창을 자기 마창으로 튕겨냈다.

고속으로 날아간 창이 노란 창 기사의 가랑이 사이에 박혔다.

"리자 씨, 굉장하네. 명중시켜도 괜찮았을 텐데."

아리사가 작게 중얼거리는 걸 엿듣기 스킬이 포착했다.

쥬레바그 씨의 질책하는 목소리가 울리고, 노란 창 기사는 다른 성기사들에 이끌려서 투기장 밖으로 연행되어 버렸다.

"부하의 못난 짓을 사과하지."

쥬레바그 씨가 리자와 나에게 고개를 숙였다.

성기사들 일부가 「비늘 종족에게 고개를 숙이다니」라며 분개했지만, 쥬레바그 씨는 그것에 딱히 반응하지 않았다. 문벌귀족이나 시가 왕국 북부 출신의 성기사들 중에는 아인 차별을 하는 자도 있는 모양이다.

"좋아, 다음은 이 몸 차례다."

"미안하지만 내가 먼저 하마, 켈른."

자신의 창을 켈른 씨 앞으로 내밀어 멈춘 쥬레바그 씨가 리자 앞으로 나섰다.

◆

"나는 시가8검 제1위, 『부도』의 제프 쥬레바그. 여기서 『흑창』의 리자 공과 겨루기를 바라는 자로다!"

쥬레바그 씨가 리자에게 「공」이라고 경칭을 붙였다.

아무래도, 리자의 강함을 인정해준 모양이다.

나를 돌아보며 허가를 구하는 리자에게 자랑스런 마음으로 고개를 끄덕였다.

결투의 결과로 귀찮은 일이 찾아올 가능성이 뇌리를 스쳤지만, 그런 것보다도 리자가 미궁에서 수행한 성과를 발휘시켜주고 싶었다.

내가 가진 인맥이 있으면 분쟁이나 세력 다툼에 이용당할 것 같아도 대처할 수 있고, 대처 못할 것 같은 상대라도 용사 나나시로서 국왕이나 재상에게 부탁하면 어떻게 될 거야.

"대답은 무엇인가!"

"펜드래건 사작의 휘하, 흑창의 리자. 『부도』의 쥬레바그 공의 요청을 받아, 자웅을 가리는 것에 동의한다."

상당히 멋있다.

이렇게 말하는 건 미궁도시에서 결투할 때 배운 모양이다.

두 사람이 투기장으로 걸어갔다.

리자는 딱히 부담을 가진 기색이 없는 자연체다.

어느샌가, 투기장의 관객석에 구경꾼이 모여 있었다.

주둔지의 성기사들이나 종자들뿐 아니라, 주둔지에서 일하는 사람들이나 용건이 있어 들른 무관이나 귀족도 있었다.

“봐주기는 하겠다만, 죽고 싶지 않다면 결코 긴장을 풀지 마라.”

“네. 싸움은 언제나 목숨을 거는 법입니다. 그렇지만, 안심하시길. 노인 분 상대로 무리를 시켜드리지는 않을 테니. 힘 조절은 확실하게 하겠습니다.”

“허허어. 이 늙은이를 걱정해주다니, 참으로 경로정신이 넘치는 여걸이로군.”

“주인님의 인덕에서 배웠습니다.”

신관이나 빛 마법사가 부여를 끝내자마자, 쥬레바그 씨와 리자 사이에 뒤숭숭한 설전이 시작됐다.

피부가 찌릿찌릿 하는 느낌이 드는 걸 보니, 아마도 두 사람 다 위압 스킬을 사용하는 것이 틀림없다.

“저 애, 좋은걸. 쥬레바그 님한테 지지 않고 있어.”

나중에 알게 됐는데. 결투 전에 이런 대화로 상대를 견제하거나 위압하는 건 보통이라고 한다.

“투기장의 장벽을 기동하세요.”

헤르미나 양이 지시하자, 투기장에 술리 마법 계통의 방어 장벽이 몇 겹이나 나타났다.

요새 같은 곳에 설치하는 대형 마법 장치를 이용한 것으로, 마력로에서 공급되는 막대한 마력으로 상급 마법 수준의 방어 장벽을 치는 것이다.

내가 만든 엄브렐라나 포트리스 같은 단위 면적당 방어력은

없지만, 나나가 이술로 만드는 자유 방패(플렉시블 실드)보다도 방어력이 높다.

"상당히 거창하네요."

"본래는 마법도 쓰는 시합을 할 때 설비인데, 쥬레바그 님이 진심으로 기술을 쓰면 저게 필요해져."

리자의 마인포라면 모를까, 근접 계통의 필살기로 방어장벽이 필요한 장면이 떠오르지 않았지만, 딱히 반론할 정도의 일도 아니니까 적당히 고개를 끄덕였다.

"그러면, 간다."

"알겠습니다."

심판이 신호하는 것과 동시에 쥬레바그 씨의 선수로 시합이 시작됐다.

봐준다고 한 것치고, 두 사람 다 마인을 쓰고 있었다.

"아까도 생각했지만, 저 애, 마인을 만드는 게 엄청 빠르네. 좀 약한 느낌이지만, 쥬레바그 님보다도 마인이 안정돼 있어."

내 옆에서 헤르미나 양이 해설해준다.

"과연 단장님. 시가8검의 정점에 선 분이시군. 바보 쟈고우가 쓰는 마인하고는 비교가 안 될 정도로 훌륭하다."

"봐라, 저 비늘 종족의 볼품없는 마인. 속도는 제법이지만, 저래서는 한 합으로 흩어질 거다."

"이상하군? 리자 공의 마인은 더 강했었을 텐데……."

동료 성기사와 하얀 창의 켈른 씨가 이야기하는 소리가 들렸다.

이번에는 시합이니까 리자는 시합에서 마창 도우마가 상하지 않도록 필요최저한의 출력으로 코팅만 한 건데, 그걸 꿰뚫어본 자는 없었다.

괜히 고출력으로 내면 연비가 나쁘다고 생각하는데, 보통은 마인의 출력 조정을 못하나?

"움직인다."

헤르미나 양이 중얼거리는 것과 동시에, 쥬레바그 씨와 리자의 모습이 흐릿해졌다.

어마어마한 속도로 접근한 두 사람이 눈에 보이지도 않는 속도로 서로의 창을 쳐내고 있었다.

"6연격~?"

"리자도 굉장하지만, 할아버지도 굉장한 거예요."

"어, 거짓말?! 지금 한 번 찌른 것밖에 안 보였는데?"

"나는 2연격으로 보였어."

"아리사, 루루. 발치의 흙먼지를 보면 대략적인 움직임을 알 수 있다고 고지합니다."

뒤에서 동료들의 목소리가 들렸다.

"저 애, 굉장하네. 쥬레바그 님의 창에 확실하게 대응하고 있어. 거기다—."

리자와 쥬레바그 씨의 움직임은 멈추지 않고 이어지며, 눈이 어지러운 속도로 공방이 교대되고 있었다.

"고우엔이나 헤임이랑 싸울 때보다도, 쥬레바그 님한테 여유가 없는 것 같은데……."

헤르미나 양의 말처럼, 리자가 우세하다.

쥬레바그 씨의 레벨은 56. 리자보다 레벨이 4 높다.

그럼에도 불구하고, 리자는 능숙한 몸놀림과 창놀림으로 쥬레바그 씨와 대등하게 싸우고 있었다.

"오우, 그레이트~?"

"굉장한 거예요! 리자랑 호각인 거예요! 포치도 싸워보고 싶은 거예요!"

"포치에게 동의한다고 고합니다. 저 맹공을 막아보고 싶다고 고합니다."

관객석의 전위진도 두 사람의 싸움을 보고 흥분했다.

"굉장해, 단장님도 굉장하지만 저 아인도 굉장해."

"지금 저 창놀림, 봤나?"

"그래, 봤다. 단장님의 저 기술을 창으로 대응할 수 있는 녀석을 처음으로 보는군."

유파가 다른 두 사람의, 창술의 틀을 꽉 채운 공방에 갤러리가 끓어올랐다. 상당한 하이 스피드 배틀이다.

리자와 엘프 스승들의 싸움도 볼만했지만, 이쪽은 공격에 살기가 담겨있는 만큼 보고 있으니 조마조마하다.

나는 언제든지 양자를 막을 수 있도록 일거수일투족을 주목했다.

—옷.

두 사람이 거리를 벌렸다.

"이 정도일 줄이야……. 흑창의 리자, 귀공을 얕보고 있던 것을 여기서 사과하지."

"당신도 상당한 실력이군요. 주인님 말고, 이렇게까지 강한 인간족과 싸우는 건 오랜만입니다."

양자가 숨을 고르면서, 말을 나누었다.

"여기서부터는 진심이다."

사납게 웃음을 지은 쥬레바그 씨가 창을 고쳐 쥐었다.

마력의 붉은 빛이 성기사의 갑옷 틈에서 흘러나오고, 그가 신체 강화 스킬을 사용한 것을 AR표시가 알려주었다.

"그러면 저도 진심을 내지요."

그렇게 대답한 리자도 신체 강화 스킬을 발동했다.

리자의 갑옷에는 인식 저해 기능이 있으니까, 지금 저 강도의 신체 강화라면 여분의 마력광이 바깥으로 흘러나오지 않는다.

"단장이 신체 강화를 썼다!"

"다른 시가8검이랑 시합할 때 아니면 쓰는 거 처음 아냐?"

"단장의 진심을 끌어내다니, 역시『흑창의 리자』로군!"

성기사들의 대화가 들렸다. 하얀 창의 켈른 씨는 결투에서 리자에게 졌지만, 리자에게 악감정은 없는 모양이다.

"굉장하다—. 이렇게까지 완급이 격렬하면, 나는 눈으로 따라갈 수가 없어."

헤르미나 양이 말한 것처럼, 신체 강화를 쓴 상태에서 순동의 온오프를 능숙하게 쓰는 리자와 쥬레바그 씨의 싸움은 고속 전투에 익숙해도 눈으로 따라가는 것이 힘들다.

"쥬레바그 님의 반응이 늦었어? 어 재가 뭔가 한 걸까?"

시합을 바라보고 있던 헤르미나 양이 조용히 중얼거렸다.

여기서는 알기 어렵지만, 쥬레바그 씨에게는 리자의 창이 사라진 것처럼 보였을 거다.

저건「허격」스킬을 이용한 공격으로, 처음 보면 못 피하는 기술이다. 그걸 피해낸 쥬레바그 씨는 과연 경험이 풍부한 모양이다.

허격을 섞은 리자의 연속 공격이 쥬레바그 씨의 몸을 꿰뚫었다.

아니, 아니군. 꿰뚫어진 쥬레바그 씨의 몸이 환상처럼 옆으로 미끄러졌다.

"분신— 아니,『허신』이군요."

"헤, 용케 알았네."

쥬레바그 씨가 사용한「허신」스킬은 허격 스킬과 같은 계통의 페인트 기술로, 접근전에서 쓰면 공격을 맞추기가 어렵다.

리자가 쓴 허격 스킬과 함께 용사 하야토에게 배운 스킬이다.

내가 아는 한, 용사 하야토 말고「허신」스킬을 쓰는 자는 없었다.

과연 시가8검 필두라고 할 수 있군.

"쥬레바그 공과 호각이라니……."

"이봐, 헤임. 너라면 어떻게 싸울 거냐?"

"도망쳐도 되는 싸움이라면 도망친다. 도망칠 수 없는 싸움이라면, 동귀어진을 노려야지."

"분명히 상처 없이 이길 수 있는 상대가 아니군."

조금 떨어진 장소에서 대화하는 시가8검들의 목소리를 엿듣기 스킬이 포착했다.

한쪽은 어제 시내에서 마족을 상대로 함께 싸운 고우엔 씨다.

“우왓, 위험해.”

헤르미나 양이 소리를 냈다.

리자의 창이 쥬레바그 씨의 투구를 스치고, 면갑을 날려버린 것이다.

근력치나 민첩치 따위의 기초 스테이터스가 다른 건지, 신체 강화의 증폭률이 다른 건지, 호각이었던 아까와 달리 명백하게 리자가 우세해지고 있었다.

쥬레바그 씨가 리자의 공격을 비껴내지 못하는 일이 늘어나고, 그가 장비한 성기사의 갑옷에 얕은 상처가 생기기 시작했다.

—그렇지만 역전의 쥬레바그 씨가 이대로 가만히 질 것 같지 않았다.

“■■ 섬광 자갈(플래쉬 그래블).”

공방을 하는 와중에, 쥬레바그 씨의 창끝에서 섬광과 함께 무수한 빛의 입자가 원뿔 형태로 뿜어져 나왔다.

입자가 닿은 땅바닥이 작게 폭발했다.

영창이 짧은 견제용 마법을 쓴 모양이다.

“—나선창격.”

그 마법 공격에 뒤섞여 위치를 바꾼 쥬레바그 씨가 발동이 빠른 필살기를 뿜었다.

노리는 곳은 급소가 아니라, 리자의 어깨다.

“순동, 나선창격.”

섬광과 동시에 공격이 오는 것을 예상한 리자가, 순동으로 피하면서 같은 필살기로 대응했다.

그녀의 공격 또한 쥬레바그 씨의 급소가 아니라 그가 창을 가진 팔을 노리고 있었다.

"크, —어림없다!"

쥬레바그 씨가 억지로 창의 궤도를 움직였다.

마인을 두른 창의 창날과 창날이 격돌하여, 양자 사이에 붉은 불똥이 격렬하게 튀었다.

어느 쪽의 창이 부서질 때까지 이어질 것 같던 충돌은 한순간에 끝나고, 두 사람 모두 뒤로 뛰어 거리를 벌렸다.

리자는 아직 기운이 있지만, 노령의 쥬레바그 씨는 피로가 짙었다.

AR표시되는 그의 스태미나 게이지를 봐도, 시합이 가능한 시간이 얼마 안 남은 걸 알 수 있었다.

"강하군— 흑창."

"당신도입니다— 부도."

양자가 서로의 강함에 찬사를 보냈다.

"귀공은 강하다. 그러나, 세상에는 처음 봐서는 대처 못하는 기술이 몇 개 있지."

아까 싸우면서 리자가 사용한 「허격」 같은 기술을 말하는 거겠지.

"그러나, 개중에는 알고 있어도 막을 수 없는 기술이라는 것도 있는 법이다."

쥬레바그 씨의 마창이 붉은 빛을 띠었다.

뭔가 굉장한 기술을 보여주는 모양이다.

"그 나이에 그렇게까지 단련한 귀공에게 경의를 표하며, 이 기술을 선물하지. 비오의 마인보다도 더욱 비밀스런 전설의 기술이다."

쥬레바그 씨가 허리를 낮추어 창을 겨누고, 마력을 창끝에 모았다.

"저 기술은—."

내 옆에서 헤르미나 양이 중얼거렸다.

리자는 창을 겨누면서, 쥬레바그 씨의 기술을 훔치고자 그의 움직임에 집중하는 모양이다.

나도 마력시 스킬을 사용하며, 마력의 흐름을 중심으로 관찰했다.

마인포하고는 다른 건가?

아니, 마력이 모이는 방식을 보니 마인포 같다.

"오오, 단장의 창에 방대한 마력이 모이고 있다!"

"강적에게만 쓰신다는, 그 기술인가!"

창끝의 마인이 팽창하는 것을 보고, 성기사들이 소란을 피웠다.

—하지만, 마인포치고는 집속이 어설프다.

저 상태에서는 탄환이 아니라 원뿔형에 가까운 공격이 되는 거 아닐까?

마법 방어가 강한 상대에게는 눈가림밖에 안 될 것 같은데.

드디어 준비가 끝난 쥬레바그 씨가 「크오오오」 기합을 넣으며 마력을 쏘아냈다.

"잠깐, 가만 서있지 말고—."

"리자 씨!"

관객석의 아리사와 루루가 리자의 안부를 걱정하는 소리가 들렸다.

사람의 몸 정도 되는 마력의 포탄이 도중에 급가속하여 리자를 공격했다.

그 급가속과 동시에 쥬레바그 씨가 순동으로 리자를 향해 돌진했다. 그의 공격은 마인포로 시작되는 연속기인 모양이다.

쥬레바그 씨가 쏘아낸 포탄이 리자 근처까지 왔을 때, 드디어 리자의 손이 움직였다.

순식간에 형성된 붉고 작은 마인포를 재빨리 쏘아낸다.

마력으로 만든 두 포탄이 리자의 눈앞에서 충돌하고, 붉은 섬광이 투기장을 물들였다.

투기장 안에 펼친 방어 장벽이 붉은 빛을 난반사해서, 안쪽에 있는 리자와 쥬레바그 씨가 잘 안 보인다.

그래도 리자가 쏘아낸 마인포가 쥬레바그 씨의 마인포를 부수고, 그 여세를 몰아 그의 몸을 포착한 것이 희미하게 보였다.

쥬레바그 씨에게 부여된 방어 마법이 부하를 못 견디고 소멸했다.

리자의 손목이 잘게 움직이는 것이 보였다.

—잠깐, 리자?

두 발째 마인포가 쥬레바그 씨에게 날아갔다.

위력은 최소한으로 줄여놓았지만, 쥬레바그 씨의 자세로는 피할 수 없었다.

그러나 시가8검의 정점에 오래도록 군림한 것은 멋이 아닌지, 「우음」 하고 열화 같은 기합과 함께 창을 놓은 주먹으로 두 발째 마인포를 쳐부쉈다.

물론, 대가는 그의 주먹이다. 완전히 파괴되어 버렸다.

그러나 노전사의 멘탈은 이 정도로 꺾이지 않는 모양이다.

그는 남은 팔로 창에 마력을 주입하여 마지막 공격에 나서고자 했다.

그때 리자가 쏘아낸 마지막 마인포가 창을 쥔 손목에 명중했다.

아무래도 어제 막 배운 삼점사 마인포를 빠르게도 써버린 모양이다.

리자는 더욱이 순동으로 접근하더니 자세가 무너진 쥬레바그 씨의 다리를 돌려차기가 아닌 돌려꼬리로 후리고, 대책 없이 뒤로 넘어진 그의 목덜미에 창을 들이대고 움직임을 멈추었다.

드디어 투기장의 마력장벽에서 붉은 빛이 흐려지고, 갤러리들에게 결말이 드러난다.

"쥬, 쥬레바그 님?"

"뭣이라고, 어떻게 된 거냐?"

"마인포를 쓴 쥬레바그 경이 어째서 쓰러져 있지?"

혼란에 빠진 갤러리들 사이에서 그런 느낌의 당황한 목소리가 흘러나왔다.

그러나, 그것도 심판이 리자의 승리를 고할 때까지였다.

"승자, 『흑창』의 리자!"

그 말이 투기장에 선언된 순간, 왕도가 흔들릴 정도의 환성이 울려 퍼졌다.

누가 뭐라고 말하는 건지는 알아들을 수 없지만, 한 가지 명확한 것은 리자에 대한 축복의 말이었다는 것이다.

리자가 쥬레바그 씨한테서 거리를 벌린 뒤에, 이쪽으로 창을 바쳤다.

결판을 내고서도 방심하지 않는 것이 리자답다.

나도 한껏 축복의 말을 외치며 손을 흔들었다.

그 다음에 기다리는 성가신 일을 우려하는 것보다, 지금은 그녀의 승리를 축복하고 싶다.

◆

"투기장의 장벽을 없애! 신관들은 쥬레바그 님의 치료를!"

헤르미나 양이 소리를 높여서, 신관이나 투기장의 직원에게 지시를 내렸다.

방어 장벽이 사라지자, 신관들이나 빛 마법사가 쥬레바그 씨 곁으로 달려가 그의 상처를 치유했다.

상급 신성 마법의 치유 효과는 어마어마해서, 순식간에 부서진 손이 복원되어갔다.

"굉장하네~."

아리사의 목소리에 돌아보자, 동료들이 관객석에서 뛰어내려 가까운 곳에 와 있었다.

"—리자 공."

상처의 치료가 끝난 쥬레바그 씨가 리자를 불렀다.

뭔가 할 말이 있는 모양이기에 리자 곁으로 달려가려는 타마와 포치를 붙잡았다.

"리자 공, 귀공의 강함은 진짜배기다."

"황송합니다."

리자가 새침한 표정으로 응답했지만, 꼬리가 통통 움직이고 있었다. 꼬리는 정직하다.

"—시가8검은 나라를 지키는 방패이자 창이다."

쥬레바그 씨가 갑작스런 이야기를 리자에게 말했다.

"때문에, 실력과 나라를 생각하는 숭고한 마음만 있다면, 종족이나 혈통 따위의 내력에 구애 받지 않아야 한다고 나는 생각한다."

리자에게는 그다지 이야기가 전달되지 않는 모양이지만, 아무래도 그녀를 시가8검으로 끌어들이려나 보다.

"지금, 시가8검은 공석이 둘 있으며, 그 공석을 귀족들이 자신의 파벌 경쟁의 도구로 삼고 있다. 그러나, 그 중 한 자리의 지명권은 내가 얻어냈지."

파벌 경쟁이라고 하면서 나를 노려보지는 말아 주세요.

두 공석 중 하나는 공도에서 인연이 있었던 시가8검 제2위인 샤로릭 제3왕자라 치고, 또 한 자리는 누구지?

그러고 보니 왕도에 오는 비공정 안에서 비스탈 공작이 「토렐 경의 후계자」라는 말을 했었으니까, 또 한 자리 공석은 제나 씨가 젯츠 백작령에서 하급룡과 마주쳤을 때 만났다는 비룡 기사 토렐 씨를 말하는 게 아닐까 싶었다.

“그 자리에 귀하를 천거하고 싶다. ―받아주겠지?”

날카로운 표정으로 리자에게 고했다.

내 옆에서 동료들이 조마조마한 표정으로 리자를 보고 있었다. 나나만 마이 페이스로 요정 가방에서 대형 방패를 꺼내 팔에 장비하고 있었다.

“거절하겠습니다.”

리자가 부담 없는 목소리로 쥬레바그 씨의 초청을 거절했다.

내 좌우에서 아리사랑 포치가 안심하여 힘이 빠졌다. 그건 좋은데, 그 와중에 내 다리에 얼굴을 비비는 건 그만둬라, 아리사. 미아도 아리사 흉내 내지 말고.

“어째서지? 지금은 펜드래건 경의 노예일지도 모르지만, 시가8검이 되면 왕권으로 노예 신분에서 해방되어 명예백작위를 얻을 수 있는데? 아인의 몸으로는 결코 이를 수 없는 지위와 영예를, 어째서 거절하는가?”

믿을 수 없다는 표정의 쥬레바그 씨의 말을 리자가 막았다.

“분명히, 저에게는 바라기 어려운 영예라고 생각합니다.”

“그렇다면―.”

“그렇지만, 저의 충성은 나라가 아니라 주인님에게 있습니다. 저에게는 시가 왕국에 충성을 보내야 하는 시가8검의 자격이 없습니다.”

미묘하게 위험한 말이네.

시가 왕국에 충성이 없는 위험한 사병 집단이라고 보일 수도 있겠어.

"—맞아!"

그때 무드 메이커인 아리사가 끼어들었다.

"우리는 『펜드래건 7용사』야! 주인님이랑 같이 『시가8검』에 필적하는 새로운 세상의 수호자가 되겠어!"

「펜드래건 7용사」는 또 뭐야? 사나다 10용사를 리스펙트 한 건가?

아마도 이 자리의 분위기를 풀어주려고 적당히 말한 거겠지만, 아리사의 재는 표정을 보니 진심으로 말하는 것 같기도 해서 무섭다.

"오옷! 시가8검이랑 나란히 서겠다고 선언했는데?"

"그러나, 『부도』의 쥬레바그 경을 쓰러뜨렸잖아. 그 자격이 있다고 할 수 있지."

"그래, 빛의 창격을 사용하는 새로운 시가 왕국의 수호자 탄생이다!"

"『흑창』, 아니, 마를 멸하는 빛의 창격—『마멸광창』의 리자!"

"『펜드래건 7용사』와 시가 왕국에 영광 있으라!"

어쩐지, 아리사가 선언한 이름이 공인된 것처럼 갤러리들 사이에 퍼졌다.

명승부에 흥분했을 뿐일지도 모르지만, 갤러리들의 기세가 이상하다. 누군가 바람잡이를 준비한 게 아닐까 의심스러운 흐름이었다.

리자가 쥬레바그 씨를 쓰러뜨린 것이 그 정도 대사건이었을까?

관객석의 무관이나 내객들 중에는 리자가 마인포를 사용한 걸 눈으로 본 갤러리도 있는 모양이라, 리자에게 새로운 별명이 붙었다.

아리사의 선언으로 리자의 시가8검 입단을 막아냈다고 생각할 수는 없지만, 적어도 미루는 건 성공한 모양이다. 뒷일은 니나 여사한테 상담해서 정해야겠군.

참고로, 아리사가 말한 「펜드래건 7용사」가 포치의 창작소설에 나오는 칭호라는 걸 알게 된 건 상당히 나중 일이었다.

◆

"—다음은 내 차례다."

"기다려라, 켈른. 나도 싸워야겠다."

"아니, 『마멸광창』의 리자와 싸우는 건 이 몸이 걸맞아!"

순서를 기다리고 있던 하얀 창의 켈른을 비롯하여, 리자와 겨루기를 희망하는 성기사가 쇄도했다.

"마스터, 저도 리자가 싸운 노전사와 싸우고 싶다고 주장합니다."

대형 방패를 장비한 나나가 나에게 다가왔다.

"타마도 싸울래~?"

"포치도 할아버지랑 싸워보고 싶은 거예요."

손을 든 타마와 포치도, 뿅뿅 뛰면서 주장했다.
그 두 사람 머리 위에 커다란 손이 올라갔다.
"애들은 안 돼."
타마와 포치의 머리를 쓰다듬은 것은 고우엔 씨였다.
"어째서~?"
"포치도 싸울 수 있는 거예요! 리자랑 언제나 같이 훈련하는 거예요!"
"으음, 난처하군……."
자기들도 강하다고 주장하는 타마와 포치에게, 호쾌한 고우엔 씨도 난처한 표정이다.
"그러면, 내가 훈련을 시켜주지."
그렇게 말을 건 것은 방랑 무사 계통의 그윽한 아저씨 같은 외견의 남성이었다.
그는 성기사의 갑옷이 아니라, 풀어서 입은 성기사의 제복 위에 어깨 보호대와 가슴 보호대만 입고 있었다. 부츠와 글러브는 마물 가죽을 사용한 것이다.
"—헤임."
고우엔 씨가 남성의 이름을 불렀다.
이 남성— 헤임 씨도 시가8검 중 한 명으로 「잡초」라는 별명을 가졌다. 레벨도 높아서, 아인 소녀들보다 하나 위의 레벨인 53이었다.
"괜찮나?"
"상관없어. 사관하기 전에는 자주 시골 귀족 자제들한테 훈련을 시켜주기도 했지."

"허어, 귀공에게 그런 과거가 있었다니."

"뭐 그렇지."

고우엔 씨와 대화를 마친 헤임 씨가 타마와 포치 옆으로 가서 「어떠냐?」 하고 물었다.

타마와 포치가 나를 돌아보고 시선으로 허가를 바라기에 고개를 끄덕였다.

"할래~."

"포치도 하고 싶어요!"

"좋아, 투기장 구석에서 하자—."

헤임 씨가 타마와 포치를 데리고 걸어갔다.

"조금, 걱정이네. 헤임이 지나치지 않을까 보고 와줄게."

헤르미나 양이 세 사람 뒤를 따라 걸어갔다. 시가8검은 아이들을 좋아하는 사람이 많은가 보다.

굳이 따지자면 타마와 포치 두 사람이 지나치지 않을까가 걱정인데.

"마스터, 노전사와 교전 허가를."

타마와 포치에게 밀려 말할 타이밍을 잃었던 나나가 애원했다.

"쥬레바그 공은 휴식이 필요하다. 이 시가8검 제6위인 『강검』 고우엔 님이 상대를 해주지."

"상대로 부족함이 없다고 고합니다. 마스터, 교전 허가를."

"자, 잠깐, No.7!"

"아진, 내 이름은 나나라고 고합니다."

"그는 위험합니다. 틀림없이 저희들보다 강해요."

나나 자매의 맏언니인 No.1— 아진이 나나를 걱정하여 말리러 끼어들었다.

"아진, 나나는 괜찮아."

"그렇지만, 마스터."

더욱 말하려는 아진을 가로막고, 나나에게 교전 허가를 내렸다.

"좋아, 선수를 양보해주지. 언제든지 와라."

"알겠다고 고합니다."

리자가 싸우고 있는 장소와 떨어진 곳에서, 나나와 고우엔 씨의 싸움이 시작됐다.

나나가 영창하는 시늉을 하면서, 신체 강화와 자유 방패의 이술을 순서대로 사용했다.

"준비 완료, 턴 체인지를 선언합니다."

"턴 체인지? 잘 모르겠지만 선수는 그거면 된다는 거구나?"

"긍정이라고 고합니다."

"그러면, 간다—."

양손검을 상단으로 겨눈 고우엔 씨가 나나에게 접근하는 도중에 순동 스킬을 발동했다.

급속하게 접근한 고우엔 씨가 기세를 살려서 길고 커다란 양손검을 휘둘러 내렸다.

나나가 위로 든 대형 방패에 양손검을 때려 박자, 나나 발치의 지면이 판화처럼 푸욱 함몰됐다. 발치에서 뿜어져 올라온 흙먼지 너머에 나나와 고우엔 씨의 모습이 가려졌다.

아무리 고우엔 씨가 레벨 51이라지만, 보통 공격으로는 이렇게 안 된다.

그의 스킬 구성을 보니, 신체 강화 스킬에 더해서 순간 강화 스킬이나 강력 스킬도 병용하는 모양이다.

""나나!""

자매들이 나나를 걱정해서 외쳤다.

"마스터, 나나는 괜찮을까요라고 묻습니다."

"괜찮아. 나나라면 걱정 없어."

울상 짓는 No.8— 위트를 달랬다.

피어 오른 흙먼지 너머에서 옆으로 휘두르는 붉은 빛이 번뜩이는 것과 동시에, 흙먼지를 나부끼면서 고우엔 씨가 뛰쳐나왔다.

이어서 나나가 뛰쳐나왔다.

방금 그 번뜩임은 나나의 반격이었나 보다.

"제법이구나— 어이!"

대각선 일격이 나나를 덮친다.

나나를 지키는 투명한 자유 방패 하나가 고우엔 씨의 일격을 막고서 부서졌다.

"우오옷?!"

이어서 뿜어낸 나나의 방패 공격이, 공격을 마친 고우엔 씨를 치어 날려버렸다.

금속 배트로 클린 히트된 공처럼, 고우엔 씨가 날아갔다.

""""굉장해!""""

자매들이 나나의 쾌거에 흥분하여 소리를 질렀다.

"마스터!"

위트가 내 팔을 끌고 고우엔 씨 쪽을 가리켰다.

고우엔 씨가 공중에서 반전하여 돌아왔다.

아마도 내 천구나 포치가 사용하는 공보가 아니라, 리자가 쓰는 2단 점프 계통을 썼을 거야.

돌아온 고우엔 씨가 「강검」이란 별명에 걸맞은 맹공을 나나에게 쏟아 부었다.

그러나, 동료들의 방어벽으로서 수많은 마물을 상대해온 나나는 고우엔 씨의 맹공을 적절하게 막아냈다.

""""마스터, 어떻게 된 건가요?""""

""""마스터, 어떻게 된 건가요라고 묻습니다.""""

고우엔 씨의 맹공을 모두 받아 흘리는 나나를 보고, 나나의 자매들이 놀란 소리를 내며 나에게 캐물었다.

"세리빌라 미궁에서 수행을 했어."

내가 대답하자, 자신들도 미궁에서 수행하여 강해지고 싶다는 말을 꺼냈다.

"아뇨, 트리아는 딱히 강해지지 않아도—."

요리를 좋아하는 No.3— 트리아는 그렇게 주장했지만, 아리사가 말한 「미궁에는 여러 가지 식재료가 많아」라는 속삭임에 함락되어 최종적으로는 「트리아도 미궁에 가고 싶습니다」라고 주장을 바꿨다.

"뭐, 왕도에서 조금 더 논 다음에 가지 그래?"

이렇게 제안을 해봤지만, No.8— 위트 말고는 마음이 끌리지 않았는지 저택에 돌아와서 자세한 이야기를 하게 됐다.

"주인님, 나나 쪽 승부가 난 모양이야."

"응, 무승부."

고우엔 씨가 스스로 「내가 졌다」라고 선언하여 싸움이 끝난 모양이다.

"아직 전투 속행은 가능하다고 고합니다."

"아니, 내가 졌다."

털털한 느낌으로 고우엔 씨가 잘라 말했다.

"내 공격은 너한테 통하질 않았어. 내 특기인 강검만 그런 게 아니고, 공격의 수를 늘리는 것도, 허를 찌르는 것도, 먼 간격의 공격도, 모두 완전히 막혔어. 너는 성방패를 사용하는 레이라스 경에 필적하는 방패 전사다."

"—아니, 그 이상이다."

시원스런 목소리가 두 사람의 대화에 끼어들었다.

그 얼굴은 본 기억이 있었다. 공도에서 예전 시가8검 제2위인 샤로릭 제3왕자를 단속하면서 동행했던, 시가8검의 성방패 사용자 레이라스 씨다.

"레이라스 경이다!"

"근신을 마치고도 나서지 않았던 레이라스 공이 어째서?"

"설마, 시가8검을 그만 두실 셈인가?"

"말도 안 돼! 레이라스 공이 없이 강대한 마물과 싸울 수 있겠나!"

성기사들이 술렁거리며 소문 이야기를 나누었다.

뜻밖에 존경 받는 느낌이군.

"—쥬레바그 공이 부르셨다. 아까 그 아인 소녀나 귀공이 싸운 소녀를 보여주고 싶었던 거겠지."

"언제까지 놀고 있어서는 후진에게 추월당한다는 건가?"

"쥬레바그 공답군."

고우엔 씨와 레이라스 씨가 이해가 된다는 느낌으로 이야기를 시작하기에, 두 사람과 떨어져서 자매와 함께 나나의 싸움을 칭찬하러 갔다.

"마스터, 판정승이었다고 고합니다."

"상대의 맹공을 완전히 막아냈잖아. 틀림없이 승리야."

나나가 조금 풀이 죽은 느낌이기에 격려해줬다.

자기보다 레벨이 높은 시가8검의 고우엔 씨의 맹공을 은닉 장비나 방어의 요체인 포트리스 기능을 안 쓰고 완봉했으니, 충분히 자랑스러운 결과라고 생각했다.

"그래요. 자매의 방패는 저였는데, 완전히 나나에게 추월 당해버렸습니다."

"아진."

그러고 보니 「요람」에서 싸웠을 때는, 아진— No.1이 대형 방패를 썼었지.

아진에 이어서 다른 자매들도 나나를 칭찬했다.

"뭐야뭐야? 단장도 고우엔 나리도 계집애들한테 져 버리다니."

"『풀 베기』로군—."

이쪽을 멀찍이서 보는 성기사들 틈에서, 근육이 우락부락한 서른줄의 여성이 나타났다.

게임에 나올 법한 노출과다 패션이지만, 식스팩이 갈라진 복근 탓인지, 혹은 야성미가 지나치게 넘치는 외모 탓인지 그다지 색기를 느끼지 않았다.

그녀의 주 무기인지, 사신이 들 법한 커다란 낫을 어깨에 지고 있었다.

번득이는 눈이 나를 보았다.

"검은 머리 애송이— 네가 동료 후보인 펜드래건이야? 건방져 보이는 꼬맹이잖아. 이래서는 고우엔 나리랑 싸웠던 방패 아가씨가 어지간히 강해 보이네."

커다란 낫이 번뜩였다.

간단히 피할 수 있을 법한 공격이었지만, 대형 낫의 축을 요정검으로 받아냈다.

지금 깨달았는데, 대형 낫은 칼집에 들어가 있었다. 피하면 가까이 있는 나나 자매들이 다칠 것 같다고 생각해서 막았는데, 그냥 피하기만 해도 됐을지 모른다.

"흐~응. 나름대로 제법인 모양이네. 나는 시가8검 말석인『풀 베기』류오나—."

대형 낫을 쓱 당겨서, 나를 자기 곁으로 끌어들였다.

"—한심스런 노인네 대신에, 시가8검의 진짜 실력이란 걸 가르쳐 주마."

“누가 노인네냐.”

부웅 소리가 나고, 류오나 여사가 있던 장소에 고우엔 씨의 양손검이 파고들었다.

그 자리에 있던 류오나 여사는 암표범처럼 유연하게 양손검을 피하고, 표홀하게 씨익 웃는 표정을 고우엔 씨에게 보였다.

이 류오나 여사를 마지막으로, 현역 시가8검 6명을 모두 만나게 됐다.

시가8검, 제1위「부도」제프 쥬레바그 씨. 레벨 56의 창잡이.

시가8검, 제3위「성방패」레이라스 케르텐 씨. 레벨 54의 방패 전사.

시가8검, 제5위「총성」헤르미나 키리크 양. 레벨 49의 총잡이.

시가8검, 제6위「강검」고우엔 로이탈 씨. 레벨 51의 양손검을 쓰는 중장전사.

시가8검, 제7위「잡초」헤임 카라즈 씨. 바스타드 소드를 애용하는 레벨 53의 검사.

시가8검, 제8위「풀 베기」류오나 에세브 여사. 레벨 48의 대형 낫잡이.

한 번에 잔뜩 나타나서 소화하기 힘들군.

그건 그렇고 아까 그「잡초」헤임 씨도 그렇고, 류오나 여사의「풀 베기」란 별명도 그렇고, 좀 더 제대로 된 별명은 없었는지 묻고 싶었다.

“류오나 님! 이러한 애송이에게 류오나 님이 나설 것도 없습니다! 제가 분수를 알도록 해주죠."

갑자기 끼어든 것은 리자에게 시비를 건 다음에 꼴사납게 져버린 노란색 창의 성기사였다.

아까 쥬레바그 씨의 질책을 받고 장외로 연행됐었는데, 질리지도 않고 돌아온 모양이다.

"쟈고우냐……."

류오나 여사가 중얼거린 다음, 나에게 시선을 돌렸다.

"이 녀석은 오만불손하지만, 실력은 성기사들 중에서 다섯 손가락에 꼽힌다. 당연하지만, 시가8검에 들어오고 싶다면, 이 녀석 정도는 순살할 수 있는 실력이 필요하다."

아뇨, 시가8검에 들어가고 싶다고 생각한 적 없어요.

그래도 입 밖에 낼 수는 없는 노릇이라, 마음속으로만 반론했다.

"아까는 그 계집이 가진 무시무시한 마창 앞에 패했지만, 두 번째 기적은 없다!"

노란 창 기사가 조소하면서 나에게 창을 겨누었다.

아무래도, 아까 진 것이 무기의 성능 차이라고 말하고 싶은 모양이다.

"하겠지?"

"당연하지! 주인님은 이런 엉터리한테 안 져!"

"응, 순살."

류오나 여사의 확인에, 아리사와 미아가 대답했다.

"네 일행은 이렇게 말하는데?"

"알겠습니다. 또 무기 탓을 해도 곤란하니까, 연습용 검을 한 자루 빌릴 수 있을까요?"

"무례하군! 네놈이야말로 진 이유를 무기 탓으로 할 셈이겠지!"

물어뜯을 것처럼 외치는 노란 창 기사를 무시하고, 종자가 준비해준 날을 뭉갠 연습용 검과 요정검을 바꿔서 찼다.

"간다, 애송이!"

정석적인 검의 간격 바깥에서 공격해오는 노란 창 기사의 찌르기를 술술 회피하면서, 한 걸음씩 상대 곁으로 다가갔다.

"마, 말도 안 된다! 어째서 맞지 않나!"

그야, 「대인전 수 읽기」 스킬을 써서 공격 직전에 회피를 시작하니까 그렇지.

충분히 가까이 다가간 참에, 가지고 있던 검으로 창을 튕겨내고 무방비한 그의 몸통에 마인을 두르지 않은 연습용 검을 때려 박았다.

갑옷 째로 두동강이 나지 않도록 힘 조절은 했지만, 그래도 갑옷이 움푹 찌그러지면서 노란 창 기사의 몸이 가로 방향으로 날아가 굴렀다.

"이거야, 상대가 지나치게 안 좋았군. 바보 쟈고우한테는 아까워. 내가 먹어주지."

혀를 낼름거리면서, 류오나 여사가 대형 낫을 휘둘러 칼집을 벗겼다.

"아니, 내가 선약이다."

그런 이야기는 없었는데, 고우엔 씨가 의욕이 가득한 표정으로 류오나 여사를 막고 나한테 다가왔다.

“그건 아니지, 고우엔 나리.”

“너는 리자 공이랑 놀고 와라.”

“—리자?”

류오나 여사가 고개를 갸웃거렸다.

아무래도, 쥬레바그 씨와 리자의 싸움을 못 본 모양이다.

그 시선이 성기사들과 싸우는 리자의 모습을 보았다.

“헤~ 좋은데. 내 취향이야.”

양쪽 어깨에 대형 낫을 올린 류오나 여사가 들뜬 기색으로 리자가 싸우는 장소로 걸어갔다.

“해보자, 사토.”

류오나 여사를 배웅한 고우엔 씨가 나를 향해 씨익 하얀 치아를 보였다.

조금 떨어진 장소에 있던 아리사가 「그럴 때는 『하지 않겠는가』 잖아」라고 이해하기 어려운 말을 하면서 구헤구헤 웃고 있었다. 원래 소재는 잘 모르겠지만, 분명히 부녀자 같은 뭔가 일거야.

◆

“—제법이군, 사토!”

고우엔 씨의 양손검을 날카로운 스텝으로 피했다.

아까 그 쟈고우와 달리, 「대인전 수 읽기」 스킬을 쓰고 있어도 피하는 게 어렵다.

쥬레바그 씨의 「허신」 같은 테크니컬한 기술은 안 쓰지만, 어마어마한 속도로 휘두르는 양손검은 커다랗게 휘두르는 것처럼 보이지만, 피하기 어려운 궤도와 피하기 어려운 타이밍에 다가온다.

"당신이야말로!"

파워와 스피드를 아울러 갖춘 정통파 검사의 최고봉 같은 사람이다.

그를 겉만 보고 단순히 파워 일변도의 검사라고 생각하고 있으면, 그렇게 얕본 대가를 듬뿍 지불하게 될 거다.

회피만으로 다 피할 수 없는 위치에 오는 참격을, 나는 한순간만 마인을 두른 요정검으로 흘려냈다.

더욱이 오른쪽 왼쪽으로 휘두르는 양손검을 회피했다.

용사 하야토 때처럼, 싸우고 있으니 즐겁다.

어쩐지 격투 게임의 수읽기 같았다.

"피하기만 해서는 못 이긴다!"

점점 속도가 빨라지는 고우엔 씨의 공격을 계속 피했다.

가끔 일부러 틈을 만들기 때문에 걸려드는 척하며 얕은 공격을 해봤다.

"흥, 물러!"

상대가 피하거나 받아내면 카운터를 넣으려고 했는데, 힘이 안 들어간 견제 공격이라는 게 들켜서 피하지도 않고 돌진해 온다.

굉음을 내면서 공격해오는 양손검 공격을 피하고, 추가 공격을 하려는 참에 위기 감지 스킬이 경종을 울렸다.

무릎을 굽혀서 웅크리는 것과 동시에, 방금 전까지 머리가 있던 장소에 고우엔 씨의 주먹 쥔 손등이 지나갔다.

"이걸 피하는 거냐!"

고우엔 씨가 남자다운 웃음을 지었다.

아까 내가 낸 볼의 상처가 흐릿해져 있었다.

"빛 마법의 지속 회복이다. 빛 마법을 쓰는 상대와 싸울 때는 지구전으로 몰고 가면 자멸한다."

AR표시를 보니, 체력뿐 아니라 스태미나도 서서히 회복시켜 주는 모양이다.

"나는 쥬레바그 공과 달리, 괜한 제한은 안 두는 주의야."

씨익, 미안한 기색도 없이 웃는 표정으로 말했다.

죄송합니다. 나는 쥬레바그 씨랑 같은 타입일지도 몰라요.

웃는 얼굴 그대로 휘두른 양손검을 받아 흘리자, 이번에는 사각에서 발차기가 날아온다.

피할 수 없는 위치라서, 나는 그 킥을 손으로 받아냈다.

—무거워.

억지로 발차기의 기세를 죽이려 하면 고우엔 씨의 무릎이 부서질 것 같아서, 무릎 위에 거꾸로 올라가 발차기의 기세를 이용해 그대로 팔의 힘으로 점프했다.

"진짜냐?"

누군가의 목소리가 멀리서 들렸다.

뒤따라오는 검을, 공중제비를 넘으며 요정검으로 받아냈다.

새된 금속음과 마인끼리 부딪히는 불똥이 주위를 붉게 물들였다.

"굉장하군."
"저걸 받아내?"
"곧장 추가로 공격하는 고우엔 님도 굉장해!"
갤러리가 환성을 질렀다.
"분명히 굉장하지만, 저건 뭐냐?"
"헤임 님이나 류오나 님이라면 할 수 있지 않을까?"
"아니아니, 무리겠지."
환성 말고도 그런 대화가 들렸지만, 그건 무시했다.

〉칭호 「곡예사」를 얻었다.
〉칭호 「재주꾼」을 얻었다.

칭호 시스템의 디스를 무시하고, 나는 싸움에 집중했다.
고우엔 씨의 등 뒤로 착지하여, 돌아보는 기세를 살려 옆으로 휘두르는 요정검을 때려 박았다.
그쪽도 같은 생각을 했는지, 반대 방향으로 돌아본 고우엔 씨의 양손검과 내 요정검이 또 다시 부딪히며 붉은 섬광으로 주위를 물들였다.
나는 상대가 물러서는 타이밍에 또 한 번 몸을 틀어서 그 기세를 이용해 반대쪽에서 대각선으로 베었다. 이번에는 아까보다 기세를 붙였다.
기잉 날카로운 소리가 울리며 검이 멈췄다.
고우엔 씨도 나랑 마찬가지로 반동을 이용해 반대쪽에서 검을 내리친 모양이다.

두 자루 검이 격돌한 여파가 땅을 뒤흔들고 파문 형태 충격파가 주위에 퍼졌다.

잠시 동안 칼을 맞대고 있었지만, 어느 쪽이 먼저랄 것도 없이 검을 물리며 백스텝으로 거리를 벌렸다.

"순동— 마참강렬인(魔斬鋼烈刃)!"

착지와 동시에 순동을 발동해서 급속히 접근한 고우엔 씨가, 중급 마족전에서 보여준 필살기를 썼다.

—진짜로?

인간을 상대로, 시합에서 쓰지 마요.

제대로 받아내면 요정검이 상할 것 같으니까, 마인을 다층화시키는 느낌으로 보강하면서 받아 흘려야겠군.

칼날이 닿은 순간, 아까랑 비교도 안 될 정도의 격렬한 붉은 빛이 스트로보의 플래쉬처럼 번득였다.

콱콱 마인을 깎아내면서 고우엔 씨의 검이 지나가고, 흩어지는 마인의 파편이 볼과 머리칼을 스쳤다.

자칫하면 날아갈 것 같은 검을 카운터 스톱된 근력으로 지탱해냈다.

〉「마인장검(魔刃裝劍)」 스킬을 얻었다.

어쩐지 이상한 스킬을 얻었네.

"후우, 그걸 다 피했단 말이지—."

고우엔 씨가 마인을 지우고 검을 땅바닥에 꽂았다.

"마력이 떨어졌다. 내가—."

"제가 졌군요."

그가 졌다고 선언하기 전에, 요정검을 떨어뜨리는 척하면서 선수를 쳤다.

"지금 그걸로 손목이 상했습니다. 다치고서도 계속 싸우는 건 탐색자의 방식에 반하니, 이쯤에서 끝내도록 하죠."

나는 사기 스킬의 도움을 빌어서 적당한 말을 해봤다.

손이 저리는 연기는 덤이다.

"흥, 재미있는 녀석이야."

그에게는 내 연기가 다 들킨 모양이지만, 딱히 그것을 지적하지 않고 웃어넘겨 주었다.

—응?

요정검을 주우려다가 금속질의 무언가를 발견했다.

가슴 장식이다.

8개의 검을 겹쳐서 만들어진 고리라는 별난 의장이었다.

"아아, 그건 내 검환증이다."

고우엔 씨가 내민 손에 주운 장식을 올렸다.

방금 전투를 하다가 그의 제복에서 떨어진 게 틀림없다.

"이건 시가8검이 됐을 때 폐하께서 내려주시는 시가8검의 증거다. 사토도 조만간 달게 될 거다."

아니, 안 됩니다.

그렇게 확신을 가지고 말을 해서 그쪽 루트 개척하는 건 그만두세요.

"고우엔 님, 손님이 오셨습니다."

"손님? 면회 예정은 없었을 텐데……."

종자의 보고에, 고우엔 씨가 턱에 손을 대고 고개를 갸웃거렸다.

"친가에서 온 심부름꾼이라 하여, 6번 응접실로 안내했습니다."

"알았다. 금방 간다고 전해라."

종자에게 지시한 다음 내 쪽을 돌아보았다.

"미안하지만 용건이 생겼다. 다음에 또 술이라도 마시자. 좋은 가게를 예약해두지."

"기대하고 있겠습니다."

고우엔 씨의 인사치레에 빈말로 대답했다.

"그때는 아내와 만난 일이나 딸들의 사랑스러움에 대해 듬뿍 이야기를 해주지."

아무래도, 그냥 인사치레가 아닌가 보다.

사나이다운 느낌으로 손을 흔드는 고우엔 씨가 그렇게 말하고 성기사들 너머로 사라졌다.

◆

"주인님~?"

"헤임 대선생님은 굉장한 거예요!"

헤임 씨가 상대해준 타마와 포치가 흥분한 표정으로 돌아왔다.

신체 강화의 완급이나 페인트 사용법 등을 이래저래 배운 모양이다.

"피융해서 콰앙~?"

"깡깡슉슉, 인 거예요!"

둘이 필사적으로 굉장함을 가르쳐 줬지만, 잘 모르겠다.

하지만 즐거웠던 건 잘 알 수 있었다.

"여러모로 가르쳐주신 것 같아서 감사합니다."

둘보다 조금 늦게 돌아온 헤임 씨에게 인사와 사과를 했다.

"해주신 말씀에 어리광을 부려서 떠넘긴 모양새라 죄송합니다."

"아니, 상관없어. 이 둘은 강해질 거다. 소중하게 키워라."

헤임 씨는 짧게 말하고, 뒤로 손을 흔들며 물러갔다.

상당히 댄디한 느낌이다.

"헤임이 저렇게 아이들을 좋아하는지는 몰랐어. 전부터 고우엔 공이랑 마음이 맞는다고 생각했지만, 그런 부분이 이유였을지도 모르겠네."

남은 세 사람을 봐주고 있던 헤르미나 양이 그렇게 말하며, 내 어깨에 팔꿈치를 올리고 기댔다.

"우응, 길티."

"자, 잠깐 주인님한테 너무 달라붙잖아."

미아와 아리사가 헤르미나 양 사이에 끼어들었다.

"아하하, 미안미안. 펜드래건 경을 보고 있으면 고향의 남동생이 떠오르거든."

헤르미나 양이 가벼운 어조로 두 사람에게 사과했다.

“나도 펜드래건 경 일행이랑 싸워보고 싶었는데, 내 무기는 총이니까 검사랑 접근전은 불리하단 말이지. 총의 본분은 원거리니까, 이 투기장에서는 하기 힘들어.”

미궁도시에서는 쌍권총 들고 마족 상대로 격투전을 했던 사람이 할 말은 아니라고 생각하지만, 총의 본분이 원거리라는 건 동감이다.

“저, 저기…….”

조심조심 헤르미나 양에게 말을 건 것은 얌전히 관전하던 루루였다.

“왜?”

“총을 쓰시는 건가요?”

“그래. 시가 왕국 제일의 총잡이, 『총성』 헤르미나가 바로 나야.”

“굉장하세요!”

루루가 손뼉을 치며 찬탄했다.

“루루 언니도 굉장하거든! 루루는 미스릴의 탐색자, 팀 『펜드래건』의 총잡이야!”

“자, 잠깐, 아리사.”

언니를 자랑하는 아리사를, 루루가 황급히 말렸다.

“헤에, 희한하네. 나 말고 총 같은 골동품을 쓰는 애가 있을 거라고는 생각 못했어.”

“주인님이 가르쳐주셨어요.”

“흐~응, 펜드래건 경이, 말이지.”

헤르미나 양이 나에게 의미심장한 시선을 보냈다.

"뭐 좋아. 펜드래건 경은 뭐든지 할 줄 아는 모양이니까, 태클을 거는 건 관두겠어."

부디, 그래 주세요.

"그것보다도, 실력을 보여줘. 저쪽에 총이나 활의 사격장이 있으니까 거기로 가자."

헤르미나 양의 말에 루루가 이쪽을 보고 허가를 구하기에, 고개를 끄덕였다.

리자와 성기사의 결투 마라톤은 아직 이어질 것 같으니, 잠깐은 괜찮겠지.

헤르미나 양이 데리고 간 곳은, 왕도 안에 있다고 생각하기 어려운 사정거리 500미터급의 사격장이었다.

"얼른 쏴볼래?"

"네!"

루루가 요정 가방에서 총을 꺼냈다.

불 지팡이 총과 실탄 총 사이에서 망설인 모양이지만, 저격용의 실탄총을 골랐다.

요즘 개발한 총신 안에 초소형 가속 마법진을 만드는 타입의 실탄총으로, 소량의 작약으로 고속 고위력의 탄환을 쏘아낸다.

유감이지만 루루의 주무장인 가속포에는 탄속과 위력이 한참 못 미치고, 부무장인 휘염총보다도 약간 위력이 떨어지지만, 사정거리가 길고 탄속이 빠르다.

물론 실체탄이기 때문에 중력의 영향을 받으니 장거리 사격할 때는 실력이 필요하다.

"갑니다."

루루가 저격총을 쏘았다.

빗나갔다.

수정해서, 두 발째를 쏘았다.

"—헤?"

그 결과를 본 헤르미나 양이 입을 쩍 벌렸다.

"죄송해요, 조금 빗나갔어요."

"아니아니, 제대로 맞았어! —그리고 어째서 입사로 가장 먼 저격용 표적을 맞출 수 있는 거야. 저건 저격용이거든? 원거리 저격용의 특수한 마법총으로, 술리 마법사나 빛 마법사들의 의식 마법 보조를 받으면서 노리는 특별한 표적이야!"

"그런가요?"

흥분하는 헤르미나 양의 기세에, 루루가 어리둥절한 기색이다.

"그렇다니까! 덤으로 측량용으로 한 발 쏘고서 곧장 맞추다니, 그야말로 신기네."

팔짱을 낀 헤르미나 양이 고개를 끄덕끄덕하더니.

"펜드래건 경! 얘, 나 줘."

"안 됩니다."

"에에, 부탁해! 내 후계자로 삼을 거야! 소중히 여길게!"

루루가 불안한 표정을 보였다.

"안 됩니다. 루루는 제 소중한—."

아리사와 미아가 진지한 표정으로 나를 보았다.

어쩐지 압력을 느끼면서, 이어지는 말을 했다.

"—가족이니까요."

루루가 사진으로 담고 싶을 정도로 기쁜 표정으로 미소 짓고, 아리사와 미아가 안도의 한숨을 흘렸다.

그리고 루루에 이어 미아가 단궁 실력을 선보여서, 헤르미나 양이 「우리 애로 삼을래!」라고 말하며 끌어안자 싫은 표정을 지었다.

◆

"생각보다 즐거웠네."

"네, 참으로 좋은 훈련이 되었습니다."

아리사의 말에, 리자가 만족스런 목소리로 동의했다.

"예스~."

"포치도 집에 돌아가면, 헤임 대선생님이 가르쳐준 걸 연습하는 거예요."

"타마도~."

타마와 포치도 대만족한 표정이다.

"나나, 수행의 프로그램에 대해 상담이 있습니다."

"알겠다고 고합니다."

자매의 장녀 아진이 나나에게 수행 상담을 하고 있다.

급성장한 나나를 보고 다른 자매들도 미궁에서 수행을 희망하고 있었다.

가능하면 미궁에서 수행을 시키기 전에, 나나나 다른 동료들처럼 보르에난 숲에 있는 엘프 스승들에게 맡겨서 기초 훈련을 시키고 싶다.

돌아간 다음에라도, 공간 마법 「원거리 통화」로 보르에난 숲에 사는 하이 엘프, 사랑스런 아제 씨에게 연락해서 허가를 받아야지.

"오늘은 리자 씨랑 나나가 대활약했으니까, 돌아가면 맛있는 걸 먹자."

"트리아는 벚연어를 조리하고 싶습니다."

"그렇네. 오늘 저녁 식사는 벚연어로 채워봐요."

아리사의 제안에, 자매의 3녀 트리아가 희망을 논하고, 루루가 동의했다.

"좋은데. 나도 몇 갠가—."

"왜 그래? 주인님."

말을 멈춘 나를 아리사가 걱정했다.

"어라? 저 근육은 시가8검인 사람이네."

"그래. 조금 신경 쓰이니까 다녀올게."

호쾌한 고우엔 씨가 진지한 표정으로 우두커니 서 있었다.

괜한 참견일지도 모르지만, 조금 신경 쓰여서 말을 걸어봤다.

"무슨 일 있으신가요?"

"—사토냐."

내가 다가온 걸 눈치 못 챘는지, 놀라서 돌아본 고우엔 씨가 나를 보고 긴장을 풀었다.

"아무것도 아니다. 조금 주점의 외상이 쌓여 있어서 말이다.

단장에게 가불할 변명거리를 생각하고 있었지."

"그거 큰일이네요."

고우엔 씨가 속보이는 이야기를 꾸며냈다.

그의 친가나 고향의 사모님한테서, 공자의 반란 관련으로 비스탈 공작과 중개를 해달라거나 하는 무모한 요구를 받은 걸지도 모른다.

"하지만, 쥬레바그 님이라면, **분명히 얘기를 제대로 들어주실 겁니다**."

이럴 때는 상사에게 상담하는 게 좋을 거라고 생각했다.

"만약 안 된다면, 저라도 괜찮다면 힘이 되어드릴 테니, 언제든지 말을 걸어주세요."

나 같은 제3자가 끼어들 일이 아닌 것 같지만, 술자리에서 불평을 들어주는 정도는 해도 되겠지.

"연회 술값 정도는 언제든지 사도록 하죠."

나는 농담조로 마무리를 지었다.

"허어, 그거 참 호기롭군. 다음에 마시러 갈 때는 꼭 불러야겠어."

고우엔 씨가 말하고, 꾸며낸 미소를 지으며 물러갔다.

"—주인님."

리자가 나를 배려했다.

다른 애들도 걱정스러워 보였다.

"괜한 걱정이었나 봐. 저녁 식사까지 시간이 있으니까 가면서 뭐라도 사서 돌아가자."

"고기~?"

"포치는 고기 들어간 갈레트 아저씨가 좋은 거예요!"

평소처럼 반응하는 동료들에게 미소를 지어주고, 우리는 성기사단의 주둔지를 등졌다.

내 뇌리에 고우엔 씨의 표정이 스쳤다.

방금 어울리지도 않게 고우엔 씨에게 참견한 것은, 그가 「누군가를 죽이고 왔다」 혹은 「이제부터 누군가를 죽이러 간다」 같은 나쁜 방향의 결심을 한 표정 같다는 생각이 들어서다.

아무래도 외부인에게 이야기할 수 있는 내용이 아닌 것 같으니, 넌지시 쥬레바그 씨에게 상담하도록 권한 것이다.

그라면 인맥도 넓을 것 같고, 정쟁을 하는 귀족들에게서 시가 8검의 지명권을 하나 탈환할 정도의 교섭술도 있다. 분명히 고우엔 씨의 트러블 해결에 조력해줄 거다.

고우엔 씨는 마지막까지 억지웃음을 지었지만, 나랑 이야기한 다음에는 처음의 살벌한 분위기가 아니었으니 단락적으로 뭔가 위험한 일을 하지는 않을 거라 생각하고 싶다.

그의 아내나 딸들을 위해서라도, 부디 그랬으면 좋겠다.

새로운 사업

"사토입니다. 연말의 설비 투자라고 하면 세금 감면 대책이란 느낌이 강합니다만, 다음 돈벌이를 늘리기 위해 잉여금을 투자하는 것은 기업으로서 중요한 일이라고 생각합니다. 경기 고양에도 공헌할 수 있고 말이죠."

""""쿠로 님!""""

에치고야 상회의 전이실에서 나온 순간, 에치고야 상회의 간부들에게 열렬한 환영을 받았다.

언제나 환영을 받고 있지만, 오늘은 평소의 몇 배나 격렬하군.

"쿠로 님, 어서 오세요."

거울로 긴 금발 체크를 마친 지배인 에르테리나가 재빨리 내 곁으로 왔다.

"어쩐 일이지? 무슨 일이 있었나?"

"판매를 시작한 룬 광주가 하루 만에 완매 되었습니다."

"재고 보충을 부탁드립니다."

자랑스런 표정의 지배인이 고하자, 그 옆에서 보브컷을 한 은발을 흔들면서 티파리자가 요청했다.

다른 간부 아가씨들도 끄덕끄덕 고개를 세로로 흔들었다.

"역시, 내가 붙인 이름이 좋았어."

돌 늑대에 탄 자그마한 귀족 아가씨 로우나가 「에헴」 하고 작은 가슴을 폈다.

그러고 보니 룬 문자를 새긴 빛 광석에 「룬 광주」라는 이름을 붙인 것은 그녀였다.

나는 그녀의 머리를 가볍게 쓰다듬고, 보충할 룬 광주가 든 상자를 아이템 박스에서 꺼내 지배인에게 건넸다.

판매를 시작한 오전에는 단골손님이 「의리」로 한둘 사주는 정도였는데, 소문을 들은 오유고크 공작령의 귀족이나 상인이 앞다투어 대량구매를 해줘서, 그것이 계기가 되어 폐점 전에 견본 말고는 모두 판매되고 대량의 예약을 받았다고 한다.

큰 효과가 있는 것도 아닌데, 하나에 금화 10닢이나 되는 가격으로 날아갈 듯 팔린 것은 에치고야 상회의 전속이 된 금속 세공사들의 실력이 좋아서 그런 게 틀림없어.

"그 밖에도, 쿠로 님에게 레시피를 받은 교육 완구 마법 도구 말입니다만, 이것 또한 룬 광주에 지지 않는 기세로 팔리고 있습니다."

처음에는 판매가 고만고만했었다고 하는데, 홍보를 겸해서 왕립학원 유년 학사에 견본을 납품했더니 그것이 기폭제가 되어 귀족 자제에게 말도 안 되게 팔렸다고 한다. 이것도 예약이 굉장하다고 했다.

참고로 상품이 된 교육 완구란 것은 내가 사립 양육원 아이들에게 만들어준 마력 조작의 수행 장난감— 휘두르면 소리가 나는 목검이나 주입한 마력량에 따라 켜지는 수가 바뀌는 수정등,

바람 광석을 사용해서 마력으로 소리가 나는 악기 등이다.

양육원 것은 내가 만들었지만, 지금은 레시피를 주고서 에치고야 상회에서 만들고 있다. 제조가 어려운 중핵 부품만 개별적으로 납품하여 조립을 맡기는 느낌이다.

"그것만이 아닙니다. 쿠로 님께서 전에 맡겨주신 술리 마법 계통의 방패를 만드는 손목보호대나 팔찌를 일부 단골손님께 소개해봤습니다만—."

로우나를 슬며시 밀어낸 지배인이, 신상품 후보로서 건네둔 마법 도구에 대해 보고해 주었다.

이 방패 팔찌는 제나 씨 일행의 호신용으로 만든 마법 도구다.

"모두 금화 300닢으로 예약 판매가 성립되어 버려서, 주문 예약이 시작되면 연락해달라는 손님이 20명 정도이며……."

나 말고 만들 수 있는 사람이 없으니까, 바가지 가격으로도 수요가 있는지 확인을 해봤다.

보기 드문 호사가에게 판매되는 건 예상한 범주 안이었지만, 예약 주문이 그렇게 들어올 줄은 몰랐다.

제나 씨 일행이나 동료들에게 건네 둔 물건과 달리 에치고야 상회에서 파는 물건은 새내기 술리 마법사가 만드는 「방패」 정도로 다운그레이드한 물건인데, 성능이 별 볼일 없는 것보다 희귀하다는 게 높은 평가를 받은 모양이군.

"어떤 자들에게 수요가 있었지?"

"팔 보호대는 근위 기사 분이나 상급 귀족의 호위에게. 팔찌도 마찬가지였습니다만, 적자나 영애들에게 들려주고 싶은 상급 귀족의 당주 분들이나 부호 분들이 예약을 하셨습니다."

대강 예상했던 타깃이군.

"쿠로 님— 가능하다면 예약 판매한 물건을 건네기 전에, 가게에 재고로 확보해둔 팔찌를 하나 왕가에 헌상하고 싶습니다만 허가를 받을 수 있을까요?"

나중에 이유를 물어보니 귀족의 예의나 상업 습관적인 문제 말고도, 국왕이나 왕족을 광고탑으로 삼으려는 속셈이 있었다고 가르쳐 주었다.

"상관없다. 쓸만하다면 너희들도 장비해둬라."

시험작 마법 장치를 사용하면 비교적 간단히 양산할 수 있으니까, 여러 가지 모양의 샘플을 잔뜩 만들어 뒀거든.

전에 샘플로 건넨 것은 놋쇠제 심플한 팔찌를 에치고야 상회가 확보해둔 금속 세공사들에게 꾸미게 한 물건이다.

""""네, 쿠로 님!""""

간부들이 기쁜 기색으로 목소리를 모았다.

"괘, 괜찮을까요? 쿠로 님."

"상관없다."

걱정스러워 보이는 지배인에게 수긍했다.

지금은 나밖에 못 만드니까 판매 가격은 꽤 높게 책정했지만, 원가는 하나에 금화 몇 닢 정도밖에 안 든다.

"실제 판매 말입니다만— 어느 정도 생산할 수 있는 물건일까요?"

지배인이 주저하는 기색으로 물었다.

이쪽은 주조 마검과 달리 호신용이니까, 판매 수를 늘려도 문제없을 거야.

"연간 200개 정도 준비할 수 있을 거다."

""""200개!""""

지배인과 함께 듣고 있던 간부 아가씨들이 눈을 크게 뜨면서 놀랐다.

"입수 가격은 금화 50닢 정도다. 판매 가격은 지배인에게 맡긴다."

"그러면, 처음에는 수를 줄여서 상급 귀족에게 판매하고, 인기가 차분해지면 가격을 낮추도록 하죠."

연간 200개나 팔면 희소성도 사라지겠지.

위탁 판매 형식이니까, 에치고야 상회의 캐시 플로우에도 영향은 없을 거야.

"쿠로 님, 가능하다면 팔찌의 재질을 바꿀 수는 없을까요?"

가격을 조정한다면 겉보기에 차이를 두는 편이 좋지 않을까 하고, 티파리자가 제안해 주었다.

"좋다. 어떠한 소재를 몇 개 만들까를 목록으로 만들어둬라. 그것을 마법 도구 기술자에게 건네서 만들게 한다. 우선순위도 잊지 마라."

그 부분은 생각하는 것이 귀찮아서, 그녀들에게 통째로 떠넘겼다.

◆

"에치고야 상회의 현재 수지는, 쿠로 님의 마검이나 비공정의 판매 분량을 빼고서도 큰 폭으로 흑자가 되는 추이입니다."

간부들과 교류한 다음, 나는 지배인과 티파리자 두 사람을 데리고 지배인실 옆의 응접실에서 손익 보고와 이후의 사업 전개에 대한 상담을 받고 있었다.

"왕국의 지불은?"

"왕국의 금화 준비 매수를 넘어서기 때문에, 금화 500닢 단위의 어음으로 받았습니다."

왕국이 발행한 어음은 관청에서 환금할 수 있으며, 커다란 상회나 상업 길드에서 현금 대신 지불에 쓸 수 있다.

"알았다. 이 다음에라도, 나머지 비공정 분량의 공력기관을 건네 두지."

왕국의 조선 능력을 보면 대형 비공정의 건조는 한 번에 한 척씩 연 두 척이 한계니까 에치고야 상회의 조선소에서도 한 척 맡을 예정이다.

내년 이후는 현행 구식 비공정의 개장이나 소형 비공정의 건조를 담당한다.

공력기관의 제조에 필요한 소재는 대형 비공정 100척 분량 이상 있지만, 그쪽은 예정대로 대형 비공정 5척 분량만 판매하고서 끝내야겠다.

미궁 하층에서 만난 「주검의 왕」 무쿠로의 이야기로는 철도나 전파탑 건설이 신의 금기에 저촉된다고 하니까, 대량 운송이 가능해지는 대형 비공정의 양산을 피하려고 생각한 것이다.

그리고 비공정의 운용에는 대량의 마핵이 필요해진다. 마핵은 마법 도구나 마법약 따위의 생산에도 필요하니까, 수요가 급증해서 가격이 높아지면 시민 생활에 영향이 크니까 그걸 피하기 위해서다.

"—자금을 쓸 길이 필요하군."

나는 어음으로 지불된 막대한 금액이 쓰여진 서류를 바라보며 중얼거렸다.

개인이라면 저축은 의미가 있지만, 법인의 경우 이자가 안 생기는 과잉된 저축은 사장과 같은 뜻이라고 생각한다.

취미인 공작에 필요한 귀금속 괴나 찌꺼기 보석 같은 건 에치고야 경유로 대량 구입을 했지만, 막대한 이익을 봤을 때 미미한 금액이라서 그다지 썼다고 할 수가 없다.

"그러면, 사업을 확대하면 어떨까요?"

나는「흠」하고 중얼거린 뒤, 지배인에게 다음 말을 재촉했다.

"인재는 충분한가?"

"에치고야 상회에 취직을 희망하는 상인, 기술자, 연구자, 지식인이 선전을 하러 옵니다. 선별은 이미 마쳤으니, 고용 허가를 받으면 당장이라도 인재를 늘리는 것이 가능합니다."

"알았다. 나중에 리스트를 보여다오. 문제가 없으면 지배인의 재량으로 고용해도 상관없다."

마왕 신봉자 같은 이상한 조직에 소속된 자가 있으면 위험하니까 나중에 맵 검색으로 체크해둘 생각이다.

"그 밖에도 출자를 희망하는 예술가나 학자 따위도 오는 것 같습니다만, 그쪽은 어떻게 할까요?"

후원자가 되어 달라는 건가 보군.

티파리자가 건네준 이름과 대표작이나 전문 분야가 적힌 리스트를 확인했다.

비고란에 지배인이나 간부 아가씨들의 견해나 면접한 인상이 적혀 있었다.

가볍게 맵 검색으로 체크하여, 문제가 있는 몇 명을 제외했다.

"표식을 단 자들 말고는 출자해도 상관없다. 개별적인 출자액은 맡긴다."

"성과에 맞추어 조정하면 될까요?"

"장래성도 고려해줘라. 그리고, 기초 연구 계통의 학자는 알기 쉬운 성과가 나오기 어렵다. 출자액은 낮아도 상관없으니 장기적으로 출자해줘라."

"알겠습니다.

지배인에게 대답하고 이야기를 마쳤다.

그건 그렇고, 이세계에서 예술가나 학자의 후원자가 될 거란 생각은 못했네.

"그 밖에도 출자하시겠습니까?"

지배인이 확인하는 말에, 왕도의 서민가에 보이는 난민이나 빈곤층의 모습이 내 뇌리를 스쳤다.

"저소득층 구역에서 치안이 악화되는 모양이다. 그 녀석들에게 일을 주고 싶군."

"알겠습니다. 아까 말씀 드린 팔찌를 헌상하러 갈 때, 재상 각하께 실업자 대책 사업을 시작할 뜻을 보고하고 세제상의 우대를 부탁드리겠습니다."

대략적인 내 지시를 들은 지배인이 금방 고개를 끄덕이고 티파리자와 상담했다.

"기술을 가진 자는 에치고야 상회에서 고용하도록 하고— 대다수의 노동력밖에 없는 자들에 대한 일이 문제로군요."

"비공정 공장의 건설 작업은 이미 한계까지 노동자를 투입한 상태이고, 가동 뒤의 비공정 공장에 신원이 불명확한 자를 고용할 수는 없습니다. 미궁도시처럼 매대나 카페를 연다고 해도 고용할 수 있는 수는 수십 명에서 100명 규모이니, 문제 해결이 될 수 없어요."

"새로운 공장은 어떻지?"

전에 경영부진으로 망한 공장을 산 것을 떠올리고 물어봤다.

"예전 방직공장이군요. 설비째로 구입했습니다만, 기재의 노후화로 금방 재가동할 수 없는 상황입니다. 그리고 원료가 되는 면화의 산지가 비스탈 공작령의 남부 도시 주변 등입니다만, 렛세우 백작령이 지난번 마족 소동으로 황폐화된 영향으로 가격이 올라, 공장이 정상으로 가동해도 이익이 나오지 않습니다."

과연, 렛세우 백작령 말고도 여러 가지 영향이 나오는 모양이군.

"가격 상승의 원인은?"

"가도의 황폐화나 치안 악화에 따른 운송비의 상승입니다."

에르엣 후작령을 지나는 우회 코스를 쓰거나, 호위를 늘려 운반하는 수밖에 없어서 가격이 비싸져 버린 모양이다.

"그리고, 비스탈 공작령에서도 문제가 발생해서, 이제 곧 전쟁이 시작될 가능성이 생겼습니다."

"정보가 빠르군."

엊그제의 비공정 습격 사건이 발단이 된 문제로군…….

"감사합니다, 쿠로 님. ―면화의 재배 지역이 전장이 될 가능성이 있어서 밭이 불타면 내년 면화는 수확할 수 없을 지도 모르고, 최악의 경우 전쟁이 길어져서 비스탈 공작령이 아닌 곳에서 수입할 필요가 생깁니다."

소규모 면화 재배는 어느 영지라도 한다고 하는데, 왕도의 수요를 만족할 수 있을 정도의 규모로 하는 곳은 비스탈 공작령과 오유고크 공작령밖에 없다고 한다.

후자의 경우는 육로로는 거리가 머니까, 대개는 위험한 해로로 운반하기 때문에 가공 후의 면제품을 옮기는 것이 보통이라고 했다.

"그렇다면, 비스탈 공작령에는 면화가 남아 있다는 것이군?"

내 물음에 티파리자가 수긍했다.

"상회에 비스탈 공작령의 면화 재배자나 도매상과 면식이 있는 자가 있나?"

"있습니다. 메리나의 어머니가 비스탈 공작령의 남부 도시 출신일 겁니다."

지배인이 응접실의 문을 열고, 밖에서 귀를 기울이고 있던 버릇없는 간부 아가씨들 중에서 메리나를 불러 말했다.

"제 숙모가 면화 관계의 이권을 가지고 있고, 이권을 가진 다른 귀족들뿐 아니라, 지역의 도매상이나 재배자들도 알고 있습니다."

"좋다. 메리나를 비스탈 공작령으로 파견한다. 면화가 비싸지지 않는 범위에서 매수를 해라. 운송은 내가 하지."

그쪽에서 집하하는데 시간이 걸릴 테지만, 내 스토리지에 넣어서 운반하면 몇 시간 만에 끝난다.

면화로 장사를 하는 사람에게 폐가 될지도 모르지만, 전쟁으로 불타거나 헐값으로 팔게 되어 지역의 농가 사람들이 곤궁해지는 것보다는 낫겠지.

"준비를 해올게요!"

메리나가 선언하고 방을 나섰다.

수행원을 두 명 정도 붙인다고 한 탓인지 방 바깥이 소란스럽다.

"쿠로 님, 면화 공장을 운용하는 방향으로 기재의 조달이나 공장의 정비를 해도 괜찮은 거군요?"

확인하는 티파리자에게 수긍했다.

"면화 공장의 고용에서 빠진 자는 에치고야 상회의 복지 사업에 고용해라."

"복지 사업인가요?"

"그래. 미궁도시에서 펜드래건 애송이가 했던 식사 배급을 한다."

기왕 법인이 있으니까 복지 사업을 통째로 넘기고 싶다.

"나라나 신전에서 하는 식사 배급과 별개로, 말인가요?"

"그래. 말해두지만 자선 사업은 덤이다. 인물 감정 스킬을 가진 자를 파견하여 묻혀 있던 유용한 스킬을 가진 자를 발굴해라."

"임시로 노동력이 필요한 경우 고용에도 쓸 수 있겠네요."

"정보수집에도 좋을 것 같아요. 걸식 길드의 이권을 침범하지 않도록 배려가 필요합니다만."

그럴 듯한 말을 했더니, 지배인이나 티파리자가 생각보다 좋게 반응했다.

현대 일본에서는 본 적이 없는 걸식이지만, 시가 왕국에서는 평범하게 직업으로 존재한다. 왕도에는 서민가에 숨어 있는 것처럼 조합까지 있고, 길거리에서 구걸만 하는 게 아니라 부업으로 정보 수집이나 매복 대행 같은 것도 해준다고 한다. 게임 같은 것에 있는 도적 길드 같은 것이다.

"그런 부분은 맡긴다."

방향성만 보여주고, 나머지는 통째로 떠넘기면 되겠지.

그 밖에도 몇 가지 물건 구입이나 임금 따위를 포함한 세세한 것을 의논하고, 마지막으로 면화 매수 교섭에 파견하는 간부 아가씨 메리나 일행을 비스탈 공작령으로 보낸 다음 그 날 일은 마쳤다.

비스탈 공작령에 오는 김에 맵 검색을 해봤는데, 폭동 같은 것은 일어나지 않았다. 물론 군대가 임전 태세가 되어 있어서 무장한 기사나 병사가 긴장된 분위기로 도시 안을 바쁘게 이동하는 모습은 눈에 띄었다.

시민들도 그 불온한 기색을 깨달은 모양인지, 식료품의 시장 재고가 줄어들거나 가격도 비싸지기 시작했다.

전쟁이 어느 세계에서든 민폐란 것은 변함없는 모양이다.

◆

"헤에, 여기가 에치고야 상회의 왕도 본점?"

"미궁도시의 지점이랑 달라서, 굉장히 훌륭한 건물이네요."

아리사와 루루가 건물을 올려다보면서 감상을 말했다.

오늘은 동료들과 함께, 손님으로 에치고야 상회 구경을 하러 왔다.

나나의 자매들은 어제 주둔지에서 나나가 활약하는 모습이 충격이었는지, 기초 체력 향상에 좋다고 리자가 권한 런닝을 하러 아침부터 가버렸기 때문에 데리고 오지 않았다.

"사람 잔뜩~?"

"잔뜩잔뜩인 거예요."

타마와 포치 두 사람은 에치고야 상회의 혼잡함에 놀란 모양이다.

티파리자가 보여준 매상으로 생각하면 타당하지만, 이렇게까지 번성할 줄은 생각 못 했다.

"마스터, 귀여운 소도구가 잔뜩 있다고 고합니다."

조금 틈이 생겼기에, 몇 명씩 나누어서 보러 다니라고 했다.

1층과 2층은 미궁도시에서 만든 물건이나 왕도에서 전속 기술자들이 만든 소도구가 중심이며, 3층은 룬 광주나 방패 팔찌를 중심으로 한 마법 도구류, 4층은 귀족들이나 대규모 고객을 위한 개인실이었다.

미궁도시에서 만들도록 한 수동 선풍기나 쥬서, 믹서 같은 것도 3층에서 판매하고 있다고 한다.

"미아! 토끼 인형이 있다고 고합니다."

"볼래. 어디."

나나가 부르자, 미아가 인파를 헤치면서 다가왔다.

"귀여워."

미아가 토끼 인형을 끌어안고 볼을 비볐다.

"마음에 들었니?"

"푹신푹신."

미아가 내 쪽으로 토끼 인형을 내밀었다.

마물 소재로 만들어진 신기한 감촉의 물건이다.

"좋네. 어쩐지 계속 만지고 싶어져."

"응, 동의."

"마스터, 저도 만지고 싶다고 고합니다."

나나에게도 신기한 감촉을 나눠줬다.

"쫀득쫀득하고 푹신푹신하고 말랑말랑하다고 고합니다."

나나도 마음에 들었는지, 토끼 인형에서 손을 떼지 않는다.

"헤에, 그렇게 좋구나."

"아리사도 만져볼래?"

"응, 기왕이니까— 아야야야."

스르륵 내 배를 만지려는 아리사의 손을 찰싹 때려서 막았다.

숨 쉬는 것처럼 성희롱을 하는 건 좀 그만두자.

"말린 고기~?"

"개구리 말린 고기인 거예요."

"암석 도마뱀의 말린 고기도 있군요."

아인 소녀들은「탐색자 코너」같은 장소에 있는「탐색자의 휴대식량」특집을 하는 선반을 흥미롭게 보고 있었다.

어느 장소라도 꽃보다 경단인 부분이 저 애들답다.

판매하는 종업원이 가르쳐줬는데, 이 탐색자 코너는 탐색자를 동경하는 왕도 아이들에게 대인기라고 했다.

"루루는 액세서리니?"

"—네?"

인파 너머에서 루루에게 다가가 말을 걸어봤다.

옆에서 들여다보자, 루루가 보고 있던 건 액세서리가 아니라 보석처럼 예쁜 것이라는 걸 알 수 있었다.

"아뇨, 저기, 귀여운 암염이 있기에 보고 있었어요."

여러 가지 형태로 깎아낸 색색의 암염을 보고 있었나 보다.

투명하거나 핑크, 적색, 노란색 같은 색의 것이 많지만, 파란색이나 녹색 같은 보기 드문 색도 있었다.

천연인지 연금술사가 색을 바꾼 것인지는 모르겠지만, 모두 예쁘군.

"산지마다 조금씩 맛이 다른 것 같아요."

"헤에, 재미있네. 산지마다 전부 사서, 어떤 요리에 맞는지 시험해 볼까?"

"네, 해보고 싶어요!"

루루가 함박웃음을 지으며 고개를 끄덕였다.

무심코 눈길을 빼앗길 정도로 귀엽다.

"—펜드래건 사작님?"

소리가 들리는 쪽을 돌아보자, 루루하고는 다른 방향의 미모를 가진 티파리자가 있었다.

"아아. 안녕하세요? 실례하고 있어요."

쿠로의 어조가 나오지 않도록 주의하면서 인사했다.

"구매하시는 도중에 실례가 되는 건 압니다만, 조금 시간을 내 주실 수 있을까요?"

"네, 상관없어요."

나는 동료들에게 쇼핑을 계속하라고 말해두고, 티파리자에게 4층에 있는 개인실로 안내를 받았다.

"—메이드복과 여성용 속옷, 이라고요?"

개인실에 와서 지배인에게 뜻밖의 말을 들었다.

"네, 미궁도시에서 루루 씨가 입고 있는 것을 본 적이 있습니다만, 시가 왕국의 메이드복보다도 귀여워서 왕도에서도 인기가—."

다행이다.

루루의 속옷을 본 건 줄 알았네.

"그리고 나나 씨가 입고 있다는 입체 재봉이 되었다는 속옷도, 아리사가 보여준 적이 있습니다만, 그쪽도 왕도의 귀족에게 받아들여질 거라고 생각합니다."

"에치고야 상회에서 상품화하고 싶다는 건가요?"

"네, 무노 남작령에서 생산하고 있다면 수입이라도―."

말하는 도중에 노크 소리가 들리고, 아리사와 루루를 데리고 티파리자가 들어왔다.

"루루 씨, 아리사, 쇼핑하는 도중에 불러서 미안해요."

지배인이 두 사람에게도 소파를 권했다.

"어째서, 우리를?"

"사작님께는 방금 설명을 드렸는데, 에치고야 상회에서 입체 재봉 속옷이나 메이드복의 판매를 하고 싶어. 로틀 집정관에게 허가를 구하려고 했더니, 입체 재봉 속옷이나 메이드복은 아리사가 만든 거니까 허가는 사작님과 아리사 두 사람에게 받으라고 하셨어."

"오케이, 좋아. 좋은 브라나 귀여운 메이드복이 세상에 퍼지는 건 나도 주인님도 바라는 일이야. 그렇지, 주인님?"

나를 메이드 좋아하는 녀석처럼 말하는 건 그만 둬라. 뭐, 좋아하지만.

"네, 저도 아리사와 같은 의견입니다."

"흔쾌히 허가를 해주셔서 감사합니다. 재단지를 제공해주셨으면 합니다만―."

"다 알지이. 이거랑 이거, 브라는 이것저것 있지만, 귀족들에게 팔 거면 이런 게 좋지 않을까?"

아리사가 요정 가방에서, 여러 가지 재단지를 꺼내 테이블에 늘어놓았다.

"그건 원본이니까, 베낀 다음에 돌려줘."

"—네, 고맙, 습니다."

너무 스피디한 아리사의 행동에 지배인이 어안이 벙벙한 표정을 지었다.

재단지에 손을 뻗으려는 지배인을 티파리자가 막았다.

"재단지의 사용료 말입니다만, 이 정도 금액을 생각하고 있습니다."

티파리자가 내민 계약서에는, 매상의 몇 퍼센트를 지불한다는 식의 기술이 있었다.

그렇군. 재단지 제공은 먼저 계약을 맺은 다음에, 라는 거구나.

"—사용료? 딱히 안 줘도 되는데?"

"그럴 수는 없습니다. 미궁도시에서는 어리광을 부렸습니다만, 상회가 궤도에 오른 지금, 일방적으로 이익을 향유할 수는 없어요. 이익은 정당하게 환원되어야 한다고 저희들은 생각합니다."

지배인이 담담히 말했다.

"헤에, 좋은 상인이잖아. 마음에 들었어. 사용료를 받아줄게."

아리사가 코 아래를 비비면서 지배인의 제안을 승낙했다.

"그런데, 이 사용료 산출은 방식이 희한하네."

"네. 그다지 익숙한 것이 아닐지도 모르지만, 한 벌당 얼마라는 정액제가 아니라, 판매액에 대한 비율로 산출하는 형식을 선택했습니다."

아리사의 의문에 티파리자가 대답했다.

"좋네. 그러면 일반 시민에게 보급할 때 족쇄가 되지도 않고, 귀족에게 바가지 씌우는 가격으로 팔 때도 듬뿍 환원되고."

"저희들의 의도를 정확하게 이해해 주셔서 황송합니다."

티파리자가 보기 드물게 만족스런 표정으로 입가를 올렸다.

"계약서 내용에 한 가지 주문이 있는데, 괜찮아?"

"어떤 주문인가요?"

"판매할 때 『무노 남작령』이 발상이라는 것, 디자인이 아리사라는 것을 명기한다는 조항을 추가해 줘. 주인님은 뭔가 있어?"

"아니, 그거면 문제없어."

티파리자가 지배인에게 조항 추가 허가를 받고, 그 자리에서 더 적어서 계약이 성립됐다.

"지불은 상업 길드의 계좌로 보내고 싶습니다만—."

"나는 계좌가 없으니까, 주인님 계좌로 부탁해."

아리사가 말했지만, 속옷이나 메이드복의 저작권은 아리사에게 있으니까 그 사용료는 그녀에게 직접 지불되어야 한다고 생각했다.

"계좌 같은 거야 만들면 되지."

"사작님, 노예는 상업 길드에 계좌를 만들 수 없습니다."

내 말을 부정한 것은 티파리자였다.

"그런가요?"

"네, 시가 왕국의 법률상, 노예는 주인의 소유물 취급이니까요."

그러고 보니 그랬었지.

"난처하네……."

"괜찮아. 주인님. 부부나 마찬가지니까 계좌도 같아야지."

아리사가 분위기를 풀려고, 웃으면서 농담을 했다.

"어떻게든, 아리사 개인의 계좌에 넣고 싶다면, 탐색자 길드의 계좌에 보내는 것은 어떨까요?"

자리가 차분해지자, 지배인이 그렇게 제안했다.

"탐색자 길드의 계좌, 라고요?"

"네. 상업 길드와 비교하면 계좌 관리비가 다소 높고, 세리빌라 시나 왕도에서만 입출금을 할 수 있어서 불편함이 있습니다만. 그쪽은 청동 이상의 탐색자증을 가진 자라면 신분에 상관없이 계좌를 개설할 수 있을 겁니다."

조금 불편하지만, 탐색자 길드에 아리사의 계좌를 만들어 입금을 부탁하기로 했다. 탐색자 길드의 계좌 작성은 이 다음에 관청의 미궁자원성 창구에 들러서 만들어야겠군.

"그리고, 루루도 함께 부른 건, 조리 레시피 판매도 바라는 거야?"

"네, 맞습니다."

이어서 왕도에서도 미궁도시와 마찬가지로 매대나 카페를 열고 싶다는 것, 그 노동력으로 저소득층이나 난민들을 고용하고 싶다는 것 따위를 지배인이 설명했다.

딱히 거절할 내용도 아니라서, 방금 전 아리사의 건과 같은 흐름으로 루루의 계좌에 레시피 사용료 입금을 하는 걸로 결정됐다. 루루는 레시피 사용료 수령을 고사했지만, 주인님의 강권을 발동하여 받는 것을 납득시켰다.

부엌에서 쓰는 화로 마법 도구에 대해서는 아킨도우에게서 구입할 수 있도록 수배해둔다고 약속했다.

그리고 아킨도우는 펜드래건 사작 가문의 어용상인으로 되어 있는 가공의 인물이라서, 조만간 아킨도우로 변장하여 화로를 제공할 생각이다.

"있잖아, 고용을 늘리고 싶으면 말야. 매대나 카페의 프랜차이즈도 해보면 어때?"

"『프랜차이즈』, 라고요?"

낯선 말에 고개를 갸웃거리는 지배인에게, 아리사가 프랜차이즈에 대해 설명했다.

"자금이 있는 사람에게 노하우나 소재를 제공해서 매대나 카페를 경영시키고, 그 보답으로 수익에 걸맞은 대가를 얻는 거야. 자금이 없는 사람은 평범하게 고용하고, 프랜차이즈 자금이 모이면 매대의 오너가 된다는 선택지를 주는 거지. 꽤 꿈이 있어서 좋지 않아?"

"좋군요. 그 생각을 검토하게 해주세요. 쿠로 님의 허가를 받으면, 정식으로 프랜차이즈의 아이디어 사용료를 지불하겠습니다."

지배인은 매대나 카페의 프랜차이즈에 적극적이었다.

아리사가 오므라이스나 어린이 런치 같은 카페의 가벼운 식사 메뉴를 불어넣었다.

“그 밖에도 뭔가 좋은 생각은 없을까요?”

“생활에 편리한 마법 도구류— 부엌의 화로 같은 걸 충실하게 갖추면 어때? 아킨도우 씨가 자주 가져오니까 화로를 구매할 때 얘기해 보면 좋을 거야.”

아리사가 말하고 나에게 윙크했다.

아니, 그런 귀찮은 절차를 밟지 않아도 쿠로의 모습으로 레시피나 샘플을 제공한다니까.

“그 밖에도 마법 도구는 아니지만, 조금 편리한 아이디어 상품 같은 것도 팔릴 거라 생각하는데?”

아리사가 야채 껍질 벗기기 용으로 만든 필러를 보여주면서 설명했다.

어째선지 티파리자가 반응해서 「이거라면 저도 야채 껍질 벗기기를 할 수 있겠어요」라고 중얼거렸다.

“그렇지! 일반 시민에게 아이디어를 모집해보면 어때? 『조금 편리한 도구의 아이디어 모집』 같은 느낌으로.”

“아이디어 모집이라고요? 유용한 아이디어가 금방 모일까요?”

“금방 유용한 아이디어가 모이지야 않지. 황당무계한 쓸모없는 아이디어라도, 새로운 아이디어라면 은화 1닢 지불해서 어쨌든지 아이디어를 잔뜩 모으는 거야. 모수가 늘어나면 그 중에서 쓸만한 아이디어도 나오니까, 그 때까지는 투자란 생각으로 하는 게 중요하지.”

아리사가 지배인에게 말하는 건 중국의 고사인지 만화의 소재였는지 까먹었는데, 어디선가 들어본 이야기였다.

"모인 아이디어를 벽에 붙이는 것도 재미있을 거야. 아이디어를 보고 새롭게 파생 아이디어를 떠올리는 일도 자주 있으니까. 기존의 아이디어를 확인하러 온 사람들끼리 의논해서, 커뮤니티가 생길 수도 있어!"

아리사가 신났군.

물 만난 물고기처럼, 아리사의 말이 멈추지 않는다.

결국 참을성이 바닥난 미아가 나나와 함께 쳐들어올 때까지, 끝도 없이 아리사의 사업안이 이어졌다.

지배인은 아리사의 발언에 어지간히도 감명을 받았는지, 쿠로에게 허가를 얻어 아리사에게 「에치고야 상회 상담관」에 취임시키고 싶다고 말할 정도였다.

뭐, 아리사도 생각이 있는 것 같으니까 허가할 생각이다.

펜드래건 가문의 일상

"사토입니다. 혼자서는 막다른 길에 빠져서 타개책을 찾을 수 없는 상황이라도, 다른 사람이 있으면 새로운 시점으로 타개책을 발견할 때가 있습니다. 뭐, 더 헤매는 경우도 많지만요."

"사토!"

"안녕하세요? 아제 씨."

보르에난 숲에 있는 나무 집에서, 길고 윤기 나는 플라티나 블론드를 흔들면서 마중해준 보르에난 숲의 하이 엘프, 사랑스런 아제 씨.

오늘은 나나의 자매들을 엘프 스승들에게 소개하기 위해서 찾아왔다.

물론, 자매들만이 아닌 동료들도 함께 왔다.

"그 애들이 사토가 말한 나나의 자매들이구나."

사전에 공간 마법 「원거리 통화」로 이야기를 해둬서 무척 매끄럽다.

"처음 보네. 나는 보르에난 숲의 하이 엘프, 아이아리제야. 사토의 동료라면 내 친구나 마찬가지야. 아제라고 불러줘."

""""네, 앞으로는 아제라고 호칭합니다.""""

나나의 자매들이 무표정한 그대로 순순히 고개를 끄덕였다.

"하, 하이 엘프? 하이 엘프라면, 그?"

"경악."

"트리아도 깜짝 놀랐어요."

나나의 자매들 중에서, 위의 셋은 하이 엘프에 대해 제대로 아는 모양이다.

"처, 처음 뵙겠습니다. 보르에난 숲의 성수 님. 저는 토라자유야 님이 설계하고, 전 마스터 젠 님에게 제조되어, 마스터 사토를 섬기는 호문클루스 No.1, 지금은 아진이라는 이름을 받았습니다. 자매들과 함께 성수 님의 자비에 따라 엘프 님들께 배움을 청할 수 있는 것에 감사의 마음이 끊이지 않습니다."

아진의 긴 말에 자매들의 시선이 모였다.

"이스난, 아진이 이상합니다."

"트리아."

막내 여동생인 위트의 의문을 받은 차녀 이스난이, 짤막한 말로 삼녀 트리아에게 떠넘겼다.

이스난은 생각한 것 이상으로 과묵한 모양이다.

"트리아도 깜짝 놀랐지만, 이상하지 않아. 성수님은 세계를 지키는 위대한 존재라고, 학습 장치가 『세계의 지식Ⅱ』에서 트리아에게 가르쳐줬어."

삼녀인 트리아가 위트를 비롯한 자매들에게 설명해줬다.

"아진, 최고 경의."

"그랬습니다. 성수 님, 거듭되는 무례를."

차녀가 장녀 아진에게 인사가 부족하다고 지적하고, 자신도 아진에 이어서 아제 씨에게 최고 수준의 예를 취했다.

“““무례를, 사죄한다고 고합니다.”””

다른 자매들도 아진이나 이스난을 본받아서 어색하게 따라했다.

“고개를 들어. 그렇게 격식을 차리지 않아도 돼. 아까도 말했지만, 사토의 동료라면 내 친구나 마찬가지인걸. 다른 애들과 똑같이 아제라고 불러줘.”

“““네, 아제.”””

“「님」을 붙이세요!”

아까와 마찬가지로 4녀 이후의 자매들이 아제 씨의 요청대로 부르자, 장녀인 아진이 타일렀다.

아제 씨는 「님」 같은 거 필요 없다고 했지만, 아제 씨의 무녀 루아 씨가 타이밍 안 좋게 나타나서 「아제 님」이라고 불러버린 탓에 나나 말고 자매들의 호칭이 「아제 님」으로 고정돼 버렸다.

『사토, 사탕!』

『사탕, 줘.』

『나도, 사탕.』

나무 집의 베란다에서, 나비나 잠자리 날개를 단 인형 사이즈의 소인— 날개 요정들이 날아왔다.

“유생체!”

날개 요정 한 명이 붙잡혔다.

『나나! 사탕이 먼저.』

날개 요정이 그렇게 말하며 구속에서 빠져 나오려 했지만, 그를 붙잡은 손은 놓으려 하지 않았다.

“그건 내가 아니라 동생인 위트라고 고합니다.”

『어?』

“““유생체!”””

나나의 자매들이 날개 요정에게 몰려들었다.

그녀들도 나나와 마찬가지로 작은 생물을 좋아하는 모양이다.

그건 장녀인 아진도 예외가 아닌지, 반짝거리는 눈빛으로 날개 요정을 따라다녔다.

『으엑!』

『나나가, 잔뜩.』

『위험해!』

『엄청 위험해!』

날개 요정들이 일제히 뿔뿔이 흩어져 도망쳤다.

그러나 「유생체」 앞에 선 나나 자매들에게서 도망칠 수 있을 리 없어서, 차례차례 붙잡혀 버렸다.

함께 있던 아제 씨가 갑작스런 일에 허둥지둥하며 당황하고 있었다.

『사토, 구해줘!』

『구해줘, 아제!』

날개 요정의 구원 요청에, 귀여운 아제 씨를 예뻐하는 걸 중단하고 그것에 응답했다.

“아진, 이스난, 트리아, 피어, 핀프, 시스, 위트! 마스터 명령이다. 날개 요정들을 놔줘."

""""예스, 마스터.""""

마스터 명령이라는 말이 효과가 있었는지, 생각보다도 순순히 날개 요정들을 놓아 주었다.

"날개 요정들은 보르에난 숲의 주민이야. 우호 관계를 쌓고 싶다면 작은 동물을 예뻐하는 것처럼 대할 게 아니라, 어린 아이를 상대하는 것처럼 접촉할 것!"

""""예스, 마스터.""""

내 말을 받아들인 자매들이 순순히 날개 요정들을 대하는 방식을 바꿨지만, 이미 거북한 인상을 받아 버린 날개 요정들이 자매 쪽으로 다가가지 않았다.

""""마스터.""""

무표정 혹은 희박한 표정의 자매들이 슬픈 목소리로 애원하기에, 「나 대신 날개 요정들에게 사탕 나눠줄래?」 하고 제안해 봤다.

날개 요정들은 싫은 기색이었지만, 사탕의 매력에 이기지 못했는지 조심조심 다가와서 사탕을 받아 도망치는 걸 반복했다.

뭐, 날개 요정들은 잘 까먹으니까 내일은 평범하게 대해주게 되겠지.

◆

"여어, 사토. 단련해 달라고 했던 애들이냐?"

칼집에 든 청장미의 마검을 손에 들고 나나 자매들의 얼굴을 올려다보는 것은 포치의 스승인 포르토메아— 포아 양이었다.
그녀는 난폭한 말투로는 상상하기 어려운 미소녀였다.
어깨 높이에서 잘라 정돈한 굽이치는 머리칼에 서양 인형처럼 귀여운 얼굴을 가졌다.
"스승님인 거예요!"
"여어, 얼마간 못 봤구나, 포치! 한 판 해볼까!"
"네, 인 거예요!"
포치가 꼬리와 손을 붕붕 흔들면서 포아 양의 제안에 찬동했다.
"기다려라, 포아. 오늘은 저쪽 애들 얼굴을 보러 온 것이 아니더냐."
맵시 있는 사무라이 엘프, 타마의 스승인 시시토우야— 시야 씨가 포아 양을 타일렀다.
시야 씨가 가까이서 **헤쭉** 웃는 타마의 머리를 쓰다듬었다.
"시야 말이 맞다. 포아, 미안하지만 제자와 교류는 일단 애들을 만나본 다음에 해주지 않겠어?"
"알았다, 히야."
루루의 사격 스승이자, 엘프 스승들을 대표하는 장문 엘프 히시로토야— 히야 씨가 타이르자, 포아 양도 순순히 수긍했다.
"포치, 그렇게 됐다. 나중에 듬뿍 싸워보자."
"라져, 인 거예요!"
포아 양의 말에, 포치가 활기차게 승낙했다.
"너희들이 나나의 자매구나."
히야 씨가 시야 씨나 포아 양을 소개하고, 조금 늦게 도착한 리자의 스승인 스프리건 단창 전사 유세크 씨와 단문 엘프 나선창 전사 구르가포야— 구야 씨, 그리고 나나의 스승인 단문 엘프 또 한 사람, 마법검사인 기마살루아— 기아 양과 드워프 방패 전사인 케리울 씨를 소개했다.

"너희들은 다들, 나나랑 똑같은 방패 전사가 목표니?"

"저는 방패를 목표로 하고 있습니다만, 다른 아이들은 각자 특기인 무기에 걸맞은 기술을 가르쳐 주시면 기쁠 겁니다."

장녀인 아진이 대표로 대답했다.

삼녀인 트리아만 「트리아는 요리사가 목표입니다」라고 말해서 히야 씨가 미소를 지었다.

"그러면, 나중에 요리사인 네아를 소개해 주마. 그녀는 엘프 요리를 잘 아니까, 이것저것 배우면 될 거다."

"네! 트리아는 열심히 할 거예요!"

트리아가 함박웃음을 지으며 고개를 끄덕였다.

"그렇지. 요리를 좋아한다면 활이나 함정을 배워볼래? 직접 새나 짐승을 조달할 수 있으면 야영 같은 거 할 때 좋다."

"트리아는 흥미가 있어요!"

히야 씨의 유도에 빠진 것을 깨닫지 못하고, 트리아가 활과 함정의 학습에 의욕을 보였다.

그 동안에도 다른 자매들과 스승들의 조합이 정해져서, 다음은 각자의 스승 곁에서 배우게 됐다.

◆

"마스터, 저희들도 재수행을 희망합니다."

나나의 말에 아인 소녀들도 찬동했다.

아무래도 시가8검과 시합한 것이 좋은 자극이 된 모양이다.

"루루랑 아리사는 어쩔래?"

미아는 나무 집에 도착한 직후에 나타난 그녀의 부모님이 데리고 갔으니, 여기에는 없었다.

"저는 네아 씨에게 벚연어와 떡을 나눠준 다음에, 새로운 요리를 배우러 다녀올게요."

"나는 에치고야 상회 일도 있으니까, 오랜만에 재봉 공방에 다녀올게. 오늘은 나무 집에 묵을 거지?"

"그래. 돌아가는 건 내일 아침이야."

조금 더 오래 있어도 되겠지만, 왕도 저택에 아무도 없는 상황이 이어지는 건 그다지 좋지 않다.

미궁도시에 있는 메이드들을 몇 명 정도 왕도로 데리고 올 걸 그랬네.

"그러면, 어디서 수행을 할까……."

순리대로 생각하면 홈 그라운드인 「세리빌라 미궁」이지만, 요즘은 동료들의 남획으로 마물이 격감했으니 가능하면 다른 장소에서 하고 싶다.

"거기는 안 돼? 그, 니나 씨랑 무노 남작이 말했던 곳."

"아아, 마물이 지배하고 있는 도시 탈환 말이지—."

동료들에게 겁을 먹은 마물이 도시 바깥으로 넘치면 주변 촌락에 피해가 나오지 않을까 걱정인데.

"먼저 도시 핵을 지배해서, 물리 결계로 도시를 봉쇄하면 어때?"

"그렇네—."

나는 공간 마법인 「원거리 통화」로, 내가 지배하고 있는 대사막의 「도시 핵」에 가능한지 물어봤다.

"어때?"

"단독으로는 무리지만, 다른 도시 핵과 링크하면 할 수 있대."

도시 핵의 마력 저장량이 걱정되지만, 이미 가득 찼다고 보고를 들었다.

듣자니 내가 상위 영역— 아마도 「용의 계곡」 원천을 지배하고 있기 때문에, 거기서 흘러 들어오는 방대한 마력 덕분에 예상을 훨씬 넘는 속도로 충전됐다고 도시 핵이 말했다.

"그러면, 가보자."

황금 갑옷을 비롯한 은닉 장비로 갈아입은 동료들을 데리고, 무노 남작령의 비지배 도시로 찾아갔다. 「귀환전이」와 소형 비공정을 같이 썼으니, 1시간도 안 걸렸다.

도시 안은 다른 맵 취급이기에, 도시 상공에 침입하는 것과 동시에 「모든 맵 탐사」 마법을 써서 도시 안의 마물을 확인했다.

"따뜻해~."

"따끈따끈한 거예요."

마물을 체크하면서, 내심 두 사람의 말에 수긍했다.

비교적 기온이 시원한 무노 남작령 일반과 달리, 도시 상공은 초여름에 가까울 정도로 따뜻했다.

아마 도시 핵이 조정한 거겠지.

"마물 잔뜩~?"

"고기 아저씨가 잔뜩인 거예요."

"뱀 계통의 고기가 많아 보이는군요. 수가 많으니, 벌레 계통의 마물은 나중에 회수하도록 하죠."

나가는 옆의 오유고크 공작령의 남동부에서 자주 보이는, 대형 뱀에 박쥐의 날개와 네 다리가 달린 것 같은 마물이다. 겉보기와 달리 대단히 맛있다.

"동의한다고 고합니다."

도시 상공을 유람하면서 착지 지점을 확인했다.

도중에 공격해온 비행형 마물은 내 활과 나나의 이술, 그리고 아인 소녀들의 투척 무기로 처리했다. 물론 시체는 「이력의 손」으로 만져서 스토리지에 회수했다.

"주인님, 성에서 거대한 날개 뱀이!"

"마스터, 악취미적인 극채색이라고 고합니다."

"나가치고는 커다랗네."

—뭐지?

내 의문에 대답하듯, 반투명한 윈도우가 팝업되어 「엘더 나가」라고 AR표시가 떴다.

레벨은 지겹도록 사냥한 「구역의 주인」급과 동등한 레벨 50이니까 여기 있는 멤버들만으로도 쓰러뜨릴 수 있겠지만, 이번에는 원거리 공격이 특기인 후위 세 명이 없으니까 비행 타입을 상대로는 고전할 것 같았다.

“일단 뛰어서 올라타 날개를 베어내겠습니다.”

“네잉.”

“라져인 거예요.”

내가 대신 싸울까 생각했지만, 그녀들은 싸울 생각이 가득한 모양이다.

“저는 새로운 이술인 『분사 이력의 창(제트 자벨린)』으로 눈을 공격한다고 고합니다.”

나나의 말에 아인 소녀들이 충격 받은 표정을 짓더니, 어쩔 수 없는 결단이라고 말하는 표정으로 나나의 작전에 동의했다.

“눈은 공격하면 안 되니?”

“맛있어~.”

“진미인 거예요.”

아하. 그러고 보니 정월에 머리꼬리 달린 도미를 반드시 눈알부터 먹는 친척 애가 있었지.

“그러면, 저건 내가 대신 쓰러뜨릴까?”

“아뇨, 사룡은 그 밖에도 있습니다. 저것은 영양이 아닌 경험치가 좋겠습니다.”

리자가 슬픔을 견디며, 날카로운 표정으로 지상에서 다가오는 엘더 나가를 바라보았다.

응. 어쩐지 이야기의 한 장면 같은 분위기가 나고 있지만, 맛있는 부위를 포기한 것뿐이구나.

“갑니다!”

“랄리호~.”

“탈리호 인 거예요.”

“슈트라고 고합니다.”

비공정과 엘더 나가가 교차하는 순간, 동료들이 뛰었다.

동시에 쏘아낸 나나의 「분사 이력의 창」이 엘더 나가의 한쪽 눈을 뭉갰지만, 또 한 쪽은 피해 버렸다.

그러나 그쪽으로 신경이 쏠린 틈에, 장대하게 변한 포치의 마검이 엘더 나가의 한쪽 날개에 격돌했다.

온몸의 탄력을 사용해 팽이처럼 회전하는 포치의 참격은 어마어마해서, 엘더 나가의 마력 장벽조차 한순간에 부수고 그대로 날개 본체를 절단해 냈다.

아직 필살기 스킬이 되진 않았지만, 얼마 안 가서 스킬이 될 것 같군.

아마도 「마인선풍(뱅키쉬 슬라이서)」 같은 게 되려나?

“—타마?”

빙글빙글 돌며 낙하하는 엘더 나가에게서 리자, 포치, 나나 세 사람이 돌아왔지만, 타마는 목덜미에 매달린 상태였다. 도망치는 게 늦은 건가 싶었는데, 타마의 눈을 보고 생각을 고쳤다.

타마는 뭔가 노리고 있었다.

등으로 떨어지던 엘더 나가가, 낙하 직전에 자세를 바꾸어 머리부터 지면에 격돌했다. 땅을 부수고 흙먼지가 피어올랐다.

엘더 나가가 땅에 박혀서 눈을 핑핑 돌리고 있었다.

“인술『나가 떨구기』인 거예요!”

타마의 기술을 본 포치가 외쳤다.

그러고 보니, 닌자 만화나 격투 게임에서 족제비나 까치를 떨구는 인술이 있었지.

레벨 50이 넘어서 초인급의 신체능력을 가졌다지만, 이런 만화 같은 기술을 정말로 실현할 줄은 몰랐다. 인술 스킬이 굉장한 건지, 타마가 굉장한 건지, 좀 신경 쓰이는군.

"이 틈이라고 고합니다."

"돌격! 인 거예요."

"갑니다."

지상에서 축 늘어져 쓰러진 엘더 나가 머리의 뿌리 부분을 향해서, 나나, 포치, 리자가 비공정에서 뛰어내렸다.

황급 갑옷의 충격 내성 성능이 높다지만, 상당히 무모한 짓을 하는군.

블래스트 아머
"마인쇄벽이라고 고합니다."

나나의 공격이 엘더 나가의 사라져가는 마력 장벽과 튼튼한 비늘을 가차 없이 쳐부쉈다.

뱅퀴시 스트라이크
"마인돌격, 인 거예요!"

드래그 버스터
"—마창용퇴격(魔槍龍退擊)."

붉은 빛의 화살이 된 포치와 리자가, 부서진 비늘에 나란히 박혀서 그대로 엘더 나가의 머리를 부숴 버렸다.

생각한 것보다 순살이었다.

"수고했어, 다들. 열심히 했구나."

나는 비공정을 엘더 나가가 떨어진 성곽 터에 내리고 동료들을 칭찬했다.

동료들에게 부지 안의 마물 청소를 부탁하고, 나는 예정대로 도시 핵을 장악하여 물리 결계로 도시를 봉쇄했다.

『봉쇄가 완료됐어. 거점 필요하니?』

공간 마법「원거리 통화」로 리자에게 물었다.

『아뇨, 이동하며 사냥을 하고 있으니 없어도 괜찮습니다.』

아까 엘더 나가 말고도 레벨 40대의 마물이 몇 마린가 있었을 텐데, 이미 그 중에서 절반이 쓰러져 있었다. 그리고 나머지는 레벨 30 이하밖에 없다지만 수만 마리를 넘는 마물의 무리니까, 정해진 거점에서 싸우다가 포위되는 것보다는 이동하며 사냥하는 편이 안전할지도 모른다.

『마스터, 섬멸 속도 업 장비를 갖고 싶다고 요청합니다.』

나나가 뭔가 할 얘기가 있다고 하기에 다시 연결했더니 그런 요청을 했다.

『알았어. 뭔가 생각해볼게.』

나나는 강적과 싸우기 위한 방어 특화 장비니까, 잔챙이 섬멸전에서는 좀 상성이 안 좋다.

더 이상 황금 갑옷에 조합하는 건 어려울 것 같으니까, 잔챙이 소탕 전용 추가 장비를 생각해 봐야겠군.

『리자, 나는 보르에난 숲으로 한 번 돌아갈 건데,「원거리 통화」는 계속 이어둘 테니까 뭔가 위험한 상태가 될 것 같으면 곧장 연락해라.』

『알겠습니다.』

기분이 좋은지 평소보다 한 단계 톤이 높은 리자의 대답을 듣고서, 활기차게 마물을 사냥하는 모습을 상상해 버려서 무심코 웃음이 흘렀다.

나는 「멀리 보기」마법으로 동료들을 한 번 확인한 다음 섬구로 도시를 벗어났다.

보르에난 숲으로 돌아가기 전에, 오랜만에 무노 남작령의 별장— 예전 원령 요새에 살고 있는 노인들이나 아이들의 상태를 보러 들렀다.

"누구냐!"

골렘 말을 타고서 요새 정문 앞까지 오자, 앳된 목소리가 외치며 정체를 물었다.

문의 철창문이 절반 이상 내려가서, 아이들이 드러누워야 간신히 통과할 수 있는 높이였다.

무노 남작령은 아직 치안이 좋다고 하기 어려우니 이 정도 조심하는 게 필요하겠지.

"저는 행상인 아킨도우라고 합니다. 펜드래건 사작님의 심부름으로 왔습니다."

오늘은 아킨도우라는 가공의 상인으로 변장했다.

"사작니미?"

"꼬맹이, 할아버지 불러와."

"네잉!"

처음에 외친 소년이 명하자, 작은 아이가 요새 안으로 달려갔다.

내 심부름꾼이라고 해서 금방 문의 철창을 올리지 않는 건 조심성이 좋다.

부르러 간 아이에게 이끌려 돌아온 노인은 무노 후작령 시절에 문관이었던 할아버지다.

"사작님의 심부름꾼이라고 했는데……."

"아킨도우라고 합니다. 이것이 펜드래건 사작님께서 맡기신 문장이 달린 단검입니다."

"분명히, 사작님의 문장이구먼. 잘 오셨소, 상인 나리."

할아버지가 지시하자 철창이 올라갔다.

"미안하지만, 무기는 맡아두겠소. 아무래도, 여기는 노인과 아이들밖에 없어서 말이오."

나는 순순히 허리에 찬 철검과 문장이 박힌 단검을 건넸다.

정기적으로 「멀리 보기」를 써서 상태를 확인했지만, 이렇게 실제로 보니 상당히 인상이 다르다.

안뜰에 만들어진 밭에 야채가 열리고, 울타리 안에 쌓아둔 잡초나 야채 찌꺼기 따위를 염소나 등계들이 쪼아 먹고 있었다.

"저것은!"

노파 몇 명과 여자애들이 안뜰에서 만들고 있는 것에 눈길이 못 박혔다.

"손님이신가?"

"실례합니다. 이것은 혹시 박고지인가요?"

"오오, 잘 아시는구먼."

"이 산에서는 박 열매가 잔뜩 열린다우. 다 못 먹는 걸 이렇게 말려서 보존식으로 만들지."

노파가 가르쳐 주었다.

박고지 재료가 박 열매라는 건 몰랐네.

노파에게 간단한 레시피를 배우고, 이미 완성된 박고지를 적정 가격으로 양도 받았다.

"그렇게 맛있는 건 아니라고 생각합니다만?"

"김말이 초밥의 재료로 쓰는 겁니다."

전직 문관 할아버지에게 말하고, 갑작스런 행동을 한 걸 사과했다.

이 자리에서 김말이 초밥을 만들고 싶지만, 박고지를 데쳐서 간을 하는 방법도 조사해야 하니까 오늘은 포기했다.

응접실로 안내 받은 나는, 여기서 생활하는 것에 대해 묻고 불편한 것이 없는지 확인했다.

"요즘에는 행상인 분도 들러주고 그러니, 부족한 건 없습니다."

들어보니 무노 시 교외의 과수원 시찰을 하러 온 에므린 자작이 이곳을 알고서, 어용상인에게 교역 도중에 들르도록 명해준 모양이다. 다음에 만나면 인사를 해야겠군.

꽤 최근 일이고, 어용상인에 대한 편지가 배달중이라 아직 나한테 소식이 안 온 모양이다.

"그러면 사작님께서 맡기신 이것만이라도 놓고 가겠습니다."

나는 해열제나 체력 회복약 등의 마법약 세트에 더해서, 미궁도시의 사립 양육원에 나눠준 교육 마법 도구를 이것저것 선물했다. 글을 읽을 수 있는 전직 문관 할아버지에게 사용 방법을 쓴 종이를 건넸으니 제대로 지도해줄 거야.

"와아, 이거 머야?"

"검이다!"

"이거 디리링 소리가 나!"

교육 마법 도구를 들고서 들뜬 아이들의 목소리를 등 뒤로 들으면서, 얼른 요새에서 물러났다.

요새에서 보이지 않게 된 참에, 나는 골렘 말과 함께 보르에난 숲으로 「귀환전이」했다.

◆

"—좋아, 양산 완료."

에치고야에 납품할 예정인 마법 도구 중핵 부품이나 화로를 비롯한 가전제품 마법 도구를 바라보며 한숨 돌렸다.

모두 한 번 만든 물건의 양산품이다.

시험작 마법 장치와 오리지널 술리 마법 「정보 출력」을 이용한 메뉴에서 데이터 업로드 콤보를 쓰면, 같은 마법 도구를 재생산하는 건 아주 간단하다.

물론 그만큼 마력이 필요해서 나름대로 지치지만.

전에 루루가 타준 청홍자를 스토리지에서 꺼내 마시고 있는데, 내가 작업하고 있던 보르에난 숲의 지하 연구소에서 벨이 울렸다.

"사토 님, 손님이 오셨습니다."

인터폰을 모방한 마법 도구에서 토라자유야 씨의 지하 연구소를 관리하고 있는 집 요정 기릴 씨의 목소리가 들렸다.

"고마워, 기릴. 이쪽으로 오시도록 해줘."

"알겠습니다."

잠시 지나자, 전이 거울을 통해서 엘프의 마법 도구 공방의 키야 씨와 도아 여사가 몇 명의 기술자와 함께 왔다. 그리고 어째선지 아제 씨도 함께였다.

키야 씨 일행과 인사를 한 다음, 그 뒤에 있던 아제 씨에게도 말을 걸었다.

"아제 씨가 여기 오다니 드문 일이네요. 무슨 일이 있었나요?"

"미안해, 사토."

어째선지 사과를 했다.

"오랜만이군, 사토. 더욱 개량한 정지 위성 궤도의 감시용 골렘『허수아비 8식』에 대해서 너의 의견을—."

"이야기가 길다, 브라이난의 케제! 사토, 해파리 조사용 심우주 탐사 골렘『새틀라이트 원』은 순조롭다. 연시까지는 네가 말했던「아스테로이드 벨트」란 것에 접근할 거다."

아제 씨를 밀어내는 것처럼 나타나서 노호와 같은 기세로 앞다투어 말한 것은 브라이난 씨족의 하이 엘프인 케제 씨와 베리우난 씨족의 하이 엘프인 사제 씨였다.

이 두 사람은 연구를 좋아하는 두 씨족 중에서도 특히 연구를 좋아해서, 허공— 우주용 골렘 개발에서 함께 연구를 하거나 교류가 있었다.

"오늘은 영상이 아니라 본인이시네요. 하이 엘프가 자기 세계수를 떨어져도 되는 건가요?"

"응? 당번이 아니면 괜찮은데."

"보르에난의 아제 말고는, 예비가 있으니까 괜찮다."

오늘은 세계수 사이의 『요정의 고리』를 이용해 전이해서 온 모양이다.

케제 씨도 사제 씨도 이야기가 기니까, 먼저 내 용건을 진행하기로 했다.

"—그렇군, 이것의 개량인가."

"굉장하다! 용케 이 정도까지 마법회로를 집적화했군!"

나나의 황금 갑옷에 구현한 것과 같은 성채 방어— 포트리스 기능을 보여줬더니, 케제 씨와 사제 씨가 엄청난 기세로 반응했다.

이 포트리스 기능은 방어력이 충분하고 남을 정도로 높지만, 한 번 기동하면 이동할 수 없다는 결점이 있다.

오늘은 그 결점을 극복하기 위해서, 엘프 기술자들을 모은 것이다.

"공간을 확장한 아공간에 성수석로를 두는 아이디어는 옛날부터 있었지만, 성수 님들 말고 실현한 녀석은 없으니 말이지."

"성수석로에서 흘러나오는 방대한 마력으로 아공간이 풀어지고, 마력을 전달하는 도선이 타버리고, 아공간과 경계에서 마모되어 끊어지기도 하니까, 실용화하는 게 어렵다."

키야 씨와 도아 여사도 팔짱을 끼고 기가 막힌단 표정을 지었다.

그렇군. 누구든지 할 법한 아이디어인데 실제 사례가 거의 없는 이유를 이제 와서 알아 버렸다.

"그래서, 이걸 움직일 수 있게 하고 싶은 건가?"

"격리벽(데라시네이터)이나 차원 말뚝(디멘젼 파일)의 이론을 사용하는 건 무리겠지."

역시 그런가.

"부유(리무벌) 격리벽(데라시네이터)도 병용한다면, 전부 그쪽으로 해보면 어떻지?"

"그러면 대질량을 받아냈을 때 마력의 소비가 너무 격렬하지 않나?"

"그렇게 몇 번이나 이동할 필요가 없다면, 고정식 장벽을 1회용으로 쓰고 버리면 어떤가?"

케제 씨와 사제 씨가 건설적인 의견을 냈다.

"무리다, 케제. 이렇게 복잡한 회로다. 한 번 장벽을 파기하면 재기동에 시간이 걸린다. 평상시라면 모를까, 전투 중에 견딜 수 있는 속도는 못 된다."

"그러니까, 너는 머리가 굳은 거다, 사제. 회로를 여러 개 실으면 되는 거 아닌가?"

"여러 개— 그렇군. 안정된 아공간에 설치할 수 있다면 회로의 체적은 신경 쓸 필요가 없다. 여러 개의 성수석로를 뒀을 때 여파를 견딜 수 있을 지가 조금 걱정이지만, 이 『데이터 시트』의 정보를 믿을 수 있다면 10개나 20개 정도 놔도 문제없겠지."

"차라리 100개 정도 쌓아서, 연쇄 구동의 이동 방어 모드와 동시 구동의 방어 초강화 모드로 전환할 수 있는 것도 재미있지."

"고정 요새가 아니라, 기동 요새나 성이 되는 거군……."

과연 연구를 좋아하는 두 사람이다. 기동 방어를 할 수 있는 모빌 포트리스나 방어 규모를 강화한 캐슬 모드라— 아이디어를 듣기만 해도 가슴이 뛰는군.

"저기, 의견을 내도 괜찮을까요?"

마법 도구 공방장인 도아 여사가 정중한 어조로, 하이 엘프 두 사람에게 말했다.

또 한 명의 하이 엘프인 아제 씨는 방의 구석에서 기릴 씨가 가져다 준 포도 주스를 마시면서 생글생글 이쪽을 보고 있었다.

나는 아제 씨에게 작게 손을 흔들고, 도아 여사의 이야기에 귀를 기울였다.

"좋다, 말해라."

"의견을 듣지. 보르에난의 도아."

"아, 네. 황금 갑옷의 마법회로는 이미 집적도가 한계에 가깝습니다. 아공간 쪽에 같은 기능을 여러 개 싣는 것은 그렇다 치고, 본체 쪽에서 그것을 선택 기동할 수 있도록 개조하려면 용량이 부족하지 않을까요?"

도아 여사의 문제 제기에, 케제 씨와 사제 씨가 얼굴을 마주 보았다.

아무리 두 사람이라도 그 문제에 대한 해결책은 떠오르질 않는 모양이다.

"뭔가 없나?"

"사토, 너라면 뭔가 떠오르지 않나?"

"어디보자—."

집적도를 올리는 건, 현재 설비로는 불가능하다.

내가 영창이 가능해지면, 좀 더 정밀한 공간 마법을 다룰 수 있으니 지금보다 100배 정도는 집적도를 올릴 수 있을 것 같지만.

나는 그것 말고 다른 방법을 생각한다.

"강화 외장을 준비해서, 추가 기능은 그쪽에 탑재하는 거면 가능하겠어요."

"강화 외장?"

"네, 탈 것이나 추가 장갑 같은 느낌이죠."

내 머리에 노출이 높은 갑옷으로 하늘을 나는 동료들 모습이 스쳤다.

학생 시절에 대인기였던 SF 계통 라노벨이나 애니메이션에서 등장했던 파워드 슈트 같은 장비다.

그러고 보니 로봇에 합체하는 기동 요새 같은 것도 있었지.

"그거라면 체적도 늘어날 테니 괜찮겠군."

"추가 장비라면, 목적에 따라 교환도 할 수 있겠군."

케제 씨와 사제 씨는 금방 내 의도를 이해하고 고개를 끄덕였다.

과연 억 단위로 연구를 해온 사람들이라, 「하나를 듣고 열을 안다」가 기본 바탕이었다.

"—상당히 충실한 시간이었다."

"라라키에의 천호광개를 짜 넣는 것이 이론상 불가능했던 것이 유감이다."

"여러분 덕분에 여러모로 문제가 해결될 것 같아요."

저녁 가까운 시간까지 시행착오에 어울려준 케제 씨와 사제 씨, 그리고 도아 여사와 엘프 기술자들 덕분에 시험안이 거의 정리됐다.

시험용으로 황금 갑옷의 회로를 마이너 다운해서 다른 갑옷에 이식한 백은 장비나 붉은 가죽 장비 같은 것도 만들어봤지만, 앞으로 쓸 길이 없을 것 같으니 동료들의 예비 장비로 삼을까 생각했다.

포트리스 기능을 1화용으로 쓰고 버리는 팔랑크스라는 회로도 설계해봤는데, 구현하려면 과제가 많아서 이번에는 넘어갔다.

이번에 유일하게 구현된 건 보이스 체인저 기능이다. 정확하게는 황금 갑옷 본체가 아니라, 안쪽에 입는 갑옷용 속옷의 목 보호대에 넣었다. 이제부터 황금 갑옷으로 사람들 앞에 나서는 일이 있을지도 모르니까, 신분 노출을 막기 위해 추가했다.

"하루로는 부족하다. 적어도 100년 정도는 연구를 해야 한다."

수명이 지나치게 긴 하이 엘프 다운 의견이었다.

"인간은 그렇게 오래 못 살아요."

"그랬었나? 사토가 인간족인 걸 잊고 있었다."

분명히, 그 정도로 나를 받아들여준 거겠지.

"그보다도, 오늘 연구 성과를 축하하며 건배하죠."

"그렇군. 아까부터 좋은 냄새가 나서 신경이 쓰였다."

"나도다. 용천주는 300년 전에 마셔본 게 마지막이다."

우리는 아껴둔 용천주로 건배하고 해산한 뒤, 나는 아킨도우로서 에치고야 상회에 화로 마법 도구 따위를 납품하러 갔다.

"뭐부터 만들어볼까—."

납품을 마치고, 전이하기 위해 뒷골목으로 가면서 혼잣말을 했다.

나나의 포트리스 기능을 확장한 모빌 포트리스 기능이나 캐슬 기능을 탑재한 강화 외장, 그 기술을 응용한 루루용 부유 포대나 아리사나 미아용의 탑승형 마법 발동 보조구인 부유 지팡이 배, 공격진이 쓸 돌격 외장 등, 이것저것 꿈이 펼쳐지는 장비 목록이 생겼다.

아무래도 하나하나 만들기가 힘든 거니까, 나나와 루루의 장비에 쓰는 마법 장치나 기술을 구현 실험하는 것부터 시작할까 생각했다.

해가 바뀌고서 한두 개 장비가 완성되면 요행— 아니지, 수면 시간을 아슬아슬하게 깎아내면 연내로 할 수 있겠어.

스스로 워커 홀릭 사고에 쓴웃음을 지으면서, 무노 남작령에서 사냥을 하고 있던 리자 일행을 회수하기 위해 「귀환전이」를 실행했다.

◆

"눈알 같은 걸 용케 먹네……."

거대 눈알을 먹는 아인 소녀들을 보고 아리사가 질색하며 중얼거렸다.

"진미~?"

"맛있는 거예요?"

"네, 매끄러움 안에 있는 미약한 오독한 식감이나 걸쭉한 감칠맛과 조금 씁쓸함, 씹을수록 단맛이 스며 나와서—."

리자의 미식 레포트가 길다.

이 거대 눈알은 말할 것도 없이, 리자 일행이 낮에 쓰러뜨린 엘더 나가의 것이다.

내가 동료들을 맞이하러 갔을 때는 이미 마물 소탕이 끝나고 리자 일행이 수만에 이르는 마물의 시체에서 마핵을 회수한 뒤, 엘더 나가를 비롯한 수십 마리는 고기나 소재의 해체까지 끝나 있었다.

나는「이력의 손」과 스토리지 콤보로 시체나 소재를 회수하고, 그 다음에 도시 핵의 물리 결계를 통상의 마물 퇴치 결계만으로 변경하고서 도시 핵의 지배를 해방했다.

이번 토벌로 얻은 소재들은 엘프들이 가지고 싶어 했던 것 말고는 당분간 사장될 예정이다.

물론, 고기는 별개다.

개중에서도 포치랑 타마가 먹고 싶어 하던 엘더 나가의 눈알은 엘프 요리사 네아 씨에게 부탁하여 맨 먼저 조리했다.

대망의 박고지 간은 미림과 간장과 설탕을 조합한 조미료로 평범하게 졸이기만 해도 되기에, 이미 김말이 초밥화에 성공했다.

유감이지만, 나랑 아리사 말고는 그렇게 높은 평가를 얻을 수가 없었다.

김말이 초밥은 여분으로 만들었으니, 미궁도시에 들렀을 때 유이카나 반 같은 미궁 하층에 사는 전생자들에게 제공할 생각이었다.

어쨌거나, 나로서는 오랜만에 박고지 김말이 초밥을 먹을 수 있어서 대단히 만족스럽다.

"마스터, 나가구이가 맛있다고 고합니다."

김말이 초밥과 뜨거운 차를 즐기는 내 앞으로 No.8— 위트가 보고하러 왔다.

위트는 양손으로 거대한 장어구이 비슷한 나가구이를 들고서, 무표정한데도 생글생글하는 분위기를 풍기고 있었다.

"위트에게 동의한다고 고합니다."

"트리아도 나가구이는 세상에 퍼뜨려야 한다고 주장합니다."

다른 자매들도 위트나 아인 소녀들에게 지지 않는 기세로 나가구이를 탐닉하고 있는 모양이다.

엘프 스승들의 훈련이 힘들었던 모양이지만, 스승들은 수명이 긴 만큼 무모한 훈련을 시키지 않으니까 자매들도 평범하게 식사를 할 여유가 있는 모양이다.

오늘 나가구이에 쓴 양념은 루루와 네아 씨가 설탕 대신 미궁도시산 개미꿀을 사용한 시험작이었는데 꽤 맛있다. 이 신작 나가구이 양념은 에치고야 상회의 노점 메뉴용으로 개발했다고 한다.

"그래서 도시 해방은 어떻게 됐어?"

"딜리셔스~."
"고기가 잔뜩이었던 거예요!"
아리사는 예상 그대로 대답하는 타마와 포치의 말을 흘려듣고, 눈알을 다 먹은 리자에게 시선을 보냈다.
나가구이를 먹으려던 손을 멈추고, 내 의도를 파악해 도시 해방의 감상을 말했다.
"그럭저럭 강한 적은 있습니다만, 전체적으로 레벨 20 이하의 마물이 대부분이었습니다."
"어머나, 그러면 경험치는?"
"마물의 영역을 섬멸하고 다니는 것보다는 시간 대비 효율이 좋아 보이지만, 미궁의 한 구역 분량이랑 다를 바가 없는데."
아리사가 나에게 물어보기에, 해방 전후에 기록해둔 리자의 경험치 게이지 변화로 추측한 정보를 전달했다.
"세리빌라 미궁 말고, 좀 더 좋은 사냥터가 있으면 좋겠어."
"뭐, 세리빌라 말고도 미궁은 있으니까, 왕도의 왕국회의가 끝나면, 세계일주 관광여행을 하는 김에 각지의 미궁에도 가보자."
미궁 하층의 명소를 돌면서 생각한 건데, 미궁 안에도 관광자원이 잔뜩 있다.

"마스터, 잠시 작별입니다."
"스승님들의 말을 잘 듣고, 다치지 않도록 주의해."
자매를 대표하여 인사하는 장녀 아진에게 말하고, 우리는 보르에난 숲을 떠났다.

물론, 나나와 자매들이나 아제 씨를 비롯한 보르에난 숲의 사람들과 인사는 이미 마쳤다.

조금 더 머무르고 싶지만, 오늘은 낮부터 릿튼 백작가의 원유회에 초청을 받았으니 돌아가야 한다.

돌아가면서 들른 낙원섬에서도 레이와 유네이아 자매에게 사룡의 고기나 재미있는 마법 도구를 선물하기만 하고, 오래 얘기하지 못하고 떠나 버렸다.

나나의 자매들이 어떤지 보러 연내에 또 보르에난 숲에 갈 예정이니까, 그때는 좀 더 오래 머물러야겠다.

다음 보르에난의 숲 체류는 1박이 아니라 좀 더 길게 잡을까?

지하 연구소에서 새로운 장비 개발도 계속하고 싶으니까.

원유회

"사토입니다. 원유회 비슷한 것이라고 하면, 결혼식의 가든파티 정도밖에 인연이 없었습니다. 일본에서 가든파티가 열릴만한 정원이 있는 집이 드무니까, 어쩔 수 없는 걸지도 모르겠어요."

"저도 시가8검 여러분과 겨루기를 해보고 싶었어요!"

카리나 양을 마중하러 무노 남작의 왕도 저택에 들렀더니, 갑자기 그렇게 불평을 했다.

"무슨 말을 하는 거야. 너한테 필요한 건 사교장에서 창피를 당하지 않도록 특훈하는 거 아니니!"

카리나 양의 뒤통수를 니나 여사가 두드렸다.

"원유회 같은 거 싫은걸요."

"저택에서 예의범절을 배우는 편이 좋다 이거니?"

"그건……."

카리나 양이 머뭇거렸다.

그 소태 씹은 표정을 보니, 「앞문에는 범, 뒷문에는 늑대」 같은 이미지가 머릿속에 떠오른 모양이다.

"오늘도 특훈의 일환이야. 사토가 파트너로 가니까, 기합을 넣고서 다녀와라."

"아, 알고 있답니다!"

오늘은 릿튼 백작가의 원유회에 초대를 받았다. 나는 동행할 파트너가 없어서 혼자 참가할 생각이었는데, 그걸 들은 니나 여사가 카리나 양을 동행시켜달라고 부탁했다.

"그럼. 늦어선 안 되니까, 이제 그만 갈까요."

초대장을 받은 사람이 최하급 귀족인 명예사작인 나라서, 원유회 회장에 얼른 가지 않으면 예의를 모르는 놈 취급을 받는다. 물론 호스트의 사정으로 나중에 불리는 경우는 별개다.

"오늘의 마차는 경치가 좋지 않은걸요?"

"네, 카리나 양의 머리칼이 흐트러지면 안 되니까요."

오늘은 오픈 타입의 마차가 아니라 귀족용 상자 마차를 마부와 함께 렌탈했다.

카리나 양이 마부가 준비해준 받침대를 무시하고, 라카의 힘을 빌어 경쾌하게 상자 마차에 올라탔다.

분명히 돌아온 다음에 니나 여사의 불벼락이 떨어질게 틀림없다.

"원유회는, 어떤 느낌인가요?"

"정원에서 차나 가벼운 식사를 즐기면서 사교를 하는 자리입니다. 악단의 연주나 광대나 재주꾼들의 연기 같은 것도 있다고 하더군요."

미궁도시 세리빌라의 태수부인에게 들은 이야기로는 화려한 원유회에서는 무대까지 준비되고, 유명한 극단이 초빙되어 상연하는 일도 있다고 했다.

"어쩐지 즐거워 보이는걸요."

"네, 대단히."

조금 삐친 느낌으로 말하는 카리나 양에게 미소로 답했다.

이번 호스트인 엠마 릿튼 백작 부인은 절친한 친구인 태수부인의 말에 따르면 화려한 일이나 재미있는 일을 아주 좋아하는 인물이라고 하기에, 조금 만나는 게 기대가 된다.

마차는 하급 귀족의 저택이 우글거리는 좁은 길을 느긋한 속도로 달렸다. 메인 스트리트로 나선 뒤에 속도를 올려서, 잠시 지나 상급 귀족의 저택이 있는 구역으로 들어갔다.

"이 근처 저택은 모두 커다랗군요."

"상급 귀족들 중에서도 건국 때부터 이어지는 명가의 저택들이니까요."

모든 저택이 대단히 넓다. 이유는 잘 모르겠지만, 영주들의 저택은 같은 구역에서도 비교적 성에서 먼 위치에 있는 모양이다.

무노 남작이 이사할 예정인 예전 무노 후작 저택도 이 구역 안에 있다.

"저택에 도착한 모양이군요."

마차가 두 대 지날 수 있을 법한 릿튼 백작가의 정문을 통과했다.

마부가 내 가문명을 고하자, 초대장을 보여주기도 전에 통행허가가 나왔다. 문지기가 이름 순서의 초대객 일람 같은 것을 가지고 있었으니, 그걸로 확인한 거겠지.

마차는 정면 현관에 있는 영빈용 로터리가 아니라, 조금 떨어진 장소에 있는 주차장 같은 곳으로 갔다. 아마도 그쪽은 상급 귀족용인 거겠지.

그 증거로, 이쪽 주차장에 가까운 입구 부근에는 나와 같은 명예사작이나 출입 상인 같은 사람들의 모습이 보였다.

초대장을 가지고 있는 걸 보니, 저 상인들도 원유회에 초대를 받은 모양이다.

호스트인 릿튼 백작이나 부인에 대한 선물은 입구에서 대기하고 있던 집사에게 맡기고, 카리나 양을 에스코트하여 원유회 회장으로 갔다. 몇 번이나 긴장해서 발걸음이 꼬인 카리나 양이 내 다리를 걷어찼지만, 팔에 전해지는 행복한 감촉을 봐서 못난 불평은 하지 않기로 했다.

"어허, 처음 뵙는 것 같습니다. 젊은 분."

원유회 회장에 들어서자, 우리를 발견한 상인이 말을 걸었다.

어째선지 후드나 베일로 얼굴을 가리고 있었다.

"흥, 신참 명예사작 따위한테까지 인사를 하다니, 스아베 상회는 물불을 안 가리는군."

"셰셰셰. 왕도 제일의 고오쿠츠 상회와는 달라서, 비천한 아인은 인맥이 목숨입니다요."

비꼬는 말을 한 호상은 불쾌한 기색으로 코웃음을 쳤지만, 추종자 상인들과 함께 가버렸다.

다른 상인들도 이쪽으로 가늠하는 시선을 보낸 다음, 금방 흥미가 없는 듯 원유회 회장 쪽으로 발길을 옮겼다.

“생각 없이 말을 하는 자들뿐이라 불쾌하시겠죠. 저는 스아베 상회의 회장을 맡고 있는 족제비 수인족 스아베 씨족의 호미무도리라고 합니다.”

—족제비 수인족?

AR표시에 나타나는 종족은 분명히 족제비 수인족이다.

말하는 게 평범해서 깨닫지 못했군.

목의 구조가 다른 수인도 훈련에 따라 명료한 발음이 가능한 모양이군.

“정중한 인사 고맙습니다. 나는 무노 남작 가신, 사토 펜드래건 명예사작이라고 합니다. 이쪽은 주가의 영애, 카리나 무노 님이십니다.”

“펜드래건? 혹시 미스릴의 탐색자가 되신 펜드래건 각하십니까?”

“각하라고 불릴만한 신분은 아니지만, 분명히 그 펜드래건입니다.”

“어허, 마도왕국 라라기의 주후 님이시라면, 충분히 각하라 불릴 자격이 있고말고요.”

아무래도 이 족제비 수인족 상인은 정보수집이 특기인 모양이다.

“우리들 스아베 상회는 족제비 제국에서 보기 드문 물건을 수입하고 있으니, 부디 한 번 발길을 옮겨 주십시오. 최근까지는 수입 금지였기 때문에 『마조기 핵(마리오넷 코어)』은 예약이 꽉 차서 판매할 수가 없지만, **데지마** 섬에 있는 몽환미궁에서 발견된 물건들은 이것저것 입하되어 있습니다."

데지마— 나가사키의 데지마가 떠오르는 이름이다.

족제비 제국에 전생한 일본인이 명명한 걸까?

"요전에 세리빌라의 탐색자 길드에 전달한 두루마리 말고도, 몇 갠가 새로운 두루마리가 입하됐으니—."

—생각났다.

미궁도시의 탐색자 길드 경유로 「벚꽃 눈보라(체리 블로섬 샤워)」나 「풀 베기」 등의 두루마리를 팔았던 상인이다.

분명히, 두 개 정도 더 팔고 싶은 두루마리가 있다고 탐색자 길드에 말을 남겼지.

"이거 기대되는군요. 가까운 시일 안에, 꼭 들르겠습니다."

나는 대답하면서, 아까 신경 쓰인 마조기 핵이나 몽환미궁에 대해서 물어봤다.

"『마조기 핵』은 몽환미궁에서 드물게 나오는 물건으로, 마법 도구 계통의 골렘을 제작하는데 쓰는 물건입니다."

이야기를 들어보니 엘프들이 만드는 골렘의 중핵 부품과 비슷한 물건인가 보다.

몽환미궁은 「살아있는 갑옷(리빙 아머)」이나 골렘 등의 컨스트럭트 계통 마물이 자주 나오는 미궁인가 보군. 들어가려면 입국 심사나 미궁에 들어가기 위한 허가증 따위가 필요하며, 대부분은 신청하고 2, 3년쯤 기다려야 한다고 했다.

그 이야기 중간에, 족제비 제국이 에도 막부처럼 쇄국을 하고 있으며 유일하게 데지마 섬만 외국에 열려 있는 교역지라는 걸 알았다. 시가 왕국에 있는 족제비 수인족은 쇄국 전에 출국한 사람들의 자손이나, 데지마 섬을 거점으로 하는 상인 중 어느 쪽이라고 한다.

"환담하시는 도중에 실례합니다. 호미무도리 공, 괜찮다면 저희들에게도 그쪽의 귀공자를 소개해주실 수 없을까요?"

대륙 서방의 상인이 말하며 다가온 것을 계기로, 동방 소국군이나 중앙 소국군 등의 상인들과 교류를 가질 수 있었다. 대부분 인간족 상인이었지만, 요정족이나 수인족, 비늘 종족 등의 상인들도 몇 명 있었다.

각자 나라의 명소나 특산품을 이것저것 가르쳐줘서, 관광으로 들렀을 때 참고할까 생각했다.

◆

"사토."

소매를 끄는 감각에 카리나 양을 떠올렸다.

시선을 돌리자, 조금 토라진 표정의 카리나 양과 눈이 마주쳤다.

아무리 흥미로운 화제였다지만 에스코트하고 있는 상대를 잊어서는 신사 실격이다.

"죄송합니다, 카리나 양."

"—목이 마르군요."

홱. 귀엽게 고개를 돌리는 카리나 양을 달래고, 친해진 상인들에게 양해를 구하여 카리나 양을 데리고 마실 것이나 음식이 제공되는 장소로 발길을 옮겼다.

"맛있어 보이네요."

먼저 와 있던 하급 귀족으로 보이는 사람들에게 눈인사를 하고, 요리에 손을 뻗었다.

먹고 있는 사람에게 말을 거는 건 매너 위반이니, 조금 뒤에 인사를 해야겠네.

"맛있군요. 사토도 얼른 먹으세요."

카리나 양이 재촉하여, 손에 든 요리를 입으로 옮겼다.

카나페나 샌드위치 등의 가벼운 것들인데, 겉보기에는 이세계에서도 그다지 다를 바가 없었다. 마요네즈 계통이 없는 것이 차이점이지만 꽤 맛있다.

질리지 않도록 이런저런 토핑이 되어 있는 요리를 즐기고 있는데, 주위 손님들이 뭔가 불안한 표정으로 바뀐 것을 시야에 포착했다.

"야만스런 시골뜨기는 손으로 집어 먹나?"

화려한 차림을 한 안면 점수가 꽤 높은 청년귀족들과 영애들이, 나랑 카리나 양에게 시비를 걸었다. 아리사가 있었다면 「약속된 전개, 왔다아」 하고 소리칠 법한 상황이었다.

한순간 나이프와 포크로 먹었어야 했나 하는 불안이 스쳤지만, 시야 안에 핑거 보울이 있는 것을 깨닫고 생각을 고쳤다. 애당초 포크랑 나이프로 먹는 것이 표준이라면 계속 이쪽을 지켜보고 있던 급사들이 금방 가져왔을 것이다.

낯가림을 하는 카리나 양이 폭언 귀족들의 비웃음을 받고서 조그맣게 위축되는 것이 보였다.

나는 선 위치를 살짝 바꾸어 그들의 시선에서 카리나 양을 가렸다.

“시골에는 나이프나 포크 같은 건 없는 거야.”

“어머 싫다, 정말?”

“아무리 시골뜨기라도 그렇게까지 심하진 않겠지.”

“아니, 그건 알 수 없어.”

폭언 귀족의 추종자들이 키득키득 비웃는다. 그 태도로 알았다.

이 녀석들은 괜한 트집을 잡아서 신참을 괴롭히는 비겁자들이다.

중학교 무렵에 동급생을 괴롭히던 녀석들이 이런 분위기를 만들었었지.

“왜 그러지? 사실을 듣고서 화가 났어?”

그야말로 자존심이 비대해 보이는 폭언 귀족이 이쪽의 흥분이나 위축을 유도하는 느낌으로 부추긴다.

이런 장소에서 치고받는 싸움을 할 생각은 없지만, 이런 바보들 탓에 카리나 양한테 이상한 트라우마나 거북한 의식이 생기면 곤란하다.

만약을 위해서 그들의 스테이터스를 체크하고, 내 인맥으로 대처 가능한 상대인지 확인해뒀다.

“아뇨, 전혀.”

나는 생긋 웃으며 말하고, 가볍게 위압 스킬을 발동해봤다.

심장 마비를 일으켜도 곤란하니까, 데미 고블린이 겁먹고 움

직이지 못하는 정도로 억눌렀다.

"이, 이봐……."

"위, 위험해보여."

폭언 귀족들이 겁먹은 표정을 지었다. 효과가 아주 좋군.

"오, 오늘은 이쯤에서 봐주지."

폭언 귀족이 허세를 부리며 뒤로 주춤거렸다.

도망치도록 내버려둬도 좋겠지만, 폭언 귀족의 눈에 이쪽에 엉뚱한 원한을 품을 법한 불순한 빛이 보이기에 행동에 나섰다. 이런 녀석들은 제대로 못을 박아두지 않으면, 사교계에서 악의적인 소문을 퍼뜨리거나 질척거리는 법이다.

"기왕 지적해주셨으니, 어떤 부분이 야만스러웠는지를 가르쳐 주실 수 있을까요?"

순동을 사용해 그들 앞으로 나서서 물었다.

"비, 비켜라!"

폭언 귀족이 손에 든 스틱으로 내 측두부를 때렸다.

—야만스런 놈이네.

피하는 건 간단하지만, 그들이 먼저 폭력을 휘두른 것을 주위에 선전할 필요가 있으니 그대로 스틱에 맞아줬다.

물론 아픈 걸 좋아하는 성벽을 가진 게 아니니까, 타점에 한 순간만 핀포인트로 마력 갑옷을 쳐서 막았다.

더욱이 「철피」 스킬을 사용하면서, 바위처럼 그 자리에서 버텼다.

〉「부동신」 스킬을 얻었다.

〉「금강신」 스킬을 얻었다.

어쩐지 스킬이 생긴 모양이다.

이 「금강신」 스킬은 전에 얻은 「금강각」 스킬이랑 다른 종류의 스킬인가 보다.

그건 그렇고, 내 측두부를 때린 폭언 귀족의 손에서 스틱이 날아가고 그는 팔을 감싸며 고통을 참고 있었다.

내 몸이 갑자기 단단하고 무거워진 탓에 때린 힘이 모두 그의 손에 돌아간 거겠지.

말하자면, 「쿠션이라고 생각해서 때렸더니 바위였습니다」라는 느낌이 틀림없다.

믿을 수가 없다. 폭언 귀족이 그렇게 말하는 시선을 보냈지만, 아직 그의 눈에는 불손한 빛이 남아 있었다.

이런 건 내 취향이 아니지만, 조금 더 마음을 꺾어둬야겠군.

"왜 그러시나요?"

내가 핀 포인트로 위압을 조금 올리자, 폭언 귀족이 다리에 힘이 풀려 풀썩 주저앉았다.

"그러면, 이제 그만 어디가 야만스러웠는지 가르쳐 주시겠습니까?"

심문 스킬도 발동해 볼까.

"……힉."

"안 들립니다. 조금 더 큰 소리로 부탁할 수 있을까요?"

"노, 놀이다! 왕도에 걸맞지 않은 시골뜨기에게 그렇게 말하면, 당황해서 고개를 꾸벅꾸벅 사과하는 게 재미있어서 했다."

심문 스킬 덕분인지 간단히 트집이었다는 걸 자백해버렸다.

이쪽을 멀찍이서 지켜보는 귀족들 중에 같은 꼴을 당한 자가 있었는지 살의가 담긴 시선이 그들에게 모였다.

이상한 원한을 가져도 귀찮으니까, 이제 그만 그들을 조금 추켜세워서 끝내도록 해야겠군.

"그랬었군요. 시골뜨기라서 세련된 왕도의 여러분에게 실례가 있지 않았나 걱정했었습니다."

나는 위압을 끊고, 웃으면서 그들에게 말했다.

이제는 사이좋게 악수를 하고 헤어지려고 했는데— 그건 상황이 용납해주질 않는 모양이다.

"다시 말해서 영주의 영애인 카리나 님에게, **아무런 과실이 없는데도** 불구하고, 시비를 건 끝에 조소했다는 거군요."

미소녀가 끼어들었다.

특징적인 핑크색 머리칼을 손으로 가볍게 떨치고, 나에게 장난기가 가득한 시선을 보낸다.

"메, 메네아 전하!"

폭언 귀족이 미소녀의 이름을 불렀다.

"오랜만이네요, 사토 님."

"오랜만에 뵙습니다, 메네아 전하."

"어머나, 나는 그냥 메네아라고 불러달라고 부탁을 했었는데."

"이 시골뜨기와 아는 사이십니까?"

놀라는 폭언 귀족을 완전히 무시하고, 「오랜만이에요, 카리나 언니」 하고 말하며 카리나 양과 재회의 허그를 하고 있었다. 공도에서도 사이가 좋았었지. 카리나 양도 아군이 늘어서 안도한 기색이었다.

"저, 전하의 지인인가?"

"저런 볼품없는 시골 귀족이?"

폭언 귀족의 추종자들이 술렁거렸다.

내 악담은 아무래도 좋으니 무시했다.

"『펜드래건』의 활약은 왕도에도 닿고 있답니다. 『계층의 주인』을 토벌해서 미스릴의 탐색자가 되셨다고 하더군요."

메네아 왕녀가 주위에 들리도록 말했다.

"미스릴의 탐색자?"

"페, 펜드래건이라면 그 『상처 모르는』 펜드래건?"

"분명히, 미적왕을 쓰러뜨린 메이드가 펜드래건 경의 사용인이었을 거다."

"마족과 결투했다고 들었다."

추종자들뿐 아니라, 이쪽을 살피고 있던 귀족들에게도 술렁거림이 퍼졌다.

"물론—."

메네아 왕녀는 주위의 반응을 확인한 다음, 더욱이 말을 이었다.

"용사님과 함께 르모크 왕국을 고통에 빠뜨린 성룡을 퇴치하고, 『오유고크 공작령 퇴룡훈장』을 수여 받은 사작님에게는 별

것 아닌 일일지도 모르지만요."

여배우처럼 주위의 시선을 모으며 말했다.

메네아 왕녀는 의외로 연기자에 소질이 있어 보이네.

"용퇴자?"

"용사님과 아는 사이인가?"

"헤에, 사토는 용사님하고 아는 사이였구나."

—어라?

돌아보자 아는 사람이 있었다.

"헤, 헤르미나 님!"

"시가8검과 아는 사이인가?"

"저, 저렇게 친근하게!"

시가8검의 등장에 폭언 귀족이나 추종자가 놀란 소리를 냈다.

평소처럼 성기사의 갑옷 차림도 어울리지만, 하얀색과 하늘빛을 기조로 한 맵시 있는 드레스 차림도 잘 어울린다. 예쁘다와 멋있다가 조화를 이루어 그녀의 매력을 120퍼센트 발휘하고 있었다.

AR표시에 보이는 드레스 작성자 이름을 메모해둘까.

"사토의 공적이라면, 나랑 같이 하급 마족이나 중급 마족과 싸운 이야기 같은 것도 좋지 않아?"

그러고 보니 헤르미나 양은 나를 「펜드래건 경」이라고 부르고 있었는데, 어느 틈엔가 「사토」로 변해 있었다. 아마 자기랑 친하다고 어필해서 폭언 귀족을 견제해준 거겠지.

"중급 마족?"

"렛세우 백작령의 영도를 멸망시키는 마족과?"

"용케 살아 있군."

화제의 중심이 헤르미나 양으로 옮겨졌다.

"굉장했었어. 갑옷도 안 입고서, 검 하나로 중급 마족 앞에 당당하게 도전하러 갔다니까."

헤르미나 양이 자신만만하게 말했다.

어째선지 카리나 양과 메네아 왕녀가 기분이 틀어져 보였다.

"헤르미나 님, 그것이 정말입니까?"

폭언 귀족이 헤르미나 양에게 물었다.

"어~어. 누구였지? 정말이야. 사토랑 싸울 거면 최소한이라도 군대 정도는 준비하는 편이 좋을걸."

"구, 군대?!"

거창한 헤르미나 양의 말을 듣고서, 폭언 귀족이 얼굴이 파래지며 주춤거렸다.

"그래. 노파심으로 충고해주는데, 적어도 중급 마족 상대로 결투할 수 있는 무인에게 연줄이 없으면 사토에게 적의를 품지 않도록 해."

헤르미나 양이 사악한 웃음을 지으면서 폭언 귀족의 얼굴에 손가락을 겨누었다.

"사토는 지위나 재산에 집착이 없으니까, 적이라고 인정하면 보신 같은 거 생각 안 하고 압도적인 무력으로 납작하게 뭉개버릴걸."

"거, 거창한……."

"거창하지 않아. 고우엔 공이랑 진검을 쓴 승부를 해서 정면으로 무승부였는걸."

"시가8검의 고우엔 공과—."

폭언 귀족이 울 것 같은 표정으로 이쪽을 보았다.

"미, 미안하다, 펜드개런 경."

그는 내 가문명을 다 기억하지 못한 모양이다.

"자, 자네에게 사과—."

"저에 대한 사과는 필요 없습니다."

폭언 귀족이 매달리는 시선을 나에게 보냈다.

"사과는 그녀에게."

나는 등 뒤에 감싼 카리나 양을 앞으로 내세우며 고했다.

"그, 그러니까— 그대에게 불쾌한 기분이 들게 해서 미안하다. 모실 보넘의 이름으로 사과한다."

폭언 귀족은 카리나 양의 이름도 기억을 못했는지 「그대」로 밀어붙였다.

보넘이란 가문명은 어디선가— 그렇지, 생각났다. 미궁도시에서 마인약 밀조로 실각한 태수 대리 소켈의 가문명이다. 그가 소켈과 소원하기를 바라야겠군.

"사, 사과를 받아들이게셔요."

"그, 그렇군, 관대한 처우에 감사한다."

폭언 귀족들이 쥐어짜낸 것처럼 말하고 자리에서 도망치듯 물러났다.

카리나 양은 수많은 사람들의 시선에 눈이 빙글빙글 돌고 있던 터라 말 끝 부분에서 발음이 꼬였지만, 폭언 귀족들은 그것을 깨달은 기색도 없었고, 주위 귀족들도 호의적인 시선이었으니 문제없어 보이네.

헤르미나 양의 아까 그 말 탓에 영애들이 나를 보고 조금 겁을 먹고 있지만, 조만간 무해하다는 걸 알아줄 거야.

"메네아 전하, 저쪽에서 사토가 공도에서 어땠는지 들려주시겠어요?"

"네, 헤르미나 공의 부탁이라면 얼마든지. 카리나 언니도 같이 가요. 미궁도시에서 사토 님이 어땠는지 들려주세요."

카리나 양은 메네아 왕녀나 헤르미나 양에게 이끌려 수풀로 둘러싸인 정자 같은 곳으로 가버렸다.

어쩐지 시장에 팔려가는 송아지 같은 눈으로 나를 보고 있었지만, 가끔은 또래의 여자애들끼리 걸즈 토크를 즐겼으면 좋겠다.

사교적인 메네아 왕녀라면 카리나 양을 잘 지원해줄 거야.

"펜드래건 경, 처음 뵙겠습니다. 저는—."

하급 귀족 청년이 말을 걸어준 것을 계기로, 나도 교우관계를 넓히기로 했다.

꽤 많은 귀족들과 명함 교환이 아닌 이름 교환을 하고, 소문 이야기를 소재로 교류를 가졌다.

"펜드래건 경은 지난번 비공정 소동을 아시나요?"

"네, 다소는—."

청년 귀족 한 명이 비공정 불시착 사건 화제를 꺼냈다.

"비스탈 공작도 참으로 대실수를 했어요. 아무리 권세가 있더라도 20년만에 새로 건조된 왕가의 대형 비공정을 추락시켰으니 그냥 넘어가진 못하겠지."

"자칫하면 왕도에 추락할뻔했다고 하지 않나?"

"추락이 아니라, 불시착이었다고 합니다."

나는 슬쩍 정정했다.

"그런가? 하지만, 지인의 이야기로는 공력기관도 추진기도 거의 전손에 가까운 상태였다고 하는데?"

그건 사실이지만, 공력기관의 중요 파츠인 팬은 거의 재이용이 가능하니까 치명적이라고 할 수는 없다. 뭐, 여기서는 말 못하지만.

"하지만, 비공정을 망친 건 조종사들이잖아? 승객인 비스탈 공작에게 책임을 묻는 일은 없지 않을까?"

"그것이!"

화제를 꺼낸 청년 귀족이 조금 큰 소리로 이목을 모은 다음, 목소리를 죽여서 말을 이었다.

"소문으로는, 비스탈 공작의 적자가 공작 암살을 위해서 비공정을 추락시키고자 했다더군."

"어째서, 비공정째로?"

"상대는 대영주잖아. 보통 수단으로 죽일 수 있을 리가 없지."

"그것도 그렇지……."

도시 핵에 대한 건 비밀로 하는 것 같지만, 영주들이 초상의 힘을 다룰 수 있는 건 주지의 사실인가 보다.

"히드라의 독이나 고르곤의 주독이라면 죽일 수 있겠지만, 한 번에 죽이지 않으면 반격을 받겠지. 반역자의 낙인을 찍히고 일족 일파가 처형되거나 노예가 될 거야."

그 정도로 만능은 아닐 거라고 생각하는데.

아마도, 영주측에서 반역이나 암살을 예방하기 위해 일부러 거창한 소문을 유포하고 있는 거겠지.

"하지만, 어째서 또 부모 살해를? 적자라면 기다리기만 하면 영주의 지위가 굴러들어올 텐데."

"미확인 정보지만, 장남인 트리엘 공은 폐적 직전이었다고 하더군."

그건 사실이다. 그는 상당한 정보통인가 보군.

"폐적? 희한한 일이군."

"그 트리엘 님이 폐적된 이유는 아시나요?"

조금 흥미가 있어서 캐내봤다.

"뭐라고 했더라? 태수로 임명된 도시에서 뭔가를 저질렀다고 했던가?"

"영지 경계에 있는 야만족의 마을을 다 솎아내질 못해서, 영지 안의 촌락에 막대한 피해가 나왔기 때문이 아닌가?"

아무리 그래도 거기까지의 내정은 모르는 모양이다.

"야만족이라는 건 수인 말이지? 트리엘 공은 옛날부터 아인을 혐오했으니, 그럴 법 하다는 느낌이군."

—응? 뭔가 위화감이 있는데.

하지만 도통 그게 뭔지, 말이 되질 않았다.

"하지만, 그 『쌍벽』의 트리엘 공이 폐적이라니. 왕립 학원 시절에 『천파의 마녀』 린그란데 님과 나란히 선 천재라고 했었는데, 아까운 일이야."

조금 그리운 이름이 나왔다.

"정말인가?!"

"린그란데 님이 『화연 지팡이』를 만들었던 무렵까지의 이야기지. 트리엘 공이 졸업한 다음에, 린그란데 님이 실전된 폭렬 마법과 파괴 마법의 두 종류를 부활시켰을 즈음에서 과거의 이야기가 됐어."

"게다가, 성기사단과 함께 세리빌라 미궁에서 『계층의 주인』을 쓰러뜨리셨고, 지금은 세상을 구하는 용사의 종자님이다."

"재학 중에는 트리엘 공도 린그란데 공과 함께 고우엔 공에게 검을 배웠는데, 트리엘 공은 무인으로서는 싹이 나질 않았지."

"고우엔 님이라니, 시가 8검의?"

"당시에는 트리엘 공의 호위기사였지."

트리엘 씨가 졸업한 다음에 스카우트 되어 시가8검이 된 모양이다.

내 뇌리에, 고민하는 고우엔 씨의 옆모습이 스쳤다.

—괜찮을까?

인품도 좋은 사람이었고, 비스탈 공작에 대한 충성심과 제자 트리엘 씨에 대한 의리 사이에서 고뇌하고 있을 것 같군.

조만간 술자리에 불러서 불평하는 거 상대를 해주자. 나 같은 외부인 상대라면 마음이 편할 테니까.

“하지만, 요즘 영주는 수난이 이어진다고 생각하지 않나?”

“중급 마족이 영도를 멸망시킨 렛세우 백작령인가?”

“그곳은 존망의 위기라고 해도 되겠지. 둘 있는 도시 중에 한쪽이 파멸된 데다가, 마족이 모은 마물 탓에 멸망한 마을도 많다.”

“위병을 하고 있던 사촌 동생이, 렛세우령에서 온 유민이 많아서 힘들다고 하더군.”

렛세우 백작령에는 한 번 방문한 적이 있는데, 꽤 힘들어 보였다.

전 영주가 저지른 일이라지만, 티파리자와 넬의 일도 있으니 그다지 렛세우 백작령에 편을 들고 싶은 생각이 안 든단 말이지.

영민이 힘들다고 하니까, 새 영주의 인품에 따라서는 투자하는 것도 고려해줄 수 있다.

“그런 영지를 떠맡았으니, 젊은 차기 백작님도 힘들겠군.”

“왕녀 전하와 혼약도 백지로 돌아갔다고 하더군.”

“정말인가? ―뭐, 노처녀를 떠맡지 않았으니 다행인 것 아니야?”

와인을 한 손에 들고 얼굴이 붉어진 중년 귀족이 괘씸한 발언을 했다.

“어이, 불경하군. 『금서고의 주인』이라지만, 왕조님의 계보에 이어지는 분께 그러한 말을!”

주의하는 방식이 「왕조」 기준인 것이 신경 쓰이지만, 정말로 위험한 발언이었는지 「노처녀」라고 말한 귀족의 붉어졌던 얼굴이 파래져서, 「부, 부디. 방금 한 망언은 못 들은 걸로 해주게」라고 주위에 애원했다.

"정말이지…… 벽령에 유배를 가고 싶은 건가? 자네는."

실언 귀족의 친구로 보이는 사람이 「술을 좀 깨고 오게」라고 타이르면서 어딘가로 데리고 갔다.

"벽령?"

"왕도의 남서쪽에 있는 유배지입니다."

미궁도시 세리빌라에서 남남서에 있는 모양이군. 대사막에서는 남쪽부터 남동쪽이다.

그러고 보니 미적의 처벌 건으로 이야기를 들었을 때 들은 적이 있다.

분명히, 「마물의 영역」에다가 노예 소모율이 대단히 높은 장소라고 말했었다.

"아아, 어흠. 빈민가의 주민을 잡아먹는 마물이 밤마다 출몰한다는 소문을 아시는가?"

귀족 한 명이 괜히 헛기침을 하고서, 노골적으로 화제를 바꾸었다.

"강력한 결계가 수호하는 왕도에, 마물인가요?"

"묘지나 유령 저택에 나오는 언데드가 아니라?"

—언데드는 나오는구나.

"귀공들, 정보가 조금 늦군."

"그렇지. 큰 길의 대사건을 모르는 건가?"

귀족 두 명이, 고우엔 씨와 함께 퇴치한 마왕 신봉 집단이 일으킨 마족 소동 일을 자랑스럽게 논했다.

"그, 그 사건이라면 알고 있다."

"그렇고말고, 그 건하고는 별개야."

아는 척만 하는 귀족은 그렇다 치고, 처음에 화제를 꺼낸 귀족은 다르다고 주장했다.

"그러니까, 수상쩍은 마왕 신봉자 놈들이, 서민가에서 사악한 음모를 꾸미고 있었던 거겠지."

"그거 있을 법하네요."

나는 그것에 맞장구를 치면서, 만약을 위해 맵 검색을 해봤다.

조련사를 따르는 종마나 골렘을 제외하면 왕도 지상에 마물은 없다.

왕도 지하의 하수도에는 하급 언데드가 띄엄띄엄 있지만, 이것들은 하수도를 거점으로 삼은 사령술사의 부하인가 보다.

게임이나 만화라면 초반의 적이 될 법한 존재지만, 사령술사나 부하 언데드는 죄과가 새겨지지 않았으니 딱히 없애러 갈 필요도 없겠다.

일단, 사령술사는 마킹해두자.

"뭐, 마물의 모습을 본 자 중에 살아남은 자가 없으니, 그 가능성은 높지만……."

"목격자가 없었나?"

"그래. 하지만, 사건 자체는 있었다더군. 위병을 하는 사촌동생 말로는, 서민가에서 마물에 잡아먹힌 것 같은 시체가 몇 번이나 발견됐다고 해."

흠. 하수도의 언데드는 스켈레톤뿐이니까, 사령술사는 관계가 없어 보인다.

"마왕 신봉자들이 소환한 수상쩍은 마물이 아니라면, 들개나 거대 쥐의 짓이겠지."

"그렇겠지. 그 마왕 신봉자들은 용사님이 일망타진해주셨다고 하니, 설령 정말로 상관없는 마물이 왕도에 잠복했다고 해도, 섣달에는 『마화 떨치기의 의식』이 있어. 마물 따위는 꼬리를 말고 도망칠 거야."

흥미가 있어서 「마화 떨치기의 의식」이란 것에 대해 질문해봤다.

반년에 한 번씩 대성배나 소성배를 이용해 행하는 의식 마법으로, 왕도나 왕도 주변의 마물을 쫓아내는 효과가 있다고 한다.

이번에는 왕가의 대성배와 공작들이 가진 소성배를 모아서 행하는, 6년에 한 번 있는 대규모 의식이라고 했다.

비스탈 공작의 막내딸 사건으로 화제가 나온 「소성배」는 이 의식을 위해 비스탈 공작령에서 가져온 모양이다.

"그 의식은 견학할 수 있는 건가요?"

"의식을 행하는 6신전의 무녀나 고위 신관들을 제외하면, 왕족과 영주들, 그리고 상급 귀족의 당주나 당주 대리 정도야."

그건 유감— 아니, 무노 남작에게 부탁하면 수행원 명목으로 견학할 수 있을지도 모른다.

돌아가면 부탁해볼까.

"그런 것보다! 연말이라고 하면 경매입니다!"

"올해는 주요 상품이 많다고 하더군요."

"펜드래건 경이나 모사드 경이 『계층의 주인』을 토벌했으니까."

"소문으로는 『마조기 핵』도 출품된다고 합니다."

—허어? 그건 흥미가 있다.

엘프식 골렘과 차이점도 검증하고 싶으니까, 가격에 따라 낙찰받고 싶군.

사토로 낙찰받는 건 안 좋을 것 같으니까, 에치고야 상회의 지배인에게 대리 낙찰을 부탁해둘까.

◆

"여러분, 저쪽에서 연주가 시작되는 모양입니다."

잡담을 하고 있는데, 하급 귀족 한 명이 그렇게 제안했다.

듣고 보니, 어느샌가 회장에 음악이 흐르고 계급이 높아 보이는 귀족들의 모습이 늘어 있었다.

광대나 음유시인도 자신의 재주를 선보이며 빈객들을 대접하고 있었다. 회장 한 구석에서는 다트나 고리 던지기 같은 놀이나 게이트 볼과 볼링을 조합한 것 같은 스포츠를 하는 사람들도 있었다.

"락스톤 악단의 연주 같군요."

"티켓을 얻는데 2개월 기다리는 게 당연하다는 인기 악단을 초빙하다니……."

"과연 릿튼 백작가의 원유회로군요."

"여러분, 오늘은 악성께서 독주도 하신다고 합니다."

"그거 기대되는군요."

그런 이야기를 하면서 회장에 만들어진 무대 쪽으로 갔다.

이미 좌석은 꽉 차 있어서, 함께 온 귀족들과 뒤쪽에 선 채 연주에 귀를 기울였다.

리듬감에는 자신이 없지만, 그래도 알 수 있을 정도로 그들의 연주는 훌륭하다. 음악당과 야외에서는 소리의 깊이에 차이가 있는데, 공도에서 가희 실리르토아 양의 연주를 담당했던 악단과 비교해도 손색이 없다.

이윽고, 솔로 파트로 바뀌었다.

—멋지다.

방금 전까지 악단에 매몰되어 있었다고 생각하기 어려울 정도의 실력이다.

아마 그때까지는 악단으로서 조화를 우선했던 거겠지.

풍부한 표현력 덕분인지, 눈을 감고 귀를 기울이면 정령이 떠오르는 것 같았다.

이윽고 솔로 파트가 끝나자 아쉬움에 한숨이 흐르고, 연주의 종료와 동시에 우레 같은 박수가 울려 퍼졌다.

"멋진 연주였네요."

"네, 마음이 씻겨나가는 것 같습니다."

우리와 비슷한 대화를, 주변 귀족들도 나누고 있었다.

그런 식으로, 멋진 연주의 여운에 빠진 우리들의 귀에 못난 소리가 뛰어들었다.

"승부다! 펜드래건 경!"

추종자를 데리고 온 폭언 귀족이, 비싸 보이는 악기를 한 손에 들고 왔다.

누군가가 내 정확한 이름을 가르쳐준 모양이다.

"승부, 라고요?"

"악성 케스트라에게 사사 받은 내 실력을 보여 주지."

아무래도 그는 음악의 실력에 자신이 있는 모양이다.

분명히, 무력이나 권력으로 어떡할 수 없다고 헤르미나 양이 위협을 했으니까, 예술 방면으로 나를 기죽이러 온 모양이다.

"글쎄? 내가 가르친 적이 있었던가요?"

사람들 너머에서 잘 울리는 남성의 목소리가 들렸다.

인파가 갈라지고, 신사 한 명이 이쪽으로 다가왔다.

아까 솔로 파트를 연주한 사람이다.

"케스트라 공! 부디, 이쪽으로!"

폭언 귀족이 신사를 부르더니 이쪽에 승리를 뽐내는 표정을 지었다.

"어허? 자네는 요전에 분수에 있던 소년이군."

어째선지 신사가 나에게 말을 걸었다.

"악성 케스트라가 말을 걸었다!"

"저 검은 머리 소년은 누구지?"

주변에 있던 귀족들이 그런 식으로 수군거리는 게 들렸다.

"지난번 세션은 즐거웠네. 무척 멋진 연주였어."

생각났다.

그는 왕도 관광을 하다가 만난 합주 신사다.

"고맙습니다—."

미아에게 전하겠다고 말하기 전에, 신사가 주위를 둘러보며 물었다.

“오늘은 그 작은 숙녀는 오지 않았나?”

“네, 그 애는 아직 어리니까요.”

“그렇군. 한 번 음악당에 놀러 오게나.”

신사는 가슴의 주머니에서 꺼낸 티켓에 뭔가 적어서 나에게 건넸다.

“저것은 락스톤 음악당의 티켓!”

“게다가 초대객용의 특별석 티켓이다.”

“상급 귀족이라도 입수가 어려운 티켓을…….”

정보통 귀족들이 선망의 눈길을 보내고, 그것을 들은 다른 귀족들이 술렁거렸다.

“이것을 보여주면 대기실로 올 수 있네.”

“감사합니다. 그 애를 데리고 놀러 가겠습니다.”

내가 대답하자 신사가 만족스럽게 고개를 끄덕였다.

“케스트라 스승님! 스승님은 펜드래건과 어떤 관계이신가요!”

밀려나 있던 폭언 귀족이 신사에게 캐물었다.

“그대는 분명히 보넘 백작가의— 젊은 도련님.”

신사는 폭언 귀족의 이름이 떠오르지 않은 모양이다.

“그와 어떤 관계냐고 하셨소?”

신사가 나를 힐끔 보았다.

“거리를 산책하다가 우연히 만났지. 덕분에 멋진 합주를 할 수 있었소.”

황홀하게 눈웃음을 짓는 신사의 모습에, 주위의 귀족들에게 술렁거림이 퍼졌다.

"그, 그럴 수가. 스승님이 인정할 정도의 실력이라니……."

"실례지만, 젊은 도련님. 나를 스승이라 부르는 건 그만둬 주시오. 그 호칭은 제자들에게만 허용한 것인지라."

"그, 그렇지만 내 집에서 연주의 지도를—."

"보넘 백작가에 초대 받았을 때, 당주 나리가 부탁하여 그대의 연주에 귀를 기울이고 한두 마디 감상을 말하긴 했지만, 그것은 어느 저택에서든 하는 일이라오."

지푸라기에 매달리는 폭언 귀족의 말을, 신사가 딱 잘라 내쳤다.

인상이 부드러운 느낌인 사람인데, 예술 방면으로는 엄격한 모양이다.

"그러면, 나는 다음 공연이 있으니, 엠마 님께 인사를 드리고 물러가지."

부들부들 떠는 폭언 귀족을 한 번 본 다음, 신사는 명랑한 표정으로 나에게 인사하고 산뜻하게 자리를 떠났다.

그 모습을 좇고 있던 주위 귀족의 시선이, 또 다시 나와 폭언 귀족 쪽으로 돌아왔다.

이대로 나도 물러가고 싶은데, 이대로 방치하면 폭언 귀족이 엉뚱한 방향으로 폭주할 것 같았다.

"악기 승부 말입니다만—."

내가 말을 걸자, 폭언 귀족이 으그그 신음했다.

"우쭐하지 마라, 펜드래건!"

그가 괜한 말을 남기고 도망쳐버렸다.

악기 승부로 꼴사납게 져서 응어리를 풀어줄까 했는데, 추가 공격을 해버린 모양이군.

◆

"환담중에 실례합니다."

악성 일의 오해를 풀고, 귀족들 사이에서 유행하는 일에 대해 잡담을 하고 있는데, 품격 있는 메이드가 말을 걸었다.

"펜드래건 사작님이시지요? 릿튼 백작부인께서 부르십니다."

나는 귀족들에게 인사를 한 다음, 부르러 온 메이드와 함께 호스트인 엠마 릿튼 백작부인에게 갔다.

넓은 정원 중앙 부근에 있는 테이블 세트에, 호화로운 드레스를 입은 귀부인들이 모여 있었다. AR표시를 보니 릿튼 백작부인을 포함한 상급 귀족의 귀부인들이었다.

테이블 근처에는 손님들이 선물한 물건이 산더미 같았다. 내가 선물한 것도 미개봉 상태로 쌓여 있었다. 상하는 과자도 있으니 얼른 먹어주면 좋겠는데.

"당신이, 레이텔이 칭찬한 사람이군요."

릿튼 백작부인은 품격 있는 색기를 가진 미녀로, 마흔 전후라고 생각하기 어려울 정도의 미모였다.

릿튼 백작부인이 말한 레이텔은 미궁도시의 태수부인 이름이었다.

태수부인 말에 따르면, 릿튼 백작부인은 왕도 사교계에 절대적인 영향력을 가졌다고 하니까 미움 받지 않게 주의하자.

의자에 앉은 채 이쪽을 가늠하듯 나를 보고 있던 릿튼 백작부인이, 내 쪽으로 하얀 장갑을 낀 한 손을 뻗었다.

"무노 남작 가신, 사토 펜드래건 명예사작입니다. 기억해 주십시오."

나는 자기소개를 한 다음, 귀부인에 대한 고풍스런 예의범절에 따라 그녀가 내민 손에 닿을까말까한 가벼운 키스를 했다.

지금까지 예의범절 수업 말고는 해본 일이 없었는데, 반사적으로 생각나서 다행이야.

"어머나, 탐색자라고 하기에 얼마나 예의를 모르는 자일까 했는데, 제대로 된 예의범절을 갖추고 계셨군요."

릿튼 백작부인에게는 좋은 평가를 받았는지, 그녀의 가늠하는 시선이 누그러졌다.

"미궁도시에서는 보먼이 신세를 졌다고 들었어요. 나도 인사를 하죠. 왕도에서 무슨 난처한 일이 있으면 딱 한 번 도와주겠어요."

"신세를 졌다고 하실 만한 일이 아니라 송구합니다만, 그 말씀 감사히 받겠습니다."

아까 폭언 귀족이나 박물관의 폭주귀족을 보니, 왕도에는 자존심이 비대한 난처한 귀족이 적지 않은 모양이다. 왕도의 사교계에 영향력이 큰 그녀의 연줄이 있으면 마음이 든든하지.

"그렇지만, 보먼 공이 릿튼 가문에 인연이 있는 분인 줄은 몰랐습니다."

"피는 이어지지 않았어요. 보먼은 내 절친한 친구의 아들이죠. 그 애가 한탄하는 모습을 보지 않고 넘어갔는걸요. 이 정도는 해야 해요."

릿튼 백작부인이 말한 다음, 작은 소리로 「레이텔은 파벌 관계로 겉으로는 도와줄 수 없었을 거고」라고 말했다.

과연, 그런 관계구나.

릿튼 백작부인의 친구인 태수부인에게 매달리지 않은 이유나, 태수 삼남인 게릿츠 군과 친해 보이는 관계였던 것이 어쩐지 이해됐다.

"펜드래건 경, 잠깐 괜찮을까요?"

혼자 납득하고 있는데, 릿튼 백작부인이 내 귀족복의 소매—정확하게는 소매에 달린 커프스를 보고 싶다고 하기에, 그대로 팔을 내밀었다.

그런데 묘하게 끈적한 시선의 색기가 과다한 미녀가 다가왔다.

"엠마의 새로운 제비는 검은 머리인가요?"

릿튼 백작부인의 친구인가 보다.

"에치고야 상회의 룬 광주로군요."

끈적한 미녀가 내 커프스를 보고 말했다.

릿튼 백작부인은 의미심장하게 웃은 다음, 「조금 달라요」라고 속삭이고, 말을 이었다.

"빛 광석에 새겨진 것이 룬 문자가 아니라, 펜드래건 경의 가문 문장이고, 이 바깥쪽도 색유리가 아니라, 보석을 가공한 것이죠?"

"—설마. 전설의 보석 마법사 쥬얼의 작품도 아닐 텐데……."

"하지만, 가문 문장을 새긴 빛 광석을 투명한 보석 안에 가두려면, 흙 마법을 쓰는 수밖에 없어요. 그렇죠?"

릿튼 백작부인의 물음에 「정답입니다」라고 대답했다.

나를 찌릿 바라보는, 끈적한 미녀의 시선이 점도가 늘어났다.

"가공한 분을 가르쳐주실 수 있을까요?"

여기서 아킨도우의 이름을 꺼내는 건 간단하지만, 괜히 아킨도우를 조사하기 시작하면 귀찮아지니까 일본인다운 웃음으로 얼버무렸다.

"우후후. 라유나. 당신의 색기가 통하지 않는 상대도 있네요."

"아니야, 엠마. 그는 내 매력에 푹 빠져서 말을 못하는 것뿐이야. 하지만, 그렇네— 당신에게 부탁하면, 되는 걸까요?"

"이것을 가공한 보석사 분은, 조금 먼 나라에 있기 때문에 시간이 걸리십니다만, 그래도 괜찮으시다면 중개를 하겠습니다. 대단히 까다로운 분이라, 그다지 많은 의뢰는……."

빈번하게 오더 메이드 의뢰를 받는 건 귀찮으니까, 그렇게 설정하여 발주 수를 제한하기로 했다.

"그래, 알고 있어요. 그렇지, 엠마."

"그렇네. 우리들만의 비밀로 해요."

"그러면, 어느 정도면 될까요?"

나는 내 커프스의 가치를 시세 스킬로 확인했다.

오늘 아침에는 금화 5닢 정도였는데, 여기서 상급 귀족 여러 분이 목격한 탓인지 가치가 뛰어올라서 같은 크기의 「하늘의 눈물방울」의 3배 가까운 금액이 되어 있었다. 귀족 여성은 이런 반짝반짝하는 것을 아주 좋아하는군.

"보석의 크기에 따라 변하는 모양입니다. 가문 문장이 아닌 의장도 가능하다고 합니다만, 발주할 때 의장을 새길 견본을 건넬 필요가 있다고 하더군요."

나는 커프스와 같은 사이즈라면 시세와 같은 액수, 그녀들이 달 브로치나 펜던트에 쓰는 보석이라면 체적만큼을 곱한 다음 20퍼센트 정도 올린 액수라고 말했다.

"어머나, 생각보다도 저렴하네요."

"그 가격은 펜드래건 경의 중개료가 들어가 있지 않은 것 아닌가요? 중개한 상인에 대한 사례금 말고도 더 보태지 않으면 안 돼요."

끈적한 미녀가 눈을 동그랗게 뜨고, 릿튼 백작부인이 타일렀다.

중개료는 5퍼센트에서 30퍼센트 정도가 일반적이라고 했다.

나는 릿튼 백작부인의 친절함에 인사를 하고, 충고에 따라 5퍼센트 정도 보탠 액수로 릿튼 백작부인 일행의 주문을 받았다.

그렇지—.

"주문을 받은 직후에 말씀 드리기 어렵습니다만."

일단 말해두고, 내가 선물한 물건을 열어 달라고 부탁했다.

"어머나, 뭘까요?"

릿튼 백작부인이 옆에서 대기하고 있던 시녀에게 명해서, 내 선물을 가져와 직접 개봉하여 안을 확인했다.

"어머나! 어쩜 이럴 수가!"

릿튼 백작부인이 큼직한「하늘의 눈물방울」이 붙은 펜던트를 들고 감탄의 소리를 질렀다.

"레일리 공에게, 릿튼 백작부인께 보내는 선물은『하늘의 눈물방울』이 좋을 거라고 들어서, 아는 상인에게 최고의 물건을 찾아오도록 했습니다."

태수 차남인 레일리 씨가 전에 그렇게 말을 하기에, 요전에 보르에난 숲에 들렀을 때 아르아 기술자 엘프들에게 부탁해 만든 물건이다.

이「하늘의 눈물방울」은 눈물형태인데도 브릴리언트 컷을 한 다이아몬드처럼 반짝반짝 빛을 반사하는 신비로운 보석이다. 보석이라고 말은 하지만, 광산에서 채굴되는 것이 아니라 정령이 많은 장소에서만 자라는 나무의 수액으로 만들며, 제조법은 일반에 알려지지 않았다.

보르에난 숲에서는 흔해빠진 수목이라, 튼튼한 식기나 장식품의 재료로 이용한다.

"근사하군요. 레일리 공이 가져왔던 1급품의 이슈라리에 왕국산『하늘의 눈물방울』보다도 투명도가 높아요!"

"마치 옛날 이야기에 나오는『요정의 눈물』같은걸요."

끈적한 미녀가 이쪽을 보지만,「이것은 우연히 얻은 것이라, 재입수의 전망은 없습니다」라고 못을 박았다.

"이렇게 멋진 물건을 독점하면, 레이텔이 원망하지 않을까요?"

"태수부인께서는 그런 걸로 원망을 하실 분이 아닙니다."

아르아 기술자에게 부탁해 만든「하늘의 눈물방울」은 3개 있으니까, 나머지 2개 중 한쪽은 태수부인에게 선물할 예정이다.
마지막 하나는 카리나 양의 사교계 데뷔에 쓸까 생각했었는데, 릿튼 백작부인 일행의 반응을 보니 그건 관두는 편이 좋겠다.
질투의 불꽃으로 카리나 양이 불타버리면 본말전도가 되니까.
"우후후, 정말로 근사해요. 펜드래건 경, 당신을 이제부터 사토라고 부르겠어요. 괜찮겠죠?"
"영광입니다, 릿튼 백작부인."
"나도 엠마라고 부르는 것을 허용하겠어요."
"고맙습니다, 엠마 님."
그녀가 이름으로 부르는 걸 허용한 건 드문 일인지, 주변 귀부인들이 「어머」 하고 입을 동그랗게 벌리며 놀랐다. 태수부인에게 릿튼 백작부인이 장난을 좋아한다고 들어서 내심 대비하고 있었는데, 괜한 걱정이었나 보다.
어느 정도 친해진 김에, 보석과 함께 가져온 생과자도 맛보기를 권했다.
"레이텔이 편지로 자랑했던 카스테일라라는 것과는 조금 다른 걸까요?"
"네, 이것은 롤 케이크라고 합니다."
"무척 맛있군요."
"엠마! 이 롤 케이크에는 딸기가 들어가 있어요."
끈적한 미녀가 소녀처럼 들뜬 목소리로 기뻐했다.
맛있는 것은 사람을 동심으로 되돌리는 모양이다.
차와 과자를 즐기면서, 그녀들에게 왕도의 유명한 화장품 공방이나 재봉 공방, 그 밖에도 귀부인들이 권하는 장식품 가게나 유명한 디자이너의 이름 따위를 배웠다.

소개장도 받았으니, 동료들과 카리나 양을 데리고 가볼까 생각했다.

◆

"여기에 있었나, 시골 귀족! 결투다!"

릿튼 백작부인들의 자리를 떠나 귀족들이 놀고 있는 장소로 다가가는데 또 폭언 귀족이 시비를 걸었다.

폭언 귀족이 추종자들을 데리고 승리를 뽐내는 표정으로, 내 앞을 가로막았다.

모두 허리에 미스릴 세검이나 반짝이며 장식된 마검을 차고 있었다.

그 한가운데에 노란색 창을 든 성기사— 요전에 성기사단의 주둔지에서 나와 리자에게 진 쟈고우가 있었다.

"페, 펜드래건?"

"오호, 우연이군요."

폭언 귀족이 도우미로 불렀는데, 다투는 상대가 나라는 걸 몰랐던 모양이다.

"자, 쟈고우 공! 이 힘자랑밖에 내세울 것 없는 시골뜨기에게, 왕도가 자랑하는 성기사의 힘을 보여 주세요!"

"그, 그래……."

승리를 뽐내는 폭언 귀족과 달리, 노란 창 기사 쟈고우의 표정은 밝지 못했다.

“이 쟈고우 공은 시가8검의 유력후보다! 중급 마족조차 쓰러뜨릴 수 있는 시가8검에 비견되는 분이지!”

분명히, 헤르미나 양이 말했던 「중급 마족 상대로 결투할 수 있는 무인 연출」이라는 조건을 만족하는 상대를 찾아서, 기뻐 날뛰며 와버린 거겠지.

나를 부르는 이름이 「시골 귀족」으로 돌아온 것도 그 이유가 틀림없다.

한편으로, 노란 창 기사는 자신을 추켜세우는 폭언 귀족을 무척 민폐란 표정으로 보고 있었다.

시가8검을 노리는 그로서는 유력 귀족이 많은 원유회에서 패배할 가능성이 있는 결투를 하기 싫은 게 틀림없다.

“자아, 결투다! 내 대리인은 쟈고우 공! 원유회이니, 승패는 일격을 넣은 쪽이 승리하는 방식으로 간다!”

폭언 귀족이 멋대로 이야기를 진행시켰다.

쟈고우를 이기는 건 간단하지만, 승부에 이겨도 얻는 것이 없고 쟈고우에게 원망만 받는 결과가 될 것 같았다.

내가 난처한 처지에 빠져 있는데, 구원의 손길이 다가왔다.

“우리들의 사토를 괴롭히는 건 용납하지 않아요.”

“누구 허가를 받고서 결투 같은 못난 짓을 하는 건가요? 내 원유회에서 멋대로 구는 건 용납하지 않아요.”

시녀에게 선도를 받은 끈적한 미녀와 릿튼 백작부인이 나타나서 나를 감싸주었다.

아무래도 나한테 시비 거는 걸 깨달은 사용인이 릿튼 백작부인 일행에게 알려준 모양이다.

"리, 릿튼 백작부인, 라포르 자작부인— 저, 저희들은 귀족의 명예를 지키기 위해서 말입니다—."

폭언 귀족이 당황하면서 변명했다.

어쩐지 기시감이 있는 흐름이군.

아까는 메네아 왕녀나 헤르미나 양, 그 다음은 악성이고, 이번엔 릿튼 백작부인 일행……. 반복 전개 소재의 만담도 이보단 덜하지 않을까 싶다.

"아직이야? 도토무르 경. 오늘은 친구를 만나러 왔으니 얼른 부탁해."

"그리 말하지 말고, 부탁하네. 결투의 입회인데, 쟈고우 공이 대리인으로 나서니까 금방 끝날 거야."

낯익은 목소리가 인파 너머에서 들렸다.

"이, 이쪽이다!"

"거기인가, 모실! 최고의 입회인을 데리고 왔지."

폭언 귀족의 동료가 미청년을 데리고 왔다.

그 청년의 뒤에서 추파를 던지는 영애들이나 부인들이 줄줄이 따라왔다.

"레일리, 너까지 이런 꽁트에 참가하고 있었니?"

"이거이거 엠마 님과 라유나 님. 여전히 아름다우시군요. 저로서는 친구를 만나러 왔을 뿐이라 촌극은 얼른 끝내고— 펜드래건 경! 이런 장소에 있었군!"

릿튼 백작부인과 친근하게 인사를 하던 아시넨 후작 차남 레일리 씨가 나를 발견하고 웃었다.

"레, 레일리 공은 그를 아시나요?"

"그럼. 내 목숨의 은인이며, 내가 회장을 맡고 있는 펜과 창용 상회의 오너, 그리고 내 제일의 절친한 벗이지."

레일리 씨의 말을 듣고, 폭언 귀족이 무릎으로 무너졌다.

왕도의 귀부인들에게 대인기인 레일리 씨를 아군으로 끌어들이면, 릿튼 백작부인이 눈총을 주더라도 어떻게 중재해줄 거라고 생각한 거겠지.

"자네가 왕도에 왔다는 말을 들어서 얼른 만나러 왔지."

"이거 영광입니다. 이번 항해는 빨랐군요."

나는 레일리 씨와 이야기를 하면서, 도우러 와준 릿튼 백작부인 일행과 함께 본래 자리로 돌아갔다.

"사토에게 손을 대는 건, 릿튼 백작가를 적으로 돌리는 것과 같은 뜻이라는 걸 명심하세요."

물러갈 때 릿튼 백작부인이 폭언 귀족에게 못을 박아주었다. 헤르미나 양이 박은 「무」의 못에 이어서, 「사교」의 못까지 박히자 폭언 귀족의 마음이 너덜너덜해진 모양이다.

평화로운 왕도 관광을 위해서도, 폭언 귀족이 그대로 페이드 아웃해주면 좋겠다.

폭언 귀족이 퇴장해준 덕분에, 그 다음의 원유회는 큰 해프닝도 없이 무사히 끝났다.

커뮤력이 낮은 카리나 양도, 사교적인 메네아 왕녀나 팬이 많은 헤르미나 양의 지원 덕분에 나름대로 제법 되는 영애들과 교류를 한 모양이다.

그날 밤은 레일리 씨의 권유를 받아서, 젊은 귀족들과 함께 왕도의 밤놀이를 하러 왔다.

"펜드래건 경! 다음은 비장의 가게야!"

"레일리 공이 그렇게 말하다니. 이거 기대되는군요."

여기까지 들른 가게— 노출도가 높은 여성 댄서의 쇼를 내세우는 펍이나 세계각국의 미녀나 미소녀들이 접대해주는 고급 주점, 상반신 알몸의 여성이 급사를 해주는 음악 주점 다음이니, 누가 뭐래도 기대가 올라간다.

레일리 씨가 안내한 곳은, 조금 뒷골목에 있는 숨겨진 집 같은 가게였다.

바깥은 수수했지만, 문 안쪽은 상당히 고급스런 구조다. 가게는 반지하에 있는지, 계단을 내려갔다. 끝에 달린 문 너머에서 취향 좋은 음악이 흘러나왔다.

"어머나앙, 레일리 니임. 엄~청 오랜만이잖아요오?"

레일리 씨가 문을 열고 안으로 들어서자, 근육과 털에 뒤덮인 형씨가 우리를 마중해 주었다.

—어째서야.

공도의 토르마도 그렇고, 어째서 밤놀이 마무리는 게이바를 고르는 건데.

나는 창백해진 표정을 짓는 청년 귀족들과 함께, 조금 찐한

밤을 보냈다.

물론 아리사가 기뻐할 법한 종류의 저속한 행위하고는 인연이 없었다고 단언해 둔다.

비스탈 공작 저택

"사토입니다. 무모한 일을 맡기려고 할 때 코앞에 당근을 매다는 일이 있습니다만, 자기가 전혀 가지고 싶지 않은 것을 미끼로 매달면, 상사와 커뮤니케이션이 부족한 것을 실감해버립니다."

"왜 그래? 보기 드물게 흐린 표정을 짓고는— 편지?"

"그래, 비스탈 공작이 보냈어."

왕도에 도착하고서 7일째 아침, 비스탈 공작의 편지가 도착했다.

내용을 요약하면 「비공정 불시착 사건의 답례를 하고 싶으니 저택으로 와라」라는 내용이다.

"이제 와서?"

"사후 처리가 좀 오래 걸린 거 아닐까?"

"흐~응. 그래서, 언제 오래?"

"오늘 오후에. 미안하지만 예정했던 연극 관람은 나 빼고 다녀와."

"기대하고 있었잖아? 오늘은 다들 좋아하는 일을 할 테니까, 연극 관람은 날을 다시 잡아서 가자. 다들 괜찮지?"

아리사가 확인하자, 동료들이 긍정의 대답을 했다.

오전에는 동료들과 보내고, 낮에 전세 마차로 비스탈 공작 저택으로 갔다.

왕도에서 조금 떨어진 장소에 있는 비스탈 공작 저택은 담이나 정문에서부터 호화찬란하다.

요전에 당주가 암살을 당할뻔한 참이라 그런지, 담 안팎으로 무장한 병사가 일정 거리마다 지키고 있고 광대한 뜰에는 개를 데리고 있는 병사들이 수십 조가 순찰을 하고 있었다.

"실례합니다만, 귀족증을 확인하겠습니다."

마부가 내 이름과 용건을 고했는데도, 수염이 훌륭한 문지기가 직접 나를 확인하러 왔다.

나는 귀족증과 함께 비스탈 공작의 편지를 보였다.

문지기는 그것들을 확인한 다음, 자기가 가진 서류와 내 얼굴을 몇 번 왕복하고서 드디어 통행을 허가했다.

"—꽤 엄중하네."

릿튼 백작부인의 원유회와 마찬가지로, 직접 승차할 수 있는 정문이 아니라 주차장에서 작은 문으로 갔다.

"검이나 단검은 이쪽에서 맡겠습니다."

"보시는 것처럼, 무장은 안 했습니다."

문 앞에 선 병사가 무장 해제를 명하기에 정직하게 대답했는데, 어째 못 믿은 모양인지 신체검사나 짐을 확인했다.

뭐 기본적으로 스토리지 안에 보관하고 있으니까 오늘은 짐이 없단 말이지.

검사가 끝나자 문을 통과하고, 그 앞에 있는 작은 홀에서 마중이 오는 것을 기다리라고 명령을 받았다.

1시간 정도 기다리게 만든 뒤, 슬렌더하고 빡빡해 보이는 용모의 메이드가 맞이하러 왔다.

"펜드래건 사작님이시죠? 안내하겠습니다."

메이드가 근엄한 어조로 확인하고, 내가 고개를 끄덕이는 것도 확인하지 않고는 발길을 돌려 발 빠르게 성큼성큼 걷기 시작했다.

이거 참, 대단히도 환영을 안 해주네.

"오늘은 야회라도 열리는 건가요?"

이동하면서 보인 엔트랜스 홀에, 잘 꾸며 입은 신사나 귀부인들이 잔뜩 있기에 물어봤다.

아까 있던 작은 홀은 그 정도도 아니었지만, 이 엔트랜스 홀은 왕성과 비교해도 호화찬란하다. 비스탈 공작의 권세를 보이기 위해서인지 무척이나 장식이 과다하고 화려하다. 이것을 유지하는 사용인들의 고생이 떠오르는군.

"네."

대답을 하긴 했는데, 자세한 얘기는 일절 없다.

지름길인지, 안뜰을 가로질러 나아갔다.

—응?

피리 소리가 들렸다.

소리가 나는 쪽을 올려다보자, 안뜰 너머에 보이는 첨탑 창문에서 낯익은 여성의 모습이 보였다.

비스탈 공작의 부인 중 한 명이다. 비공정을 습격한 테러리스트 가운데 있던, 비둘기를 소환했던 자폭 테러 고관과 불륜을 했던 사람인데, 불시착할 때 혼자만 격리돼 있었던 기억이 났다.

첨탑에 유폐된 모양이니, 그 테러를 도운 사람 중 한 명인 거겠지.

"펜드래건 경, 이쪽입니다."

발길을 멈춘 나에게, 조금 짜증이 섞인 메이드의 목소리가 들렸다.

나는 가볍게 사과하고 그녀 뒤를 따랐다.

"이 방에서 기다려 주십시오. 순서가 되면 담당자가 부르러 올 겁니다."

차 하나도 내주지 않고서 3시간 정도 기다린 뒤, 이제 그만 돌아가도 되려나 생각하는 참에 드디어 「담당자」가 왔다.

뭐, 기다리는 시간 동안 새로운 대인 구속용 마법을 이것저것 고찰했지만 말이야.

"펜드래건 사작. 괘씸한 자들에게서 나라의 중진인 비스탈 공작 각하를 지키는 것에 일조한 것에 찬사를 보내며, 이하의 물건을 하사한다."

왕도 저택의 집사가 깔보는 시선으로 보내는 답례의 말을 들으면서, 알현실 같은 호화로운 홀을 시선만 움직여 둘러보았다.

야회 같은 곳에도 쓰이는 장소인지, 체육관을 넷 정도 붙여놓은 것처럼 넓고 3층 분량 정도 높이다. 아치 모양의 천장에 유리를 듬뿍 썼으며, 대들보나 벽에는 정밀한 조각이 새겨져 있었다.

집사 뒤에는 호화로운 의자에 앉은 비스탈 공작이 있지만, 그는 기분이 틀어진 표정으로 이쪽을 내려다보기만 하고 지금까지 한 마디도 안 했다.

그의 옆에 장식된 장엄한 은색 잔이 소성배라고, AR표시가 가르쳐 주었다.

"사작에게 하사품을—."

집사의 명을 받은 시종이 검 한 자루와 화폐가 들어 있는 걸로 보이는 공단 주머니를 내 앞으로 가져왔다.

"명예사작 따위에게 폐하께서 하사하신 마검을 주다니……."

공작의 가신 한 명이 작은 소리로 불평하는 것을 엿듣기 스킬이 포착했다.

그 말로 깨달았는데, 이 검은 내가 에치고야를 거쳐서 국왕에게 대량 납품한 주조 마검 중 한 자루였다.

내가 받아 들자, 드디어 비스탈 공작이 입을 열었다.

"그것은 왕도의 기사들이 목에서 손이 튀어나올 정도로 바라는『영걸의 검』이다."

그런 이름은 처음 들었습니다.

"폐하께서 하사하신 물건이라 가볍게 내릴 수는 없다. 나에게 반기를 든 도적군의 진압에서 활약한다면, 그것을 네놈에게 하사할 것을 폐하께 진상 드리지."

아무래도 포상은 주머니 내용물 — 화폐가 아니라 보석이었다 — 뿐이고, 이 주조 마검은 반란 진압군에 종군시키기 위한 미끼인 모양이다.

비스탈 공작이 내 대답을 기다리는 것 같기에, 주위를 관찰하면서 입을 열었다.

"이것이 그 유명한 『영걸의 검』이옵니까—."

"그렇다. 돈을 아무리 쌓아도 살 수 없는, 천하의 명검이다."

그렇게 칭찬을 해주면 쑥스럽잖아. 한 자루 당 몇 분이면 만들 수 있다고는 입이 찢어져도 말 못하겠네.

"네, 뽑기 전부터 알 수 있습니다. 저와 같은 일개 탐색자에게는 과분한 무기인 것 같습니다."

내 대답에 비스탈 공작의 미간에 주름이 깊어지고, 하얀 얼굴에 기분이 틀어진 듯 붉은색이 늘었다.

"시가 왕국의 치세에 반역한 도적군 토벌에 참진할 생각이 없느냐?"

"저는 무노 남작의 가신입니다. 그런 제가 남작님의 허가도 받지 않고, 비스탈 공작 각하의 영토 문제에 고개를 들이밀 수는 없습니다."

자기 영토 문제인데, 시가 왕국 전체의 이야기처럼 주어를 펼친 비스탈 공작을 견제하면서 말을 이었다.

"그리고 종군 경험이 없는 저는, 정예인 비스탈 공작 영지군의 다리를 잡아끌기만 하겠지요."

무엇보다도, 인간을 상대하는 전쟁 따위 절대 사양한다.

징병된 민병과 죽고 죽이는 싸움 따위를 했다간 PTSD가 생길 거야.

"이 『영걸의 검』은 그에 걸맞은 영지군의 기사 손에 있는 것이 좋지 않을까 생각합니다."

"이 겁쟁이 놈. 내 앞에서 물러가라."

내가 미련 없이 미끼인 주조 마검을 반납하자 비스탈 공작이 입술을 비틀면서 흔쾌히 퇴실 허가를 해주기에, 희희낙락하는 마음이 드러나지 않도록 주의하면서 홀을 나섰다.

"생각보다 시간이 걸렸네……."

나는 메뉴 안의 AR표시에 뜨는 현재 시각을 확인하고, 오늘 저녁 식사에 마음을 돌렸다.

"—꺄!"

작은 비명에 시선을 돌리자, 작은 숙녀가 수풀에 몸을 반쯤 숨기며 버둥거리고 있는 모습이 보였다. 아마도 수풀 위에 있는 창문에서 빠져 나오려다가 실수한 거겠지.

"괜찮으신가요?"

혼자서는 빠져 나오지 못하는 것 같기에, 다가가서 구해줬다.

얼굴을 보고 깨달았다. 이 어린 소녀는 비스탈 공작의 막내딸, 소미에나 양이다.

"고마워— 당신! 비공정에 탔던 사람!"

"사토 펜드래건 명예사작이라고 합니다."

동시에 그녀도 내가 누구인지 깨달았기에, 새삼 자기소개를 했다.

"소미에나 님은 이제부터 어딘가 모험을 하러 가시나요?"

"저기……."

내 질문에 소미에나 양이 머뭇거렸다.

"……그렇지! 당신, 내 시종으로 삼아줄게!"

소미에나 양이 「좋은 생각이 났다」라고 말하는 표정으로 눈빛을 반짝거렸다.

이쪽 사정을 생각하지 않는 데다가 자기가 잘났다는 시선인 것은 아버지인 비스탈 공작이랑 꼭 닮았군.

"이거 영광입니다."

성실하게 거절하면 가여우니까 겉치레로 얼버무렸다.

그러나, 어린애한테 겉치레 따위가 통할 리가 없었다—.

"그러면, 같이 가자!"

소미에나 양이 선언했다.

"이제부터 오라버니한테 편지를 전하러 갈 거야!"

"편지라고요?"

"그래! 아버님과 싸우는 걸 멈추고 화해하지 않으면, 에나는 오라버니를 싫어하게 될 거라고 썼어!"

아홉 살— 초등학교 3학년 정도의 어린 소녀다운 천진한 발언에 무심코 웃음이 나왔다.

물론 정말로 그녀를 트리엘 씨가 있는 공작령으로 데리고 갔다가는 커다란 소동이 일어날 거다.

"펜드래건 경."

아까 내가 걷고 있던 통로에서 누군가 나를 불렀다.

"안녕하세요? 헤르미나 님."

나에게 말을 건 귀부인은 시가8검의 총잡이 헤르미나 양이었다.

오늘은 비무장이고, 원유회 때하고는 다른 종류의 호화로운 드레스 차림이었다.

그런 그녀의 화사함에 숨어 있었지만, 동행하고 있는 시가8검 필두 제프 쥬레바그 씨도 예복을 입고 있었다.

"요전에는 신세를 졌습니다, 쥬레바그 님."

"좋은 싸움이었다. 언제든지 싸우— 훈련을 하러 오게, 환영하지."

쥬레바그 씨에게 가볍게 인사를 했더니, 그런 대답이 돌아왔다.

"그러고 보니 고우엔에게 빼앗겨서, 귀공하고는 아직 싸우질 않았군."

쥬레바그 씨는 지금부터라도 한 판 싸우자고 말할 법한 표정이었다.

"그런데, 펜드래건 경도 야회? 에스코트하고 있는 숙녀가 상당히 젊은 모양인데."

헤르미나 양이 내 곁에 있는 소미에나 양을 들여다보면서 물었다.

"아뇨, 사실은—."

"모르는 사람에게 말하면, 안 돼!"

지장이 없도록 이야기를 얼버무리려고 입을 열었는데, 소미에나 양이 몸통째로 내 팔에 매달려서 막았다.

그것을 본 헤르미나 양이 즐거운 기색으로 눈웃음을 지었다.

"제1소대! 영묘로 달려라! 예비인 제5소대는 제1소대가 빠진 구멍을 메워라!"

흐뭇한 분위기를, 살벌한 목소리와 무장한 병사들의 갑옷이 내는 철컥철컥하는 금속음이 망쳐 버렸다.

"무슨 일이 있는 모양이군요."

"그런 것 같다."

나는 헤르미나 양과 쥬레바그 씨의 대화에 귀를 기울이면서 맵을 열었다.

병사가 말한 영묘에서 무장한 스켈레톤이나 좀비 따위의 하급 언데드가 우글우글 나타났다.

언데드들은 레벨이 낮으니까 전력적으로는 현장에 간 병사들만으로 충분히 처리할 수 있다.

일단 확인했는데, 전에 발견한 사령술사하고는 다른 쪽인 모양이다.

"보러 갈까요?"

"필요 없다. 아마도 양동이겠지."

쥬레바그 씨가 읽어낸 것처럼, 뒷문에서 내통자에게 선도를 받은 숙련된 암살자들이 침입했다.

아무래도, 이번에도 또 비스탈 공작의 집안 소동에 말려들어 버린 모양이다.

공작 저택 습격

"사토입니다. 게임이라면 모를까, 현실 세계에서 인간들끼리 죽고 죽이는 싸움을 해보고 싶다고 생각한 적은 없습니다. 그 마음은 이세계에 와서 분에 넘치는 힘을 얻은 지금도 마찬가지입니다."

"도적들의 노림수는 공작이군."

쥬레바그 씨는 외투를 벗으면서 헤르미나 양 쪽으로 눈짓했다.

"쥬레바그 님."

"그래."

헤르미나 양이 아이템 박스를 열어 안에서 꺼낸 창을 쥬레바그 씨에게 건네고, 반대쪽 손으로 그의 외투를 받아 아이템 박스에 수납했다.

어쩐지 오랜 부부처럼 호흡이 잘 맞는다.

"우리는 공작 곁으로 간다. 펜드래건 경, 자네는 그 작은 숙녀를 방까지 바래다주게."

"알겠습니다."

나는 공작 막내딸인 소미에나 양의 작은 어깨를 톡 두드리며 승낙했다.

시가8검 두 사람이 간다면 공작을 해칠 수 있는 자는 아마 없을 거야.

"저, 저도 아버님한테 가겠어요!"

"안 돼. 위험해. 무엇보다도, 당신이 오면 아버님의 호위를 당신한테 나눠야 하게 돼."

하얀 장총을 어깨에 진 헤르미나 양이 어린 소녀를 타일렀다.

—응?

귀에 거슬리는 소리가 멀리서 들렸다.

"왕도 방공대의 경적인가?"

"네, 외벽탑의 감시병이 울리는 경종도 들립니다."

쥬레바그 씨와 헤르미나 양이 귀를 기울였다.

나는 맵을 열려다가, 레이더 안에 굉장한 속도로 빨간 광점이 침입한 것을 깨달았다. 동시에 위기 감지 스킬이 반응했다.

올려다보는 시선 끝에, 커다란 술통 사이즈의 바위를 끌어안은 마물이 급강하하는 게 보였다.

"엎드려!"

나는 어린 소녀를 몸으로 감싸면서, 헤르미나 양과 쥬레바그 씨에게 경고했다.

풍이와 비슷한 딱정벌레 계통 마물이 안고 있던 바위를 놓는 게 보였다.

관성을 고려해 보면 바위는 공작이 있는 본관 홀에 명중한다.

이대로라면 공작뿐 아니라, 가까이 있는 메이드들이나 내객들까지 다치겠어.

나는 손바닥에 꺼낸 청강 못에 마력을 주입하고, 마인의 창을 만들어 냈다.

"《파헤쳐라》—수접총!!"

내가 창을 던지기 직전에, 헤르미나 양이 어깨에 올리고 있던 장총을 겨누고 방아쇠를 당겼다. 상당히 재빠르다.

그러나 바위를 부술 수는 있어도 대질량의 관성까지는 지울 수 없다.

아무도 안 보는 사이에 필요 없어진 마인의 창을 없애고 다음 행동을 시작했다.

나는 언제나 발동하고 있는 마력적인 사이코키네시스인 「이력의 손」을 뻗어서, 커다란 덩어리를 중심으로 붙잡아 관성을 죽였다.

—안 된다.

부서진 파편이 너무 많아서 전부 다 받아낼 수가 없다.

최초의 작은 파편이 본관의 벽에 명중하여 흙먼지와 파편으로 바뀌었다.

두 번째 작은 파편이 명중하여 뿜어져 나온 흙먼지가 커다란 덩어리를 가린 순간에, 그걸 스토리지에 수납하여 피해를 막았다.

다른 파편도 마찬가지 수단으로 수납했지만 모든 피해를 막을 수는 없었다.

다행히 맵 정보를 보니 방금 바위 폭격으로 사망한 사람은 없었다.

흙먼지가 걷히기 전에, 본관 앞에 크고 작은 바위 덩어리를 꺼내두었다.

"간다, 헤르미나."
"네, 쥬레바그 님!"
공작 저택 여기저기서 비명이나 노호가 들리는 가운데, 시가8검 두 사람이 달렸다.
"쥬레바그 님, 이쪽으로 가는 편이 빨라요!"
"안내해라!"
두 사람은 정규 회랑이 아니라, 스켈레톤이 나타난 영묘 근처를 지나는 지름길을 쓰는 모양이다.

"—있다! 공녀다!"
시가8검 두 사람과 교대하듯, 천으로 얼굴을 가린 검은 옷이 흙먼지 너머에서 나타났다.
아까 뒷문으로 내통자가 끌어들인 암살자들이다. 수는 3명, 모두 레벨 20대 후반의 숙련자였다.
"꺄아아아아아아아아!"
운 나쁘게 지나가던 메이드가 수상한 검은 옷들을 발견하고 비명을 질렀다.
"목격자는 모두 죽여라!"
메이드를 향해서 암살자 한 명이 나이프를 던졌다.
—그렇겐 못해.
나는 손가락 끝에 꺼낸 돌멩이를 던져 나이프를 튕겨냈다.
"말도 안 돼!"
"상대는 실력자다. 마인약을 써라!"

남자들이 막을 틈도 없이 물약을 들이켜더니, 검붉은 아우라를 둘렀다.

세리빌라 미궁에서 미적들도 썼는데, 마인약을 복용한 녀석들은 이상할 정도로 터프해지니까 힘 조절이 어렵다.

"후헤헤, 최고로군."

"그래, 우리는 무적이다."

"방심하지 마라! 흑살진으로 봉살한다."

""""그래!""""

암살자들이 뭔가 연계 기술 같은 것을 쓰려고 했지만, 그걸 상대해줄 의리는 없지.

나는 재빨리 뛰어들어서 장타로 방어 장벽을 꿰뚫고, 그대로 명치를 강타하여 한 명째를 쓰러뜨렸다. 다른 암살자들도 턱을 차서 부수어 의식을 빼앗았다.

"우, 우리들 흑살당을 이토록 쉽사리—."

처음에 쓰러뜨린 리더는 아직 의식이 있었지만, 추가 공격을 해서 침묵시켰다.

의식이 돌아오면 와이어 정도는 끊어낼 것 같기에, 술리 마법인 「마력 강탈」을 써서 마력을 빼앗은 다음에 마를 봉하는 넝쿨이라는 마력 계통 스킬 소유자용 구속 아이템으로 묶어뒀다.

"그러면—."

맵을 열어 상황을 확인했다.

광점의 움직임을 보니, 공작 저택 안의 병사들이나 사용인들이 우왕좌왕하는 게 보였다. 아까 그 충격적인 바위 폭격으로 혼란에 박차가 걸린 것 같다.

"소미에나 님, 가시죠."

그녀를 공작 곁으로 데리고 갈 생각이다.

아까 암살자의 발언을 보면 이미 소성배를 가지고 있지 않은 그녀도 타깃인 것 같단 말이지. 공작 곁에는 그나 소성배를 지키기 위한 기사들이 잔뜩 있다.

이제 슬슬 쥬레바그 씨나 헤르미나 양도 합류했을 거고.

"기다려. 나, 역시 아버님이 걱정돼!"

말이 부족했는지, 소미에나 양이 오해를 하고 있었다.

"그러니까—."

"있다! 공녀다!"

내 말 도중에, 소미에나 양이 아까 나온 창문에서 다른 검은 옷이 튀어나왔다.

"—공작님 곁으로 바래다 드리겠습니다."

소미에나 양에게 다음 말을 하면서, 추가로 오는 검은 옷을 아까와 같이 퇴치했다.

나는 소미에나 양을 옆구리에 안고서 공작이 있는 홀을 향해 달렸다. 상식적인 속도로 달리면서, 그녀의 안전을 위해 「물리 방어 부여」와 「마법 방어 부여」를 몰래 걸어뒀다.

"전투 소리?"

저택 여기저기서 누군가가 싸우는 소리가 났다. 병사들끼리 싸우는 모양이다.

이번 습격의 근간은 집안 소동이니까, 병사들 중에 배신자가 있었던 거겠지.

어느 쪽이 공작 쪽인지 판별이 안 되니까, 동료들끼리 싸우는 병사는 무시하고 공작이 있는 본관으로 갔다.

나는 영묘 옆을 지나는 지름길로 갔다.

영묘 근처에는 스켈레톤의 잔해로 보이는 인골이 굴러다니고 있었다.

그 밖에도 검은 갑옷의 기사나 은색 갑옷의 기사들 시체가 셋 정도 있었다.

여기서 침입한 것은 스켈레톤뿐이 아닌 모양이다.

—응?

인골이 굴러다니는 지면에 뭔가 빛나는 것이 있었다.

8개의 검을 겹쳐 만들어진 고리라는 별난 의장이 낯이 익었다.

—검환증.

국왕이 내리는 시가8검의 증거다.

쥬레바그 씨나 헤르미나 양 둘 중 하나가 여기를 지날 때 떨어뜨린 거겠지.

◆

"어이쿠, 위험해라."

본관 홀로 이어지는 문 앞까지 왔는데, 나는 레이더의 정보를 깨닫고 급정지했다.

바로 앞의 벽을 쳐부수며 검은 무언가가 날아왔다.

"꺄아아아아아!"

끌어안은 소미에나 양이 비명을 질렀다.

날아온 것은 검은 전신 갑옷의 기사였다. 풀페이스 투구까지 검다.

벽에 생긴 구멍으로 홀 안을 들여다보니, 시가8검 두 사람에 더해 「붉은 귀공자」 제릴 씨가 함께 도적과 싸우고 있었다. 다른 공작 가문 기사들은 소성배를 끌어안은 공작을 지키고 있었다.

싸우고 있는 상대 또한 기사다.

서로 싸우는 걸 피하기 위해서인지 아니면 침입할 때 들키지 않기 위해서인지. 갑옷도 망토도 검게 칠해놓았다.

방금 구멍에서 굴러 나온 것은 도적 쪽이었나 보다.

—그건 그렇고.

흑기사들의 움직임이 빠르다.

그들은 레벨 30부터 35정도밖에 안 되는데, 훨씬 격이 높은 시가8검 두 사람이나 제릴 씨 상대로 순식간에 당하지 않으며 분투하고 있었다.

상태를 보니, 아까 그 암살자들처럼 마인약을 쓴 것이 아니다.

그들의 흉갑 틈으로 흘러나오는 검붉은 빛.

아마도 저게 그 비밀이리라. AR표시를 보니 흑기사들의 갑옷은 보통 물건이다. 아마도 무슨 마법의 물품을 가슴팍에 감추고 있는 게 틀림없다.

"으으으……."

발치의 흑기사가 눈을 뜨려고 하기에, 턱을 걷어차서 의식을 빼앗았다.

그 녀석의 흉갑에서 어느샌가 흘러나오고 있던 검붉은 빛 또한, 그 녀석이 의식을 잃은 것과 동시에 광량이 줄어들더니 꺼져 버렸다.

이 녀석도 장비하고 있는 모양이니 먼저 정체를 밝혀놓을까.

"잠깐 실례."

흉갑을 벗겨 봤는데, 안쪽에 마법회로 같은 것은 보이지 않았다. 그 안쪽에 보이는 사슬 갑옷이나 갑옷용 속옷도 보통 물건밖에 안 보인다.

나는 손톱 끝에 만든 마인으로 사슬 갑옷과 갑옷용 속옷을 찢어내 봤다.

—으엑.

기계가 육체를 침식하여 융합된 것 같은 그로테스크 영상이 시야에 들어왔다. 그 양쪽 끝에 있는 낮은 언덕 둘에 눈이 안 갈 정도로 그로테스크다.

"꺅!"

옆에서 들여다 본 어린 소녀가 비명을 지르며, 내 등 뒤에 숨었다.

그래, 어린애한테는 좀 보여주기 어려운 느낌이지.

"어디서 본 적이—."

그 의문은 AR표시된 「마인 심장」이라는 단어로 생각이 났다.

비공정 안에서 테러를 꾸미고 있던 녀석들이 장비하고 있던 제거 불가능한 주구다.

나는 수상쩍게 맥동하는 마인 심장을 건드려 술리 마법「마력 강탈」을 써서 마력을 빼앗아봤지만, 금방 장착자한테서 마력이 충전돼 버린다.

—상황이 좋지 않군.

한순간, 마인 심장 일부가 비공정 테러 때 본 촉수 같은 것으로 바뀌려고 했다.

함부로 마력을 뽑아내면 마인 심장이 폭주해버릴 가능성이 높았다.

나는 이보다 더 조사할 여유가 있는지, 벽의 구멍으로 실내를 확인했다.

"저쪽은— 괜찮아 보이네."

수가 많은 걸 이용해 치고 빠지기를 반복하는 흑기사들에게 애를 먹고 있는 모양이지만, 원격 공격이 가능한 헤르미나 양이 착실하게 대미지를 주고 있으니 내가 개입할 필요는 없을 것 같았다.

제릴 씨도 활약하고 있다. 헤르미나 양과 연계하여 흑기사를 쓰러뜨리는 참이었다.

물론 시가8검의 필두 쥬레바그 씨는 말할 것도 없다. 이미 그들 세 사람이 흑기사의 절반을 쓰러뜨리고 있었다.

나는 안심하고서 이 마인 심장이 제거 가능한지를 조사했다.

구체적으로는 술리 마법인「투시」로 확인해 봤는데…….

—제거 불능.

그 말이 빈 말이 아니었다.

마인 심장에서 뻗은 실 같은 촉수가, 심장부터 굵은 혈관이나 폐에 엉킨 것처럼 뻗어 있었다.

억지로 뜯어내면 확실하게 목숨을 잃을 것이다.

엘릭서를 쓰면 억지로 뜯어낸 다음에 재생이 가능할지도 모르지만, 현시점에서 생명의 위기인 것도 아닌 상대에게 목숨을 베팅하는 도박을 시킬 생각은 없었다.

나는 흑기사를 그녀의 망토로 덮어 가슴을 가린 다음, 엄중하게 묶어서 눕혀뒀다.

"이제 그만 가죠."

실내의 흑기사가 두 사람까지 줄었기에, 공작 곁으로 소미에나 양을 데리고 가기로 했다.

나는 발치에 떨어져 있는 흑기사 것으로 보이는 미스릴제 한손검을 줍고, 반대쪽 손으로 소미에나 양을 끌어안고 방 안으로 들어갔다.

"펜드래건 경!"

홀 안에 들어온 우리를 처음 발견한 헤르미나 양이 웃었다.

이마나 목덜미에 흐르는 땀을 보니, 그렇게 여유가 있는 싸움은 아니었나 보다.

나는 비스탈 공작이 있는 안전지대에 소미에나 양을 들여보냈다.

"아버님!"

"소미에나!"

소미에나 양의 목소리에 공작이 반응했다.

사랑하는 딸을 보고 걱정스러웠던 표정이 나를 보고 분노의 형상으로 바뀌었다.

"이 어리석은 놈! 소중한 소미에나를 이런 곳에 데리고 오다니!"

"잠깐, 아버님! 이 분은 제 부탁을 들어줘서 데리고 와 줬어요."

비스탈 공작이 침을 튀기며 나를 매도하자, 소미에나 양이 나를 감싸주었다.

나는 어쩌면 공작이 소성배만 소중히 여기는 거 아닐까 싶었는데, 소미에나 양도 분명히 소중한 모양이군.

"수상한 자가 아가씨의 방을 뒤졌습니다. 그 장소에서는 아가씨를 지킬 수 없다고 판단하여 여기로 데리고 왔습니다."

"으, 그으으으."

아무래도 비스탈 공작이 납득해준 모양이다.

"그건 그렇고, 어디서 이 많은 도적이?"

나는 공작 근처에 진을 친 헤르미나 양에게 물었다.

"거석 폭격의 혼란을 틈타서, 스켈레톤들과 같은 경로로 들어왔나봐."

아하. 그 타이밍에 나타난 스켈레톤의 붉은 광점 무리에 한 발 늦게 섞였다는 건가…… 어쩐지 내가 깨닫지 못했더라.

—어라?

레이더에 비치던 붉은 광점 몇이 다가온다.

그건 아까부터 깨닫고 있었는데, 그 중에서 둘이 이미 홀 안에 있어야 하는 위치였다. 나는 맵을 입체 표시로 전환했다.

—쩌적.

미약한 소리를 엿듣기 스킬이 포착했다.

"위입니다! 헤르미나 님!"

천장의 유리창을 깨고서, 두 사람의 검은 옷— 암살자가 뛰어들었다.

"……■ 공기 망치(에어 해머)."

"……■ 공기 벽(에어 쿠션)."

암살자들이 공중에서 바람 마법을 썼다.

"왕도의 영혼이여, 신하를 수호하라 ■ 수호 결계(프로텍션 필드)."

공작이 외치자, 술리 마법「방어벽」같은 투명한 방어 장벽이 나타났다. 도시 핵을 이용한 거겠지.

그 수호 결계는 바람 마법을 가볍게 받아내어 공작 일행을 지켰다.

헤르미나 양이 쏘아낸 마법총의 탄환은 공기 벽을 찢어내고, 암살자 두 사람을 공중에서 꿰뚫었다.

미약한 시간을 두고서 떨어진 암살자의 몸이 공기 벽 너머로 수호 결계에 닿아 조금 떨어진 장소에 떨어졌다. 내가 보기에 공작 일행 건너편이다.

"후우, 영혼이여. 수호에 감사한다."

공작의 말에, 그를 지키고 있던 수호 결계가 사라졌다.

계속 쳐두는 게 안전할 텐데 그러지 않는다는 건, 뭔가 제한이 있는 거겠지.

"경고 고마워. 덕분에 살았어—."

"아직입니다!"

암살자들의 체력 게이지(HP)가 제로가 아니었다.

튕겨 일어난 암살자들이 검붉은 아우라를 두르면서 공작과 헤르미나 양을 덮쳤다.

"말도 안 돼. 마법총 탄환이 직격했는데!"

헤르미나 양은 요격에 쓴 마법총을 암살자에게 겨누고, 공작의 수호 기사들이 밀집 진형으로 암살자와 공작 사이에 벽을 만들었다.

어느 쪽을 도울까 한순간 망설인 틈에 사태가 움직였다.

암살자 한 명이 밀집 진형을 짠 호위 기사들 다리 사이로 슬라이딩해서 빠져나가고, 또 한 명의 암살자가 영창이 짧은 「강풍(하이 윈드)」 주문으로 헤르미나 양을 향해 뭔가 가루 같은 것을 날렸다.

헤르미나 양은 한 팔로 눈과 입가를 지켰다. 응, 과연 대단해.

"왕도의 영혼이여, 신하를—."

공작의 영창이 제때 안 끝나겠다.

나는 순동으로 공작 앞에 나섰다.

공작의 눈앞으로 다가오는 검은 단검을 암살자의 팔과 함께 차올렸다.

"크아아아아아아."

몸을 젖히는 암살자의 몸에 호위기사들의 검이 차례차례 박혀 목숨을 빼앗았다.

죽음 직전에 암살자가 쏘아낸 붉은 바늘을 손에 든 미스릴 검의 검신으로 튕겨냈다.

접촉한 순간, 바늘이 주먹 사이즈의 불꽃이 되어 터졌다. 그 바늘은 불 광석을 사용한 암살용 마법 도구였나 보다.

"에이잇, 한심하군! 도적에게 희롱 당하다니, 그러고도 비스탈 공작령의 기사인가!"

공작이 구해준 인사도 안 하고 부하를 질책했다.

내 바지를 누가 꾹꾹 잡아당겼다.

"고마워."

"아니요, 대단한 일은 아닙니다."

아버지보다 훨씬 예의를 잘 아는 소미에나 양의 머리를 쓰다듬었다.

◆

"—새로운 적이다!"

"막아라, 제릴!"

등 뒤에서 제릴 씨와 쥬레바그 씨가 외치는 소리가 들렸다.

이블 슬래셔
"참마선검(斬魔旋劍)!"

돌아보자, 거한의 검은 옷에게 제릴 씨가 참격 계통 필살기를 쓰는 장면이었다.

거한은 자기보다 거대한 도끼를 가볍게 휘둘러서, 제릴 씨의 필살기를 정면으로 받아내는 자세였다.

거한의 검은 도끼가 암적색의 빛을 띠고, 제릴 씨보다 늦게 기술이 발동했다.

버스트 해커
“마참강렬인(魔斬鋼烈刃)!”

붉은 호를 그리는 두 필살기가 격돌했다.

눈부신 섬광이 주위를 물들이고, 새된 금속음과 여파가 바닥을 파헤치는 굉음이 귀를 때렸다.

—저건.

나는 저 기술을 두 번 본 적이 있다.

두 번 다 왕도에서다.

거한 옆에 그의 정체가 AR표시로 나타났다.

그러나, 이제 와서 그걸 확인할 것도 없다.

그는—.

“미스릴의 탐색자를 얕보지 마라!”

밀려나고 피보라를 뿌리며 무너진 자세에서, 제릴 씨가 가장 빠른 찌르기를 뿜었다.

이블 피어서
저건 한손검 필살기 「관마천검(貫魔穿劍)」일 것이다.

그 찌르기는 검은 옷의 몸에 닿지 않았지만, 그의 얼굴을 가리는 검은 천을 찢어냈다.

“고, 고우엔!”

내 등 뒤에 있던 공작이, 떨리는 목소리로 거한의 이름을 불렀다.

“어째서, 네가 여기에 있나!”

“말도 안 돼…….”

동료의 모습에 쥬레바그 씨와 헤르미나 양 두 사람이 놀란 소리를 냈다.

검은 옷의 거한— 고우엔 씨는 말없이 돌진했다.

고우엔 씨의 돌진을 막고자 헤르미나 양의 마법총이 차례차례 불을 뿜었다.

그러나, 고우엔 씨는 멈추지 않았다.

스친 총탄에 외투가 찢어지고 피가 뿜어져 나와도, 개의치 않고 공작에게 다가선다.

찢어진 외투 틈으로 검붉은 빛이 흘러나왔다.

아까 그 흑기사들과 같다.

고우엔 씨 또한 마인 심장이라는 제거 불가능한 주구를 몸에 묻은 것이리라.

내 뇌리에 아내와 아이의 세밀화를 보여주며 명랑하게 웃는 얼굴이 스쳤다.

그는 마인 심장의 장착자가 보름 이상 살아남은 사례가 없다는 걸 알고 있을까……?

"어림없다!"

괜한 생각에 잠긴 내 의식을 쥬레바그 씨의 외침이 되돌렸다.

쥬레바그 씨가 고우엔 씨 앞으로 뛰쳐나와 노호 같은 연속 찌르기를 뿜었다.

"—칫."

아무리 고우엔 씨라도, 이건 무시할 수 없어서 거대 도끼로 쥬레바그 씨의 찌르기를 막아냈다.

아까 같은 필살기를 쓰지 않는다.

아무래도 틈이 커지기 때문이다.

격렬하게 공수를 바꾸면서 카강카강 부딪힐 때마다 마인의 붉은 빛이 흩어져서, 그 파편이 두 사람의 몸을 태웠다.

쥬레바그 씨가 밀리고 있다.

그것도 무리가 아니다.

마인약조차도, 레벨 10 분량 가깝게 전투력을 올려주는 것이다.

마인 심장은 그보다도 효과가 높다.

본래 실력이 팽팽했던 두 사람이다.

마인 심장으로 전투력이 올라간 고우엔 씨가 우세해 지는 것도, 당연한 귀결일지도 모른다.

레이 링 아머
“빛 고리 갑옷이!”

쥬레바그 씨가 두르고 있던 빛이 사라졌다.

그의 몸을 지키고 있던 빛 마법의 방어 장벽이 고우엔 씨의 맹공을 받아 깨져버린 것이리라.

마법총으로 지원하던 헤르미나 양이 빛 고리 갑옷의 영창을 시작했다.

헤르미나 양의 견제 사격이 사라진 쥬레바그 씨가 수세로 몰렸다.

—뭔가 이상해.

아주 미약하지만, 고우엔 씨의 공격을 피할 때마다 쥬레바그 씨의 움직임이 둔해졌다.

“가세하겠습니다.”

최종 방어 라인이란 생각으로 공작 일행 앞에 진을 치고 있었지만, 이대로는 쥬레바그 씨가 져버린다.

"사토냐!"

대답한 것은 괴롭게 호흡하는 쥬레바그 씨가 아니라 고우엔 씨였다.

고우엔 씨가 크게 휘두른 도끼로 내 접근을 방해했다.

—뭐지?

도끼가 다가올 때 오싹하고 등골이 식었다.

〉「마력 강탈」에 저항했습니다.

라이프 드레인

〉「생명 강탈」에 저항했습니다.

로그에 눈길을 주자, 그런 표시가 있었다.

—생각났다.

저 도끼는 박물관에서 본 저주받은 무기다.

분명히 벤 상대의 마력과 생명력을 빼앗는다고 설명이 적혀 있었다.

아무래도 실제로는 베지 않아도, 근처를 스치기만 해도 추가 효과가 있는 모양이다.

AR표시에 뜨는 쥬레바그 씨의 각종 게이지를 확인해 보면 한 번에 빼앗을 수 있는 양은 미약한 것 같지만, 실력이 팽팽한 상대와 아슬아슬한 싸움을 할 때는 무시할 수 없는 효과가 있는 모양이다.

나는 쥬레바그 씨와 교대하여 고우엔 씨 앞을 막아섰다.

"괜찮겠나? 그렇게 계속 접근전을 해도?"

"도끼의 특수능력이라면 알고 있습니다."

고우엔 씨의 공격이 무겁다.

단순하게 거대 도끼의 질량도 있지만, 마인 심장의 부스트 탓에 일격일격이 필살기처럼 무거워졌다.

아무리 그래도 검은 상급 마족 정도는 아니지만, 미궁도시에서 싸운 마족 루더만은 가볍게 뛰어넘는다.

잠시 상대하고 있는데, 고우엔 씨가 괜한 이야기를 시작했다.

"이 자식, 역시 실력을 숨기고 있었군?"

"아뇨. 사지에서 실력 이상의 힘이 나온 것뿐입니다."

"잘도 지껄이는군!"

고우엔 씨의 발놀림으로 깨달았다. 그는 나랑 쥬레바그 씨의 틈을 찔러서 공작을 공격할 타이밍을 재고 있는 모양이다.

"터프한 자식이야."

고우엔 씨의 사각에서 쥬레바그 씨의 찌르기가 뿜어져 나갔다.

휘몰아치는 마인의 빛을 보니, 창 필살기인 「나선창격」이 틀림없다.

"칫— 마참강렬인!"

혀를 차면서, 고우엔 씨가 필살기를 썼다.

평소와 다르게 수평 방향으로 발동한 필살기로 나를 견제하고, 그 기세 그대로 몸을 틀어서 쥬레바그 씨의 필살기를 요격했다.

두 사람의 필살기가 격돌하고, 그 여파가 바닥의 비싸 보이는

융단을 방사 형태로 찢어냈다.

여파에서 공작 일행을 지키고자, 호위 기사들이 방패를 들어 밀집 진형을 만들었다.

—응?

붉은 광점이 하나 늘어났다.

고우엔 씨를 견제하면서 곁눈질로 보자, 반투명한 흑기사 한 명이 공작 일행 뒤에서 몰래 다가가는 모습이 보였다.

보이는 모습을 보니 빛 마법을 이용한 환영이나 투명 망토 같은 걸 썼겠지.

"헤르미나 님! 뒤에 도적입니다!"

나는 품에서 투척용 세단검(스틸레토)을 꺼내 도적을 향해 던졌다.

단검을 크게 피한 흑기사가 모습을 드러냈다.

흑기사는 본 적이 있는 노란색 창을 들고 있었다.

"쟈고우! 너까지 그래!"

헤르미나 양이 비명 같은 소리로 물으며 마법총의 총구를 겨누었다.

"나는 쟈고우 같은 고결한 기사가 아니다! 나는—."

광대 같은 노란 창 기사의 말을 마지막까지 듣지도 않고, 헤르미나 양의 총탄이 그를 공격했다.

"맞을 것 같나!"

노란 창 기사가 순동으로 총탄을 피하고 헤르미나 양에게 다가갔다.

나와 리자한테 무참하게 당한 녀석이라고 생각하기 어려운 움직임이다.

“한눈팔지 마라!”

내 쪽으로 피에 젖은 쥬레바그 씨가 날아왔다.

그 너머에는 마참강렬인의 발동을 시작한 고우엔 씨가 보였다.

나는 선택지가 없다. 쥬레바그 씨를 피하면 요격하러 가기 전에 고우엔 씨의 필살기가 발동하여 쥬레바그 씨가 두 동강 난다.

나는 쥬레바그 씨를 받아내고, 그대로 후방— 간격 밖으로 뛰었다.

“너라면, 그럴 거라고 생각했다!”

순동에 이어 발동한 마참강렬인이 쥬레바그 씨의 등으로 다가왔다.

—예상했던 그대로라 다행이야.

나는 몸을 틀어서 쥬레바그 씨와 위치를 바꾸고, 돌아보면서 미스릴 검으로 마참 강렬인을 억지로 요격했다.

굉음과 함께 내가 든 미스릴 검이 중간쯤에서 부서지고, 붉은 빛과 함께 흩어졌다.

평소처럼 받아 흘리는 게 아니라 얇게 마인을 치기만 한 미스릴 검으로, 필살기를 발동한 고우엔 씨의 거대 도끼를 정면으로 받아내는 건 무리가 있었나 보다.

미스릴 검을 부순 거대 도끼가 다가온다.

그러나, 기세는 줄었다. 마력 갑옷을 부분 전개한 무릎으로 거대 도끼 측면을 걷어차 그 필살기 공격에서 벗어났다.

고우엔 씨가 우리를 방치하고 공작을 향해 대쉬했다.

나는 바닥에 뒤로 쓰러지면서 쥬레바그 씨를 놓고, 땅바닥 아슬아슬한 자세에서 몸을 비틀어 바닥을 차고 따라갔다.

"방해는 못 한다, 펜드래건!"

노란 창 기사가 내 앞을 막아섰다.

그와 대치하고 있던 헤르미나 양이 이마에서 피를 흘리며 고우엔 씨에게 마법총을 겨누는 게 보였다.

발치에 떨어져 있던 철검을 주워서 노란 창 기사를 상대했다.

"비켜!"

마인 심장으로 강화된 노란 창 기사는 시가8검에 필적하는 신체능력을 발휘했지만, 힘 조절을 잊은 나에게 저항할 수 있을 리 없었다.

노란 창 기사가 한 방에 날아가고, 넓은 홀 구석까지 몇 번이나 바운드하면서 굴러갔다.

되돌린 시선 끝에, 헤르미나 양의 총탄을 피한 고우엔 씨가 그녀를 베는 게 보였다.

다행히 마법총을 방패삼아서 치명상은 피한 것 같지만, 어깨에서 새빨간 피를 흘리며 등 뒤에 감싸고 있던 공작 일행 너머로 날아가 버렸다.

공작을 지키고 있던 기사들이 밀집 진형을 짰지만, 시가8검조차 대항할 수 없는 상대를 억누를 수 있을 리 없었다.

기사들이 몇 초도 못 버티고 쓸려나갔다.

아까처럼 공작이 도시 핵을 이용한 수호 결계를 쳤다.

"마참강렬인!"

고우엔 씨의 필살기가 지근거리에서 발동하여, 수호 결계를 일격으로 파괴해 버렸다.

붉은 빛과 수호 결계를 구성하는 희미한 파란 빛의 파편이 흩어졌다.

발길이 멈춘 지금이라면 갈 수 있다.

"못 간다아아아아아아아아아아아!"

순동을 발동하려는 내 앞에 피투성이 노란 창 기사가 뛰어들었다.

마인약을 쓴 녀석들도 기이하게 터프했지만, 마인 심장을 쓰면 그 이상인가 보다.

나는 아까보다 힘을 담아서 노란 창 기사를 때려눕혔다. 손에 전해지는 기분 나쁜 감촉에 죽여버린 게 아닌가 싶어 조바심이 났지만, 일단 살아 있다.

"그, 그만, 그만둬라아아아아."

자신에게 다가오는 고우엔 씨를 막으려고 공작이 팔을 뻗으며 절규했다.

"신의 불충, 용서하소서."

고우엔 씨가 공작에게 거대 도끼를 휘둘렀다.

그 도끼가 중간에 멈췄다.

"아버님을 죽이지 마!"

양손을 펼친 소미에나 양이 공작을 감싸며 막아서고 있었다.

거대한 도끼는 그녀의 코앞에서 멈췄다.

"미안."

씁쓸한 표정으로 소미에나 양을 밀어내고, 절망에 물든 공작의 얼굴에 도끼를—.

"—사토냐."

자신의 도끼를 막아낸 검을 보고, 고우엔 씨가 그 검을 들고 있던 나를 노려보았다.

그곳에 붉은 광탄이 날아들었다.

저건 쥬레바그 씨의 마인포다.

"여전히 무리를 하는 사람이야."

마인포를 거대 도끼로 튕겨낸 고우엔 씨가 피바다에 가라앉은 쥬레바그 씨를 향해 중얼거렸다.

아무래도, 방금 그 일격으로 힘이 다한 모양이다. 쥬레바그 씨가 피웅덩이 안에서 기절했다.

"어쩔 거지, 사토? 쥬레바그 공과 헤르미나의 지원도 없이 나와 싸울 건가?"

"글쎄, 어떻게 할까요?"

방금 전까지는 시가8검을 지원하여 그들이 고우엔 씨를 제압하도록 할 셈이었지만, 그 두 사람이 퇴장해버린 지금 그럴 수도 없게 됐다.

마인 심장으로 부스트된 시가8검을 1대 1로 쓰러뜨려 버리면, 시가8검 후보의 「후보」가 떨어질 게 뻔했다.

"비스탈 공작에게는 딱히 빚도 은혜도 없으니까요."

조금 앙갚음을 담아서, 공작을 곁눈질하며 그렇게 대답했다.

뭐 소미에나 양을 위해서라도 사실은 버릴 생각은 없지만 말이야.

"무, 무슨 말을 하느냐! 고우엔에게서 나를 지키면 영예와 영화를 마음껏 누릴 수 있다! 나를 위해서 고우엔을 쓰러뜨려라!"

내 말을 진담으로 받아들인 공작이 필사적으로 호소했다.

이 틈에 수호 결계를 다시 쳐줬으면 좋겠는데, 눈앞에서 고우엔 씨가 파괴한 탓인지 다시 칠 생각을 안 한다.

그러고 보니 왕도에서도 도시 핵을 쓸 수 있다면 전이로 도망치지 않는 게 신기하군.

자기가 지배하는 영지가 아닌 곳에서는 한정적인 힘밖에 못 쓰는 걸지도 모르겠다.

"그렇다는군. —그러나, 애검을 잃고, 그냥 철검으로 내 마도끼를 상대할 수는 없다."

"그렇지도 않습니다."

나는 철검을 겨누었다.

적당히 주운 검이라 겉모습만 어엿한 고철이었는지, 방금 한 번 도끼를 받아내기만 했는데도 검신이 중간쯤에서 휘어져 있었다.

나는 검에 마인을 둘렀다.

"철검에 마인이라니, 상식을 벗어난 짓을 하는군."

"마력 조작에는 자신이 있습니다."

이후 방침은, 그를 공작에게서 떼어내며 중상을 입은 시가8검 두 사람과 제릴 씨에게 마법약을 던지고 회복시켜서, 그들이

전선에 복귀하는 타이밍에 퇴장하여 용사 나나시로서 재등장하는 코스가 좋겠어.

"그보다도, 호흡이 정돈됐으면 이제 계속할까요?"

"들킨 거냐. ―간다!"

고우엔 씨가 노호 같은 기세로 공격했다.

몇 합 정도 맞부딪히고, 위험하다는 걸 깨달았다.

철검으로는 마인이 금방 흩어져버려서, 순식간에 부러져버렸다.

이렇게 간단히 내 마인이 흩어지는 건 철검 탓만이 아닐지도 모른다. 아마도, 고우엔 씨가 쓰는 거대 도끼의 능력이겠지. 성가신 도끼다.

내 목을 사냥하러 온 도끼를 더킹으로 피하면서 발치에 떨어진 누군가의 검을 주워 밑에서 퍼 올리는 것처럼 검을 베어 올렸다.

―으엑. 실수했다.

양쪽 손목을 잃은 팔에서 피가 뿜어져 나왔다.

베인 손목은 **거대 도끼와 함께** 내 등 뒤로 굴러갔다.

"검을 부러뜨리게 한 것도 일부러였군―. 제법인데, 사토."

양손목을 잃은 고우엔 씨가 후방으로 도약하여 거리를 벌렸다.

죄송합니다. 우연이에요.

◆

"어쩔 수 없군."

고우엔 씨가 포기가 담긴 목소리로 하늘을 우러러 보았다.

항복해준다면 대환영이다.

"■■ 섬광 자갈."

치유 마법의 영창인가 했는데, 고우엔 씨가 천장을 향해서 섬광을 뿌렸다.

"후퇴 신호인가요?"

나는 품에서 꺼낸 마법약을 쥬레바그 씨, 헤르미나 양, 제릴 씨 세 명에게 던지면서 고우엔 씨에게 물었다.

이미 암살자나 흑기사들은 전멸했지만, 서로 싸우는 병사들은 꽤 남아 있었다.

"아니, 장송의 신호다."

고우엔 씨가 어수선한 말을 꺼냈다.

폭탄 테러를 이행해도 난처하니까 검색해봤는데, 그런 걸 가진 녀석은 없었다.

"쿨럭."

꿀럭 소리가 나고, 고우엔 씨가 피를 토했다.

다음 순간, 고우엔 씨의 가슴 부분을 지키고 있던 가죽 갑옷이 안쪽에서 갈라지고 짙은 회색의 가는 촉수가 뛰쳐나와서 무엇을 할 틈도 없이 그의 온몸을 휘감았다.

"—무슨……."

SF의 크리쳐 같은 거동에 놀라고 있는데, 촉수의 표면이 결합하여 짙은 회색의 전신 갑옷으로 변화했다.

이마에서 오른쪽 머리 부분에는 인면창 같은 무늬가 생겨 있었다.

손목 부근에서 뻗은 촉수가 거대 도끼를 회수하여 돌아갔다. 촉수의 건틀릿에 손가락이 생기고, 그 손가락으로 거대 도끼를 움켜쥐는 모양이다.

"미안하군, 사토. 마적의 힘을 빌렸다."

말할 때마다, 투구의 입가나 인면창의 입이 생물처럼 움직였다.

그의 마인 심장이 폭주 상태가 됐다.

비공정 때처럼 촉수 난무 상태하고 다른 이유는 불명이다.

그는 「마적의 힘」이라고 했는데, 그는 그런 걸 안 가지고 있고 내 엿듣기 스킬로도 피리 같은 소리는 안 들렸다.

이건 맵 검색으로 「마적」이란 것을 찾는 게 확실하지만, 이 상황에서 시야를 막는 맵 검색은 그다지 쓰고 싶지 않았다.

—피리 소리가 나는 거예요.

뇌리에 포치와 타마의 모습이 스쳤다.

그건 비공정에서 촉수 난무가 발생하기 직전이었다.

『아리사—.』

공간 마법 「원거리 통화」로 아리사를 불렀다.

『네에~. 당신의 스위트 하트 아리사랍니다~.』

『포치랑 타마를 데리고 비스탈 공작 저택으로 와줘.』

『오케이, 맡겨만—.』

아리사가 말하는 도중에 기성이 그걸 가로막았다.

"펜드래거어어어어어어어어어어어언."

아까 치워버린 노란 창 기사가 고우엔 씨와 마찬가지 짙은 회색의 촉수 갑주를 장비하고 돌격해왔다.

기이하게 빠르다. 신체 강화 스킬의 보조를 받아 순동을 써도 이 정도 속도는 안 나온다.

창의 일격을 검으로 받아 흘리고, 반대쪽 손으로 노란 창 기사의 투구를 때렸다.

지금 깨달았는데, 이 녀석의 머리 부분에도 인면창 같은 것이 생겨 있었다.

"안 통한다아!"

맞으면 혼절당할 것이 확실한 일격을 버티고, 노란 창 기사가 반격했다.

보통의 마인 심장을 가진 자보다도 내구도가 높았다.

공격도 무겁고, 적어도 이 자리에서 나 말고는 대처할 수 있는 사람이 없는 건 확실하다.

다행히 완전히 기절한 사람까지 폭주 상태가 되지는 않는 모양인지, 마인 심장 장착자 중에서 촉수 갑주화가 된 것은 고우엔 씨와 노란 창 기사 둘뿐이다.

"쟈고우! 사토를 잡아둬라!"

"잡아둬? 웃기지 마라! 지금의 이 몸은 최강이다. 펜드래건, 별 것 아니다!"

위험하군.

나는 품에서 꺼낸 두루마리를 펼쳐서, 고우엔 씨와 공작 사이에 「폭축(임플로전)」 마법을 발동했다.

저 마법이라면 10초 정도는 폭풍으로 고우엔 씨를 억누를 수 있다.

나는 노란 창 기사의 돌격에 지는 시늉을 하면서 안뜰 쪽의 벽에 처박혀서, 그대로 부서진 벽과 함께 밖으로 굴러갔다.

"거기 있었나! 펜드래건."

노란 창 기사가 정신을 잃고 땅에 널브러진 **펜드래건 사작**의 몸을, 몇 번이나 창으로 찔러댔다.

"하하하하하하, 뭘 하나 펜드래건. 저항해 봐라."

노란 창 기사는 피바다에 가라앉아 저항하지 못하는 몸에, 미친 듯이 창을 계속 찔렀다.

말할 것도 없지만, 노란 창 기사가 공격하는 건 나 자신이 아니라 환영을 씌운 데미 고블린 나이트의 시체다.

위장이 들키기 전에 행동해야겠군.

나는 투명 망토로 모습을 감추면서, 빨리 갈아입기 스킬의 도움을 빌어 용사 나나시의 모습으로 변신했다.

"언제까지 할 셈이지."

나는 축지로 노란 창 기사의 등 뒤로 몰래 다가가, 노란 창 기사의 팔과 목덜미를 붙잡았다.

"누, 누구—."

말을 하려던 노란 창 기사가 돌아볼 시간도 주지 않고, 그를 구속한 채 섬구로 한순간에 홀 천장으로 이동했다.

폭축이 만든 폭풍과 폭염을 가로질러, 촉수 갑주의 고우엔 씨가 공작의 눈앞으로 다가가고 있었다.

나는 노란 창 기사를 천장의 구멍 위에서 놓고, 또 다시 섬구로 고우엔 씨 앞에 착지했다.

“우옷— 누구냐!”

“용사 나나시.”

나는 짤막하게 대답하고, 스토리지에서 꺼낸 성검 클라우솔라스로 그의 거대한 도끼를 튕겨냈다.

역시 익숙해진 무기를 쓰면 편하다.

“용사 나나시? 저왕이나 구두를 쓰러뜨렸다는?”

고우엔 씨의 물음에 고개를 끄덕였다.

천장에서 낙하한 노란 창 기사가 바닥에 박혀버렸다.

“항복해.”

그것을 곁눈질하면서, 항복 권고를 했다.

“미안하지만 그럴 수는 없다.”

“어째서?”

그걸 알고 싶다.

“미안하지만 말할 수는 없다. 말하면 주군에게 무기를 겨눈 의미도 사라진다.”

아무래도, 친가에 남겨둔 처자식이 인질로 잡혀서 입막음을 당한 패턴 같았다.

“그래.”

“이해가 빨라서 다행이군.”

—DZEEEEEAMONZHEAAAARYT.

인면창이 기분 나쁜 포효를 지르자, 고우엔 씨의 촉수 갑옷 주위에 검은 안개가 생겼다.

AR표시를 보니 고우엔 씨의 도끼와 같은 효과가 있는 것 같다.

"길을 벗어나 타락한 이 힘. 어디까지 용사에게 통하는지 시험해 보마."

"알았어."

고우엔 씨의 선언에 수긍했다.

"우오오오오오오오오오오오!"

노호 같은 공세를, 그 자리에 발을 붙이고 한 팔의 힘으로만 모두 막아냈다.

이건 상대를 얕보는 게 아니라, 실력 차이를 깨닫게 해서 항복을 권하기 위해서다.

"—마참강렬인!"

통상기에서 이어진 고우엔 씨의 필살기가 내 발치에서 정수리로 베어 올라간다.

그가 필살의 간격에서 사용한 붉은 빛의 호는 나를 빠져나갔다.

"뭐라고?"

"축지."

나는 필살기를 피한 기술의 정체를 말했다.

순동과 달리 노모션으로 쓸 수 있으니, 처음 본다면 간격을 파악할 수가 없다.

『주인님, 왔어.』

아리사 일행의 광점이 공작 저택 근처에 나타났다.

『뭔가 굉장한 일이 일어났네.』

『포치랑 타마에게 피리 소리를 추적하라고 해줘. 가능하면 피리를 확보하거나 파괴하고.』

『오케이.』

고우엔 씨와 노란 창 기사의 마인 심장을 폭주시킨 마적을 봉하지 않으면, 다른 마인 심장을 가진 자들까지 촉수 갑옷화 해 버릴 거다.

아리사 일행은 그것을 저지하기 위해서 불렀다.

『지시하기 쉽도록 전술 대화로 다시 연결할게. 그리고 둘 다 인식 저해 기능이 달린 닌자 복장을 입혔으니까 정체가 들키는 거 대책도 만전이야.』

세세한 것까지 신경 써주는 아리사가 정말 듬직하단 말이지.

"이제 그만 포기하지?"

"아직이다!"

—DZEEEEEAMONZHEAAAARYT.

고우엔 씨의 갑옷 머리 부분에 있는 인면창이 기분 나쁜 포효를 지르고, 촉수 갑옷 주위에 있던 안개가 모두 거대 도끼에 모였다.

끼익끼익 소리가 나면서 거대 도끼가 변형했다.

"헤에, 제2단계?"

"그런 것 같군. 나도 처음 본다."

고우엔 씨도 모르는 거구나.

AR표시에 따르면 공격력이나 절삭력이 2배 상승했다.

"마지막 발버둥에 어울려줘야겠다."

검은 빛을 뿜어내는 거대 도끼로 고우엔 씨가 방어를 버리고 연속 공격을 했다.

나는 「수 읽기: 대인전」 스킬의 지원과 각종 스킬이 있으니 가볍게 피할 수 있지만, 보통이라면 상당히 고전할 것 같았다.

"—마참선란인(魔斬旋亂刃)[버스트 허리케인]."

평소의 마참강렬인과 같은 모션에서 뿜어져 나온 필살기가 도중에 변형하여, 가로 베기, 세로 베기, 대각선 베기로 차례차례 변하면서 공격해왔다.

거기다 거대 도끼가 기술 도중에 변형하여 간격이 변하는 추가요소가 딸려 있었다.

나는 마력 갑옷을 두르고, 허신과 축지의 합체기로 고우엔 씨의 필살기를 피해냈다.

물론, 우리들이 선 바닥은 필살기의 여파로 참담한 꼴이다.

"펜드래거어어어어어어어어언!"

노란 창 기사가 검은 빛을 띠면서, 나를 향해 나선창격을 뿜었다.

한순간 정체가 들킨 건가 생각했지만, 광기를 띤 노란 창 기사의 눈을 보니 상대의 판별이 안 되는 것뿐이라는 걸 알겠다.

이 녀석을 상대하는 사이에 고우엔 씨에게 공작이 죽으면 곤란하다.

조금 난폭하지만, 노란 창 기사의 양팔과 양다리를 잘라내 행동불능으로 만들었다.

공중에 있는 사이에 그의 노란 창과 양팔과 다리를 「이력의 손」으로 붙잡아서 스토리지에 수납했다.

나중에 상급 마법약을 사용해서 붙여줄 테니까, 한동안 참아.

나는 노란 창 기사가 출혈로 죽지 않도록, 하급 치유 마법으로 상처를 막아뒀다.

"나, 날 구해라! 용사!"

공작의 외침이 들렸다.

우려한 것처럼, 노란 창 기사의 상대를 하는 미약한 시간에 고우엔 씨가 공작 살해를 꾀한 모양이다.

공작은 수호 결계를 다시 쳤지만, 그렇다고 해서 방치할 수도 없었다.

나는 축지로 공작 앞에 이동하여, 고우엔 씨의 촉수 손목을 베어 떨어뜨리고 그 가슴을 있는 힘껏 걷어찼다.

거대 도끼를 「이력의 손」으로 만져 스토리지로 회수하고, 바닥에서 버둥거리는 촉수를 마인포로 태워 버렸다.

"펜드래거어어어어어어어어어어언!"

촉수 갑옷에서 뻗은 촉수 팔을 써서 네발짐승 같은 모습이 된 노란 창 기사가 내 쪽으로 엉금엉금 다가온다.

촉수가 부족했는지 촉수 갑옷의 투구가 풀리고, 노란 창 기사의 얼굴이 노출된 것이 초현실적이다.

2개의 광탄이 노란 창 기사의 머리 부분에 명중하여, 그 머리를 부수어 수박처럼 흩어버렸다.

"쥬레바그 공 일행이, 전선에 복귀했나……."

고우엔 씨가 중얼거렸다.

그가 말한 것처럼, 노란 창 기사에게 마무리를 지은 것은 쥬레바그 씨의 마인포와 헤르미나 양의 마법총 탄환이었다.

"■■ 섬광 자갈."

고우엔 씨가 빛의 자갈을 뿌렸다.

—위기 감지.

나는 스킬의 경종을 믿고서, 고우엔 씨의 행동을 막고자 뛰어들었다.

그러나, 뛰어들었을 때는 이미 모든 것이 끝난 모양이다.

촉수의 손이 그의 갑옷 이마로 뻗었다.

그 손에는 붉고 긴 뿔— 사람을 마족으로 바꾸는 사악한 주구가 있었다.

고우엔 씨의 몸을 감싼 촉수 갑옷이 맥동하더니, 팽창하기 시작하여 거대화했다.

『피리 가진 사람 발견했어~?』

『난처한 거예요. 피리를 안 주는 거예요.』

『못 불면 돼. 수면약을 써봐.』

난처한 목소리의 타마와 포치에게 지시를 내리고, 나는「이력의 손」으로 부상자나 전투불능 상태인 자들을 홀 바깥으로 이동시켰다.

『아리사, 내가 운반한 녀석들을 어딘가 안전한 장소로.』

『오케이.』

자력으로 걸을 수 있는 공작 일행의 탈출은 호위 기사들에게 맡기고, 아리사에게 전체 지원을 부탁했다.

"돕지."

"미력하지만 돕겠습니다."

가세하려는 쥬레바그 씨와 헤르미나 양에게 고개를 옆으로 저었다.

"필요 없어. 그보다도—."

나는 홀 바깥으로 피난을 시작하는 공작 일행을 가리켰다.

"저쪽을."

쥬레바그 씨는 조금 망설인 것 같지만, 금방 결단하여 헤르미나 양과 함께 달려갔다.

◆

"DZEEEEEEAMONZ—."

마족화한 고우엔 씨가 천장을 향해서 울부짖었다.

그는 이미 고우엔 씨가 아니게 된 건지, AR표시의 정보에서 이름이 사라지고 종족이 마족으로 변해 있었다. 51이었던 레벨도 지금은 60까지 올라가 있었다.

긴 뿔로 변할 수 있는 건 중급 마족이었을 텐데, 본래 레벨이 높았던 고우엔 씨가 써서 그런지 상급 마족에 필적하는 레벨이 되어 있었다.

몸도 거대화되고, 키도 방금 전보다 3배 가까운 6미터가 되었다.

갑주 같았던 표면도 생물 같은 느낌으로 변하고, 투구에 뒤덮여 있던 부분도 문드러진 느낌의 얼굴이 되어 있었다. 어쩐지 고우엔 씨의 생김새가 남아 있다.

그러고 보니, 투구에 있던 인면창도 어디론가 사라져 버렸다.

『마적 회수 완료. 포치랑 타마는 기절한 도적들 구속과 비전투원 피난 유도를 하고 있어.』

『묶어묶어묶어링, 묶어묶어링~?』

『포치는 깃발 유도의 프로인 거예요.』

건너편은 맡겨도 되겠다.

“공작은, 도망쳤NWA.”

포효를 마친 고우엔 씨가 나를 내려다보았다.

그는 마족화하고서도 자의식을 유지할 수 있는 모양이다.

“마족이 되어서까지 죽이고 싶었어?”

“그래. 그것BBAKK에, 없다.”

고우엔 씨가 띄엄띄엄 대답했다. 가끔 이상한 소리가 섞여서 알아듣기 어렵군.

처자식을 구하는 방법이 달리 없었다는 건가…….

“내가 구하러 가줄 수 있는데, 그래도 안 돼?”

“도박은, 할 SSU 없다.”

도박—이라.

내 능력을 모르면 그렇게 생각하는 것도 어쩔 수 없지.

“본래, 이 몸의, 여명은, 길ZZi않다아.”

마인 심장의 장착자는 보름도 못 버티고 죽는 모양이다, 라고 재상도 말을 했었지.

그는 모든 것을 알고서도, 자기 목숨보다 처자식의 목숨을 선택한 거겠지.

"간DWAAAAAAA."

고우엔 씨의 손이 변형되어, 생물 같은 느낌의 거대 도끼를 만들었다.

촉수 갑주 상태하고는 수준이 다른 일격이 홀의 바닥을 부수고, 여파가 홀의 벽을 날려버렸다.

나는 술리 마법의 「자유 방패」를 6장 꺼내 여파나 잔해에서 몸을 지키고, 그의 공격이 나를 향하도록 천구로 그의 눈앞에 몸을 드러냈다.

검은 상급 마족에도 필적하는 공격을, 나는 클라우솔라스나 자유 방패로 막았다.

마족화한 고우엔 씨의 도끼 공격은 3번부터 5번 정도로 자유 방패를 한 장 부쉈다. 미궁에 있던 사룡의 브레스 20~30퍼센트 정도의 위력이다.

하지만 아무리 위력이 높은 공격이라도 맞지 않으면 의미가 없다.

나는 섬구와 축지, 허신과 회피 같은 스킬을 구사해서 고우엔 씨를 농락했다.

몇 번이나 그를 쓰러뜨릴 수 있는 순간이 있었지만, 처자식의 세밀화를 보여주며 명랑하게 웃는 그의 얼굴이 뇌리를 스쳐서 도무지 그걸 실행하지 못하고 있었다.

"왜 그RRU나, 용사!"

—DZEEEEEEAMONZHEAAAARYT.

고우엔 씨가 포효를 지르고, 입 안에서 빔 같은 브레스를 토했다.

공작 저택의 첨탑 하나를 대각선으로 베어내고, 더욱이 근처 귀족 저택의 건물 하나를 부쉈다.

"이대로 괜히 전투를 오래 끌면, 피해가 확대되겠어……."

나는 마음을 굳게 먹고, 고우엔 씨의 품으로 뛰어들었다.

"드디어, 의YOOK이, 생겼나! —마참강렬인!"

10미터 가까운 높이에서 내리치는 거대 도끼 공격을, 마력을 듬뿍 담아 거대화시킨 성검 클라우솔라스로 요격했다.

거대 도끼를 두 동강으로 잘라내자, 생물처럼 검은 피가 흩어졌다.

나는 그대로 곧장, 어깨부터 대각선으로 심장을—.

무심코 망설여버린 틈을 찔려서, 고우엔 씨의 거대한 팔에 날아가 버렸다.

—위험해.

무너진 벽 너머로 뛰쳐나온 고우엔 씨가 검은 빔 브레스를 토하는 게 보였다.

모습은 안 보이지만, 레이더에 비치는 광점을 보고 그 앞에 공작 일행이 있는 걸 알 수 있었다.

나는 그들을 지키기 위해서, 섬구를 발동—.

"못한다, 라고 고합니다."

벽 너머로 뛰쳐나온 나는 검은 빔에서 공작 일행을 지키는 황금 기사의 모습을 보았다. 나나다.

"유생체에 대한 폭행은 엄금이라고 경고합니다."

"BIKKYU라!"

마족화한 고우엔 씨의 돌진도, 성채 방어— 포트리스를 전개한 나나에게 막혔다.

황금 갑옷에 이제 막 넣은 보이스 체인저 기능 덕분에 나나의 목소리라는 건 알 수 없지만, 말투가 특징적이라서 아는 사람이 들으면 금방 들킬 것 같다.

"KWO오오!"

오른팔의 손목 끝을 촉수로 되돌린 고우엔 씨가 나나의 방어 너머로 공작을 노리고자 했지만, 그것은 저 멀리서 날아온 파란 광탄이 모두 꿰뚫었다.

—루루다.

가까운 수도교 위에서 저격한 모양이다.

『주인님, 멋대로 굴어서 미안해. 만약을 위해서 다른 애들도 불러뒀어.』

전술 대화 너머로 아리사가 사과했다.

『아니, 덕분에 살았어.』

내 망설임 탓에 공작 일행이 죽어버릴 참이었다.

『의사 정령?』

『미안, 미아. 정령을 쓰면 아무리 그래도 들킬 거야.』

『우웅.』

미아는 루루 옆에서 호위를 해주고 있는 모양이다.

"마참선란인!"

팔을 도끼로 되돌린 고우엔 씨가 필살기를 눈속임 삼아 나나 옆을 빠져나가려고 했다.

"마창용퇴격(魔槍龍退擊)!"

그때 한 줄기 붉은 빛이 포탄 같은 속도로 격돌했다.

—리자다.

두 필살기가 교차하고, 선명한 빨강과 암적색의 빛이 눈부신 섬광을 뿌렸다.

그 팽팽한 상태는 용창을 든 리자 쪽이 우세해져서, 고우엔 씨의 도끼가 부서지고 그 여파로 두 사람이 정원 너머로 날아가 버렸다.

"여기는 맡기고, 얼른 피난해."

나는 참전하려고 창을 겨누는 쥬레바그 씨에게 말하고 리자 뒤를 따랐다.

쥬레바그 씨는 조금 망설인 것 같지만, 공작 일행의 보호를 우선해준 모양이다.

"용사의, 종자NOOM드을!"

정원 너머로 가자, 고우엔 씨가 브레스로 리자를 내쫓는 모습이 보였다.

나는 고우엔 씨 앞으로 나서서, 홀에서 싸움을 재현하는 것처럼 지근거리에서 싸움을 시작했다.

『고마워, 리자. 뒤는 나한테 맡겨라.』

전술 대화로 리자에게 말했다.

『주인님, 주제넘지만 마무리는 저에게 맡겨주십시오.』

아무래도 아까 한심스런 모습을 보고 있었던 모양이다.

『주인님 대신 손을 더럽히는 것은 노예인 저의 역할입니다.』

리자가 진지한 눈으로 나를 보았다.

『안 돼, 그건 안 돼.』

내가 싫어하는 일을 피보호자에게 떠넘기는 건 잘못됐다.

『그렇지만…….』

『그만, 스톱!』

그때 아리사가 끼어들었다.

『알맹이 없는 대화는 거기까지만 해둬.』

『예스, 아리사. 말살이 아닌 무력화 수단 검토를 추천합니다.』

『응, 발상 전환.』

『빙그르~르.』

『터언인 거예요!』

동료들이 차례차례 의견을 냈다.

아무래도 모두에게 걱정을 끼쳤나 보다.

『뿔을 부러뜨리거나, 촉수 인간의 씨앗이 된 마인 심장—이었나? 그걸 제거하는 건 안 돼?』

『주인님, 비공정 때처럼 촉수가 폭주 상태가 되면 무력화할 수 있지 않을까요?』

아리사의 말에 떠올랐는지, 루루가 의견을 내주었다.

『아니, 마족화하기 전에 이미 폭주 상태였어.』

『비공정 때하고 뭐가 다른 걸까?』

『소리.』

아리사의 의문에 미아가 대답했다.

『소리?』

『응, 바람 소리, 리듬 흐트러짐.』

소리.

바람 소리.

나는 안 들리는 마적 소리.

『그렇네, 그거다! 타마, 포치, 아까 그 피리!』

그들을 폭주 상태로 만든 마적이 열쇠다.

"마음이 엉뚱HHAN 곳에 있구나!"

시야가 급격히 흘러가고, 수풀에 처박혔다.

대화에 너무 집중하느라 고우엔 씨의 공격을 미처 회피하지 못한 모양이다.

은근히 아프네. 시야 구석에 표시되는 체력 게이지 수치를 보니, 몇 포인트 대미지를 입었다.

뭐, 보고 있는 동안 자가회복 스킬로 완전 회복했지만.

아픈 건 싫으니까, 집중을 제대로 해야겠네.

"피리~."

"가져온 거예요!"

수풀 안에 닌자 복장의 타마와 포치가 있었다.

황금 갑옷을 안 입은 둘은 여기서 관전하고 있었나 보다.

나는 둘에게 인사를 하고 마적을 받아서, 리자가 분전하는 전장으로 돌아갔다.

『리자, 잠깐만 부탁한다. 루루, 아리사, 지원해줘.』

『알겠습니다!』

『네! 노려서 쏠게요.』

『오케이, 위험한 공격은 아리사한테 맡겨둬.』

나는 듬직한 대답에 고개를 끄덕이고, 마적을 입에 댔다.

어떻게 불면 폭주 상태가 되는지 알 수가 없으니, 마적을 불었던 부인이 분 피리의 멜로디를 재현해봤다.

역시 소리는 안 들린다.

"마적? 어ZZE서 네놈이!"

『뉴우~.』

『꺄웅, 인 거예요.』

고우엔 씨가 동요하는 건 그렇다 치고, 어째선지 수풀 안에서 타마와 포치가 귀를 누르면서 버둥버둥거리기 시작했다.

리듬감이 없는 내 연주가 진행되자, 고우엔 씨가 절규하기 시작했다.

"우오오오오오오오OWO오오오오오OWO오오오오."

—DZEEEEEAMONZHEAAAARYT.

그의 피부가 불룩불룩 맥동하더니, 일부 피부가 붕대가 풀리는 것처럼 떨어지며 흔들렸다.

—어?

한순간이었지만, 느슨해진 짙은 회색 피부 안에 갈색 피부가 보였다.

그리고 AR표시가 알려주었다. 「고우엔」이란 이름의 정보와 공백의 정보가 겹치면서 이름란이 표시된 것이다.

그러고 보니 재상이 말했었지.

마인 심장에는「결정화된 마족의 심장」이 내포되어 있다, 라고.

폭주 상태라는 것이, 「결정화된 마족의 심장」을 족쇄에서 풀어주는 것이라면.

저 마족은 고우엔 씨 그 자체가 아니라, 갑옷화한 마인 심장이라는 생물이 긴 뿔의 힘으로 마족화한 것이 아닐까?

물론 자의식은 분명히 고우엔 씨였다.

마인 심장이라는 연결로 고우엔 씨 자신도 마족화했을 가능성은 있다.

—그러나.

"시험해볼 가치는 있어!"

나는 성검 클라우솔라스로 고우엔 씨의 양팔과 다리를 한순간에 절단했다.

팔다리는 순식간에 촉수 상태로 돌아가서 뱀처럼 공격해왔다.

『주인님, 맡겨 주세요.』

『부탁한다.』

짙은 회색의 촉수 처리는 리자에게 맡기자.

"크OWO오."

—DZZZZEAMONZ.

비명을 무시하고, 고우엔 씨를 땅에 억눌렀다.

「이력의 손」으로 마적을 조작하고, 빈 양손에 「성광 갑옷」 스킬을 이용한 파란 빛을 깃들였다.

과거에 녹색 마족의 의사체 너머로 본체를 공격한 스킬이다.

—잘 되면 좋을 텐데.

나는 그러길 바라면서, 파랗게 빛나는 장타를 그의 심장을 향해 때려 박았다.

"우오오오오오오OWO오오오오오OWO오오오오."

—DZEEEEEAMONZHEAAAARYT.

비명과 포효가 솟아 올랐다.

파란 빛이 짙은 회색의 몸 표면을 뒤덮고, 회색 촉수가 그의 몸에서 떨어졌다.

그러나 그건 한순간이고, 또 본래대로 돌아가고자 모였다.

—그렇겐 못하지.

나는 고기에 파묻히는 감촉에 눈을 질끈 감고, 고우엔 씨의 가슴에서 마인 심장을 뽑아냈다.

『아리사!』

『알았어!』

딱 맞는 호흡으로, 아리사가 고우엔 씨의 몸을 조금 떨어진 풀밭 위로 전이시켰다.

과연 아리사. 사전에 맞춰본 것도 아닌데 내 의도를 완전히 짐작해준 모양이다.

『리자, 부탁한다.』

『알겠습니다!』

단독으로 사람 모양으로 변형하는 마인 심장 상대를, 촉수 처리를 끝낸 리자에게 부탁했다.

나는 가슴에 구멍이 뚫린 고우엔 씨 곁에 축지로 이동했다.

"쿨럭."

피를 토한 고우엔 씨의 얼굴에는 죽을상이 떠올라 있었다.

—죽으면 안 돼.

그의 아이들이나 부인을 위해서도.

나는 스토리지에서 하급 엘릭서를 꺼내, 심장을 잃은 그의 가슴에 흘려 넣었다.

점점 심장이 재생되고, 갈기갈기 찢어졌던 폐가 수복되어 갔다.

고우엔 씨는 이거면 될 거야.

『주인님—.』

리자의 목소리에 돌아보자, 마인 심장이 사람 모양으로 돌아가다 말고 리자를 끌어들이고자 촉수를 뻗고 있었다.

아무래도 핵이 되는 인간이 없으면 마족으로 존재할 수 없는 모양이다.

『기생 생물 같네.』

『그러게 말이다.』

아리사의 말에 수긍하고, 나는 리자 곁에 축지로 이동했다.

『고마워, 리자. 이제는 맡겨라.』

마인 심장이 나를 끌어들이려고 뛰어들었다.

직전에 「성광 갑옷」 스킬로 온몸을 감쌌다.

—DZZZZEAMOMZ.

황급히 떨어지려는 마인 심장을 붙잡았다.

나는 마인 심장을 붙잡은 채, 양손 사이에서 마법을 발동했다.

—화염로.

과거에 공도 지하에서 마왕「황금의 저왕」마저 태워버린 중급 불 마법이다.

—DZZzz.

긴 뿔로 마족화했다지만 마왕마저도 태워버리는 불꽃에 견딜 수 있을 리 없으니, 순식간에 타올라서 검은 안개와 짙은 회색의 잿더미가 되어 버렸다.

『주인님, 이쪽 촉수 난무는 시가8검 두 사람이 처리해줬어.』

아리사가 보고했다.

아무래도 아까 마적을 연주해서, 복도에 눕혀뒀던 여성 흑기사의 마인 심장도 폭주해버린 모양이다.

◆

"고우엔!"

내가 등에 업고 돌아온 쇠약 상태의 고우엔 씨를 보고, 헤르미나 양이 외쳤다.

동료들은 아리사가 공간 마법으로 먼저 회수를 마쳤다.

"살아있는 겁니까?"

"응, 그래. 당분간 움직이지 못하겠지만."

나는 쥬레바그 씨의 물음에 대답하면서, 고우엔 씨를 땅바닥에 눕혔다.

"살아있다고?!"

땅바닥에 주저앉은 공작이 흥분해서 일어섰다.

"죽여라! 주군에게 반기를 들고, 더욱이 부정한 주구를 이용해 길을 벗어나 타락한 어리석은 자에게는 죽음마저도 미지근하다! 반역죄로 일족을 모두 처형해주마!"

충혈된 눈을 한 공작이, 입가에 거품을 튀길 기세로 말했다.

"각하, 저 자신은 어떤 처분이든 내려 주십시오. 그러나, 공자나 저의 친족에게는 부디 관대한 조치를……."

고우엔 씨가 고개를 들어 공작에게 탄원했다.

자기 처자식보다도, 반역을 일으킨 공자의 구명 탄원을 먼저 하는 가치관을 나는 공감할 수가 없네.

"안 된다! 영주에 대한 반역은 결코 용서할 수 없는 대죄다!"

"아버님! 부탁해요. 고우엔이나 오라버님을 죽이지 마요!"

눈물짓는 소미에나 양이 공작에게 매달려 애원했다.
"아, 안 된다. 안 되는 것이다, 소미에나……."
사랑하는 막내딸의 부탁에 공작의 말투가 둔해졌다.
"나도 부탁해. 사형은 없는 걸로—."
그의 딸이나 아내가 그와 만날 수 없는 미래는 회피하고 싶었다.
죄를 갚기 위해서 무기징역이나 노예가 되는 것 정도야 괜찮겠지만.
"누구냐, 네놈은!"
"어라? 말 안 했나? 나는 시가 왕국의 용사 나나시."
공작한테 말을 안 했었나?
"용사 나나시?! 그러면, 왕조 야—."
"아니야."
국왕이나 재상이 불어넣었는지, 공작이 괜한 말을 하려고 하기에 재빨리 부정했다.
"목숨의 은인이 부탁하는 건데, 들어줄 수 없어?"
"으그그, 하는 수 없군요……. 고우엔을 죽이지 않는 것은 승낙하지요. 그러나, 시가 왕국에 반란을 일으킨 트리엘의 목숨까지는 약속할 수 없습니다."
존댓말이 된 공작에게 위화감이 느껴진다.
"아버님……."
"소미에나. 이것은 국법이란다."
법률이라면, 더 이상 끼어드는 건 안 좋으려나.
"알았어. 하지만, 되도록 아들도 목숨을 건질 수 있도록 처벌을 생각해봐."

"알겠습니다."

승낙해주다니 뜻밖이네.

"아버님, 고마워요!"

소미에나 양이 기쁜 기색으로 공작에게 안겼다.

"용사님도 고마워!"

그대로 고개만 뒤로 돌려서 웃으며 인사를 했다.

"그러면, 뒷일은 부탁할게."

나는 「강풍」 마법으로 회오리바람을 일으켜 시선을 가린 다음, 아리사의 공간 마법으로 공도 저택 으슥한 곳으로 전이했다.

투명 망토로 모습을 가리고서, 사토로서 퇴장한 장소로 이동했다.

공도 저택에서 잔해에 깔려 있던 사람들은, 「이력의 손」을 구사하여 구해냈다.

나는 일단 잔해 아래 깔린 다음 헤르미나 양이 찾으러 와준 타이밍에 잔해를 밀어내고 탈출하는 척을 했으니, 나랑 용사 나나시를 동일시하는 자는 없을 거야.

"「상처 모르는」 펜드래건이란 말이 딱이네."

어째선지 나를 본 헤르미나 양이 눈을 동그랗게 뜨면서 놀라고 기막히다는 기색으로 말했다.

그러고 보니 이런저런 일이 너무 많아서 상처를 위장하는 걸 잊고 있었군.

“그게 유일한 장점이니까요.”

“우후후, 그 밖에도 있잖아?”

헤르미나 양이 섹시하게 윙크를 했다.

어쩐지 무리를 하는 느낌이다.

“알겠습니다. 다음에 술과 요리를 보낼게요.”

“고마워, 펜드래건 경.”

억지로 기운을 내는 헤르미나 양을 위로하기 위해서도, 실력 발휘를 해볼까.

에필로그

"사토입니다. 뭐든 시작할 때보다 끝낼 때가 어렵다고 누군가가 말했습니다. 그건 이세계에서도 마찬가지인 모양이라……."

"주인님, 편지?"

"그래, 헤르미나 님이야."

서재에서 편지를 확인하고 있는데, 예쁘게 꾸민 아리사와 미아가 찾아왔다.

두 사람에게 시가8검의 총잡이 헤르미나 양의 편지를 보여줬다.

"바람?"

"아니야. 지난번 공작 저택 습격 건에 대해서야."

오해로 부풀어 오른 미아의 볼을 찌르면서, 내용을 두 사람에게 전했다.

고우엔 씨는 시가8검에서 해임, 범죄노예로 떨어진 다음 왕도의 범죄노예로 구성된 부대 무라사키의 장관이 되어 벽령의 개척 임무에 가게 되는 것이 결정됐다고 한다.

영주들이나 사법 쪽 귀족들은 반역죄로 처형을 주장했지만, 그의 무훈을 아쉬워하는 목소리가 크고, 최종적으로는 목숨을 노렸던 당사자인 비스탈 공작 자신이 국왕에게 감형을 부탁하여 그렇게 됐다고 한다.

"유배형? 하지만, 반역 공자 일당이 빼앗으러 오지 않을까? 전에 주인님이 말했잖아. 도시 핵을 지배하면 노예계약을 강제 해제할 수 있지?"

"그래, 그러니까 집행은 비스탈 공작령의 사건이 정리된 다음인 것 같아."

아리사의 말에 수긍하고, 그것이 기우라고 말했다.

고우엔 씨는 레벨이 높은 귀인을 투옥하기 위한 특수한 이궁에 유폐중이라고 했다.

내가 예상한 것처럼 그는 처자식이 인질로 잡혀서 비스탈 공작에게 칼을 겨누었기에, 그날 안에 쿠로로서 그의 부인과 딸들을 회수하여 재상에게 떠넘겼다. 현재는 고우엔 씨와 같은 이궁에 있을 거다.

"필두 씨는? 역시 해임?"

"아니, 그건 피한 모양이야."

쥬레바그 씨도 책임지고 사퇴해야 한다는 소리가 나왔지만, 그 때까지 쌓은 공적과 국왕이나 군부 중진인 케르텐 후작의 옹호를 받아, 감봉과 그가 쟁취한 지명권을 포기하는 형태로 결판이 났다.

왕도에서도 마족이 날뛰는 사건이 있었던 참이니, 무력과 실무 능력이 뛰어난 쥬레바그 씨를 유지하려는 세력이 이긴 거겠지.

"흐응, 일본이었으면 매스컴이나 여론이 몰려들어서, 사죄 회견부터 사퇴까지 갔을 텐데."

아리사의 말에 쓴웃음을 지었다.

"이거."

미아가 금박이 입혀진 비싸 보이는 봉투를 가리켰다.

"그건 비스탈 공작의 편지야."

"비스공이? 요전의 답례?"

"그건 덤이고, 참전 의뢰가 메인이더라."

비스탈 공작령의 반란 토벌군이 오늘쯤에 왕도를 출발하는 모양이다.

참전하여, 반란군 토벌에 커다란 공적을 세우면 적어도 명예 준남작, 경우에 따라서는 명예남작의 지위도 불가능하지 않다고 적혀 있었다. 거의 공수표에 가까운 데다가, 애당초 승작에 흥미가 없다.

"군 편제가 꽤 빠르네."

편지에 적혀 있는 반란 토벌군의 출발일을 본 아리사가 놀라서 말했다.

"왕국의 상비군에서 빌린 모양이더라."

왕도의 기사단 둘이 선봉 부대로 출발하고, 보병 부대와 보급 부대가 뒤따라가는 모양이다.

기사단은 용량이 커다란 아이템 박스를 가진 사람이나 「마법의 가방」으로 당장의 식료품이나 물을 운반하는 것 같다.

"흐~응, 그래서 사례는 뭐였어?"

손을 뻗은 아리사에게 공작의 편지를 보여줬다.

"웅?"

아리사 옆에서 들여다본 미아가 눈썹을 찌푸렸다.

"훈장?"

"전쟁에 돈이 필요하니까 명예로 넘어가는 느낌이네."

비스탈 공작령의 훈장 따위 딱히 가지고 싶지 않지만, 수취를 거부하면 공작의 체면이 뭉개지니까 그럴 수가 없다. 싸움을 거는 일이 되니까.

받는다고 해도, 그때는 공작에게 참전 의뢰가 올 것 같아 귀찮다.

뭐, 의뢰를 해도 거절할 거지만.

◆

"군대~?"

"퍼레이드, 인 거예요!"

오픈 타입의 마차 앞에 있는 낙하 방지난간에 올라간 타마와 포치가 전방의 길을 가리켰다.

"저건 비스탈 공작령에서 일어난 반란을 진압하기 위해 파견되는 기사단입니다요. 깃발 종류를 보니, 제3기사단입니다."

고용된 마부가 메인 스트리트를 행진하는 군대의 정체를 가르쳐 주었다.

우리들, 팀 「펜드래건」은 국왕 폐하의 초청을 받아 왕성에 가는 참이었다.

「계층의 주인」을 토벌했으니, 칭찬의 말을 받게 되었다.

사전에 받은 스케쥴 표에 따르면 국왕과 면회하는 것은 알현실에서 단시간뿐이고, 그 다음은 군무 대신 케르텐 후작에게 각자 훈장이 수여되며, 왕성에 있는 식당 하나에서 호화로운 런치를 대접 받을 예정이다. 관례로는 그 다음에 무도회도 있는 모양이군.

행렬이 지나간 다음에, 우리도 내문을 넘어 상급 귀족 구역으로 들어섰다.

"여기까지 다가오면, 성의 옆에 있는 나무도 잘 보이네."

아리사가 왕성의 주요 성곽을 따라 우뚝 서있는 거대한 벚나무 「왕벚」을 올려다보았다.

유감스럽게도 올해는 개화가 늦고 있지만, 만개한 왕벚이 백아의 왕성과 나란히 서면 참으로 장관일 거야. 늦더라도 연시에는 핀다고 하니까 지금부터 기대가 된다.

"무슨 나무~?"

"응, 벚."

미아가 대답했다.

왕도에 도착했을 때도 한 번 화제가 나왔었는데, 타마랑 포치는 기억이 안 나는 모양이다.

"벚나무는 맛있는 거예요?"

"앵두, 맛있어."

"그건 기대되는 거예요."

"미~ 투~?"

타마와 포치가 눈빛을 반짝거리며 왕벚을 올려다보았다.

"벚나무는 상당히 커지는 거군요."

"근방을 비행하는 새 수인병의 사이즈로 추측해도 100미터를 넘는 사이즈라고 보고합니다."

그런 이야기를 하는 사이에, 왕성의 정문이 다가왔다.

"아래쪽에서 올려다보니 장관이네."

"네, 자연의 웅대함이 느껴집니다."

아리사의 말에 리자가 수긍했다.

"우웅, 세계수."

"그거랑 비교하면 안 되지."

"분명히, 세계수나 거인의 마을에 있던 산수와 비교하면 작습니다만, 이 수목도 사람들의 경외를 모으기에는 충분한 존재라 생각지 않나요?"

"우움."

보기 드물게 리자가 고기와 전투가 아닌 걸로 열변을 토했지만, 세계수라는 궤도 엘리베이터 급 수목을 보고 자란 미아는 잘 모르는 감각인 것 같다.

그건 「요람」에서 자란 나나도 마찬가지인지, 무표정하게 미아와 마찬가지로 고개를 갸웃거렸다.

"리자 씨의 고향에도 저런 거목이 있었나요?"

"저렇게 커다랗지는 않았습니다만, 마을 중앙에 뿌리에서 샘물이 솟는 『은혜의 대수』라는 거목이 있었습니다."

루루의 질문에 대답한 리자의 눈에 희미하게 향수의 빛이 있었다.

과연, 그런 이유가 있으니까 왕벗을 옹호하는 말에 열의가 있었던 모양이다.

"오옷, 미남 기사가 두 명!"

아리사가 성문 좌우에 새겨진 기사상을 올려다보며 외쳤다.

높이 20미터의 기사상인데, 미궁도시의 동문을 지키는 석상과 마찬가지로 골렘의 일종인가 보다.

다만 2족보행으로 싸우는 골렘이 아니라, 허수아비처럼 감시를 하면서 고정 포대와 일체화된 특수한 골렘이다.

문 앞에 접근할 때, 술리 마법 「탐지」와 비슷한 조사파동을 느꼈다.

동료들 중에서 깨달은 건 나랑 타마 둘뿐인 것 같으니, 상당히 미약한 조사파동을 사용하고 있거나 탐지되지 않도록 위장하고 있는 것이겠지.

"순정만화 『테니×유우』에 나오는 『실점 없는 쌍벽』 라울과 스란 군 페어의 얼굴이랑 꼭 닮았어."

기사상의 얼굴을 보고 있던 아리사가 그런 말을 했다.

"혹시, 왕조 야마토도 남장한 여성이었을지 몰라."

"아리사. 불경죄가 되니까 그런 이야기는 우리끼리 있을 때만 하자."

마부가 듣지 못한 척 해주고 있으니, 나중에 팁을 듬뿍 주자.

"역시 『테니×유우』의 매력은 이세계에도 닿았구나."

"아리사도 좋아했어?"

"응, 생각보다. 주인님도 알아?"

"그래, 회사의 후배가 자주 읽었거든."

어쩌면, 회사에서 실종된 후배 씨도 이세계에 와 있다거나—.

"혹시, 여자애?"

"갑자기 왜 그래?"

"대답해."

아리사와 미아가 무서운 눈으로 캐물었다.

"걱정 안 해도, 그 녀석은 순정 만화 좋아하는 남자야."

"세이프."

"응, 무죄."

웃는 표정으로 돌아온 아리사와 미아의 머리를 쓰다듬었다.

—이치로.

왕성의 정문을 통과할 때, 누군가 내 본명을 부른 것 같았다.

구두와 싸울 때 나타난 수수께끼 어린 소녀 스토커의 목소리인가 생각하여 주위를 둘러봤지만, 유감스럽게도 모습을 포착할 수는 없었다.

"주인님, 왜 그래?"

"아니, 아무것도 아냐."

걱정하는 아리사의 등을 통통 두드리고, 안심시키듯 웃었다.

"비둘기~?"

"구루포, 인 거예요."

타마와 포치가 기사상 머리에서 날아오른 비둘기를 올려다보았다.

"비둘기는 구루구구가 아닌가 묻습니다."

"우웅, 구루루루."

"구루포, 인 거예요?"

"아니야~? 쿳포~."

동료들이 비둘기 울음소리 흉내 내는 모습에 치유를 받았다.

요즘에 얼마 동안 소동이 이어졌으니, 이제 그만 평화로운 왕도 관광의 나날로 이행하고 싶었다.

가능하면 천재지변은 정월이 지난 다음이 좋겠어.

시가 왕국 왕도에서 머나먼 북동쪽, 시가 왕국을 동서로 분단하는 영봉에 거대한 신전이 있었다.

"미토, 여기 있었구나."

"텐짱."

마을 처녀의 의상을 입은 검은 머리 소녀를, 발목까지 닿는 은색 머리칼을 한 미녀가 불렀다.

예리한 눈빛을 한 은발 미녀의 등에는 박쥐 같은 형태의 은색 날개가 있었다.

"바꿔 타기 끝났구나."

"그래. 몇백 년 만이라서 몸의 감각이 이상하다."

자기 팔다리를 움직이며 감촉을 확인한 은발 미녀가 미토 쪽으로 시선을 보냈다.

"그러면, 어디서부터 찾을지 정했나?"

"응, 아직 고민 중이야."

"단서도 없이 인간족 한 명을 찾기에는 시가 왕국은 넓은데?"

"괜찮을 거야."

미토는 저 아래 펼쳐지는 운해를 바라보며 대답했다.

"단서는 없지만, 제신님이 말했으니까."

"미토의 세계에 있는 여신—『아마노미즈하나히메』라고 했었나?"

"응. 우리 신사의 제신님. 내가 인공동면에서 눈을 떴을 때, 재회할 수 있댔어."

"신의 예언이라면 틀림없겠지."

"……응."

자신을 격려하는 은발 미녀의 말에, 미토가 살짝 창피한 기색으로 고개를 끄덕였다.

"—비둘기?"

구름 사이를 본 은발 미녀가 중얼거렸다.

그녀들이 있는 신전은 구름보다도 높은 곳에 있다.

보통 비둘기가 이 고도까지 날아오는 일은 없다.

"응, 비둘기네."

미토가 웃으며 비둘기를 보았다.

"이리온—."

양손을 펼친 미토가, 보물처럼 상냥하게 비둘기를 받았다.

구구루구 우는 비둘기를 끌어안고, 날개를 확인했다.

"틀림없어. 이건『라울과 스란 군』에게 붙인 통지 술식이야."

"미토?"

"텐짱, 왕도로 가자."

미토가 밝은 목소리로 말했다.

"알았다. 내 등에 탈 건가?"

"산자락까지만 가면 돼. 거기서부터는 야생의 주룡한테 부탁해서 태워달라고 할게."

"내가 더 빠른데."

그 제안을 들은 은발 미녀가 주룡에게 질투를 내비쳤다.

"에이. 텐짱이 누구보다 빠른 건 안다니까."

웃는 미토가 시선을 왕도 쪽으로 보냈다.

"기다려줘, 이치로 오빠."

■작가 후기

안녕하세요? 아이나나 히로입니다.

이번에 「데스마치에서 시작되는 이세계 광상곡」 제16권을 집어주셔서 정말 고맙습니다!

이렇게 무사히 권수를 거듭할 수 있는 것도 응원해 주시는 독자 여러분 덕분입니다.

앞으로도 언제나 지금 이상의 재미를 추구하려고 하니, 앞으로도 변함없는 지지를 부탁드립니다.

어디 그러면 후기를 읽은 다음에 살까를 정하는 분을 위해서, 본권의 볼거리를 짚어보죠.

파란만장한 여행 끝에 왕도에 도착한 사토 일행.

연시에 있는 왕국 회의까지 느긋하게 왕도 관광—을 할 생각이었는데, 전권 에필로그에 등장한 시가8검 필두 쥬레바그 씨 덕분에 어수선한 느낌입니다.

WEB판을 보신 분은 쥬레바그 씨의 대전 상대가 리자에서 사토로 바뀐 것에 놀란 분도 많을 겁니다.

하지만, 안심하세요.

리자가 제일 멋있는 장면인 그 장면은 분명히 있습니다.

물론 거기까지 이르는 과정을 완전히 새로 썼으니 WEB판을 이미 읽으신 분도 즐기실 수 있을 겁니다.

사토가 시가8검 앞에서 실력의 일부를 보여주는 무쌍 장면도 있으니 기대해주세요. 두 번 세 번 읽는 분이 있다면, 두 번째에는 사토를 보고 있는 캐릭터들의 마음으로 읽어보시면 또 다른 재미가 있으니 한 번 도전해 보세요.

평소처럼 이번에도 WEB과의 변경점이 많습니다. 순직한 시가8검의 중년 남성 총잡이가 헤르미나 양으로 바뀐 것처럼, 일본도 검사「풍인」바우엔 씨의 포지션이 다른 캐릭터로 바뀌었습니다. 근육이 업업입니다. 매력적인 근육― 캐릭터를 만들었다고 자부하고 있으니 독자 여러분도 마음에 드셨으면 좋겠습니다.

또한, 2권에서 헤어진 그 애들도 드디어 재회합니다.

설마 재회까지 10권 이상 걸릴 거라고는 작가도 예상 못했습니다.

재회 뒤에 이름을 받은 그녀들이 어떤 느낌으로 사토 일행과 교류하고 어떤 목표를 새로 품을 것인가? 그것은 본편을 기대해 주세요.

이런 느낌으로 오리지널 에피소드가 넉넉해 졌으니, WEB판을 읽으신 분도 새로운 이야기를 읽는 기분으로 즐겨주시면 좋겠습니다.

이쯤에서 본편의 볼거리를 마무리하고 싶습니다만,「컬러 삽화의 어린 소녀는 누구냐!」라고 꾸짖는 소리가 들릴 것 같으니 조금만.

리본이 트레이드 마크인 컬러 삽화 소녀는 비스탈 공작의 막내딸인 소미에나 양입니다.

처음에는 그냥 비공정 내부 구조의 계기를 맡은 역할이었는데, 본권에서는 여러모로 등장이 늘어난 결과 컬러 삽화를 쟁취하기에 이르렀습니다.

shri 씨가 그려주신 소미에나 양에서 인스피레이션을 얻어, 분위기가 올라가는 마지막 쪽 장면을 조금 다시 써버렸습니다. 역시 그림의 힘이 크다니까요~.

너무 스포일러를 쓰면 본편을 읽는 즐거움이 흐려지니까, 제16권의 내용에 대해서는 이쯤에서 마무리 하죠.

감사 인사를 하기 전에 한 가지만 공지합니다.

아야 메구무 씨가 그려주시는 코미컬라이즈판 「데스마치에서 시작되는 이세계 광상곡」의 8권이 동시 발매될 겁니다.(※일본 현지의 발매일정 기준이므로 한국어판의 발매일정과는 차이가 있습니다.)

드디어 코미컬라이즈판에서도 카리나 양이 등장합니다!

카리나 팬도 그렇지 않은 분도, 부디 봐주세요. 원작의 카리나도 근사하지만, 코미컬라이즈판의 카리나도 대단히 귀엽습니다.

그럼 늘 그렇듯 감사 인사를!

담당 편집자 A 씨와 I 씨 두 사람에게는 아무리 감사를 해도 부족할 정도입니다. 적절한 지적이나 개고 조언뿐 아니라, 작가가 깜빡한 모순점이나 빼먹은 부분 등을 적절하게 발견해서 커버해주시는 덕분에 대단히 도움을 받고 있습니다. 앞으로도 오래도록 지도 편달을 잘 부탁드립니다.

매력적인 일러스트로 데스마치 세계에 선명한 색채를 더해주어 분위기를 올려주시는 shri 씨에게는 아무리 인사를 해도 부족합니다. 앞으로도 데스마치 세계의 비쥬얼을 잘 부탁드립니다.

그리고 카도카와 BOOKS 편집부 여러분을 비롯하여, 이 책의 출판이나 유통, 판매, 선전, 미디어 믹스에 연관된 모든 분에게 인사를 올립니다.

마지막으로, 독자 여러분에게 최대급의 감사를!!

본 작품을 마지막까지 읽어 주셔서 정말 고맙습니다!

그러면 다음 권, 왕도 동란편에서 만나요!

아이나나 히로

■역자 후기

안녕하세요? 불초 역자 돌아왔습니다.

여러분 역자가 해냈습니다. 쾌거입니다. 발꿈치 뼈가 박살났습니다. 하하하.

이미 아신다고요?『고블린 슬레이어』11권 구매에 감사드립니다.

그렇습니다. 사실은 이미『고블린 슬레이어』11권 후기에서 이미 보고를 했습니다. 그리고 최근 이 부상으로 스트레스를 많이 받은 역자는 이대로는 수지가 안 맞는다고 판단하여 다시 한 번 이걸로 후기를 떼워 먹자고 생각한 것입니다! 키야. 다친 게 아주 벼슬이야.

『고블린 슬레이어』11권 후기를 쓸 당시에는 아직 입원 중이었습니다만, 본 후기를 쓰고 있는 지금은 이미 퇴원한지 제법 되었습니다. 그리고 후기를 쓰고 있는 시점에서 바로 어제 드디어 경사스럽게도 발목에 박혀 있던 핀을 제거했습니다! 후련하다!

아픈 거 주의.

여러분은 발꿈치 뼈를 박살내거나 하지 마세요. 그나마 가볍게 박살난다고 해도 거의 두 달에 가깝게 철핀을 박고 있어야

합니다. 발바닥 쪽에 좀 가는 핀을 6개 박아놓고, 발목에— 아킬레스 건 양 옆으로 좀 굵직한 핀이 2개 박혀 있었는데요. 이게 진짜 엄청나게 불편합니다. 덕분에 일하는데 집중력이 떨어져서 좀 고생을 했어요.

후우. 정말요. 이 핀이 말이죠. 밖으로 튀어나와 있단 말입니다. 한 1.2센티미터 정도. 발바닥 쪽 가는 핀 6개는 2주 전에 뽑아서 깜빡 했는데, 굵은 핀 2개는 그 동안 스트레스를 준 네 놈의 전모를 내가 확인하고야 말겠다는 의지를 불태워서 챙겨왔습니다. 집에 가져와서 길이를 재봤더니 9.5센티미터. 아시겠습니까? 약 8.3센티미터 정도가 발목에 박혀 있었다는 겁니다. 히이이이이이이~.

근데 사실 박혀 있는 안쪽에는 통각신경이 없는 건지 아니면 신경을 잘 피해서 박아둔 건지 딱히 아프진 않았습니다. 신기하죠? 오히려 그걸 박는다고 살짝 째놓은 수술 상처랑, 핀이 박혀서 구멍이 뚫린 상처가 따끔거려서 짜증나요. 게다가 핀이 피부 밖으로 튀어나와 있으니까 조심하지 않을 수가 없지 않습니까? 집중력이 괜히 떨어진 게 아니라니까요. 허허허허. 뽑는 것도 의사 선생님이 진짜로 연장을 가져와서 딱 잡고는 확 뽑아버려요. 당연하지만 좀 아픕니다.

그리고 여러분. 영화 같은 데서 가끔 그거 보잖아요? 상처에 금속 클립 같은 걸로 콱 집어서 봉합하는 의료용 스테이플러요. 겁나게 아픕니다. 그렇잖아도 째져서 아픈 곳인데 철핀으로 다시 생살을 집어 놓는 거니까요. 다친 순간 이후로 그걸로 수술 상처 벌어진 거랑 핀 뽑은 구멍 닫는다고 집을 때가 제일 아팠어요.

주의 끝.

핀도 제거했고, 이제 캐스트는 안 하고 다녀도 된다는 판정을 받았습니다만 그래도 아직 발은 디디면 안 된다고 합니다. 다음에 병원 가는 2주 뒤까지는 거의 두 달 안 움직여서 굳어진 관절을 풀기 위해 열심히 스트레칭을 하고 있어야 합니다. 뻣뻣해져서 발과 발목 힘만 가지고는 움직이기도 힘들군요.

그나마 치료가 오래 걸린다는 진단을 듣자마자 후다닥 검색해서 찾아냈던 핸즈프리 목발이라는 게 큰 도움이 됐습니다. 어차피 워낙 집돌이라서 몸이 성해도 밖에 잘 안 나가지만 그냥 목발은 화장실 가는 것만 해도 대단히 불편하거든요. 빠른 검색과 즉시 구매, 나이스한 판단이었다. 그러나 너무 비쌉니다. 걸을 수 있게 되면 중고로 팔아봐야겠어요. 내가 이 불편함을 견뎌가며 일해서 번 돈이란 말이드아!

그러면, 다음엔 무사히 걸을 수 있게 되어 후기에서 뵙겠습니다! 다치지 말고 건강하세요!

데스마치에서 시작되는 이세계 광상곡 16

초판 1쇄 발행 2020년 1월 10일

지은이_ Hiro Ainana
일러스트_ shri
옮긴이_ 박경용

발행인_ 신현호
편집장_ 김은주
편집진행_ 최은진 · 김기준 · 김승신 · 원현선 · 권세라
편집디자인_ 양우연
국제업무_ 정아라 · 전은지
관리 · 영업_ 김민원 · 조은걸 · 조인희

펴낸곳_ (주)디앤씨미디어
등록_ 2002년 4월 25일 제20-260호
주소_ 서울시 구로구 디지털로 26길 111 JnK디지털타워 503호
전화_ 02-333-2513(대표)
팩시밀리_ 02-333-2514
이메일_ lnovelpiya@naver.com
L노벨 공식 카페_ http://cafe.naver.com/lnovel11

ISBN 979-11-278-5390-7 04830
ISBN 979-11-278-4247-5 (세트)

값 9,000원